달섬 세계고전

12

어우야담 3

유몽인

於于野譚

어우야담 3

이월영 옮김

달섬

목차

어우야담 3

권3 보유편

서序

영선永善은 어릴 적부터 선배와 어른들로부터 집안 선조인 의정공義貞公 어우 선생의 아래 시를 들었다.

칠십 세 늙은 과부
빈 방 지키며 단정히 지내네.
여사시[1]를 익숙하게 외우고
임사[2]의 가르침도 제법 안다네.
옆 사람들 시집가라 권하며
잘생긴 신랑감 얼굴이 무궁화 같다 하지만,
흰머리로 젊은 모습을 꾸미자면
연지 곤지 단장 어찌 부끄럽지 않으리.

---

1 여사시(女史詩): 진(晋)의 장화(張華)가 왕후(王后) 가씨(賈氏) 일족을 경계하여 지은 「여사잠(女史箴)」.

2 임사(任姒): 주 문왕(周文王)의 모친인 태임(太任)과 비인 태사(太姒).

슬피 원망하고 비통하게 울부짖는 것이 「이소경」[3]이 남긴 뜻을 깊이 얻었으니 실로 고금의 절창이다. 이를 읽노라면 백 년이 지난 지금도 어느 결에 절로 책을 덮고 눈물을 흘리며, 충성스럽고 의로운 기운이 우주를 지탱하고 해와 별처럼 빛남에 탄복한다.

슬프도다! 저 정난[4] 훈신들이 올바른 견식이 없어 도리어 화를 취하는 계제가 되었다. 선생은 혼조[5]에 후한 녹봉을 받고 벼슬한 적이 없었으며 끝내는 흉론凶論과 의론을 달리하여 깊은 산 속에 자취를 감췄다가 새로운 날에 이르러서도 두문불출하는 것에 만족하시었다. 한결같지 않은 의를 스스로 좇았으나, 이는 바로 의를 취하기 위함이었으니 정精하지 않고 옳지 않다고 평가할 수는 없다. 추鄒나라 맹자가 이른 바 "부귀도 방종하게 할 수 없고, 빈천貧賤도 변하게 할 수 없으며, 위세와 무력도 굴복시킬 수 없는 대장부"로는 바로 선생이 있을 것이다.

건릉조에 원통한 죄가 깨끗이 씻기고, 벼슬과 아름다운 시호가 주어지고,[6] 칭찬 받고 장려되어 해와 달의 밝음이 복분[7] 아래를

---

3 이소경(離騷經): 초나라 굴원이 지은 부 이름. 참소를 당하여 궁정에서 쫓겨난 몸으로, 충신의 격정을 읊음.

4 정난(靖難): 국가의 위난을 평정함. 여기에서는 인조반정 공신을 의미함.

5 혼조(昏朝): 광해조를 가리킴.

6 건릉(健陵)은 정조(正祖)의 능명임. 정조 18년에 신원(伸冤)되어 이조판서에 추증되었고 의정공 시호를 받음.

7 복분(覆盆): 죄를 뒤집어쓰고 밝히지 못하고 있음.

다시 비쳤으니 백세百世의 논의가 정립되었다 이를 만하다. 선생의 문장은 좌해[8]에 독보적이어서 저술이 대단히 많았으나 판각을 맡아 했던 유점사의 중이 화재를 당해 동방에 전하는 유몽인의 문은 약간 남은 몇 조각과 야담 몇 권에 불과할 뿐이니 어찌 이리도 적요한가.

선생의 방계 후예인 오천공梧泉公 금琹은 선생의 글을 두루 찾고 멀리까지 구하여 정성을 다해 전·후 12권을 간행했는데, 야담에는 여력이 미칠 겨를이 없었다. 이제 제한濟漢 군이 이를 개탄하여 야담을 엮어 간행하면서, 영선永善에게 한마디 머리말 해줄 것을 맡겼다.

아아! 옛말에 이르기를, "한문공[9]의 눈앞에서는 견해를 드러내기 어렵다." 했는데, 영선은 글에도 어두우니 어찌 감히 그 역할을 바라겠는가. 혼자 가만히 생각해 보니 야담은 선생이 들은 것을 그때마다 기록해 놓은 것으로 씩씩하고 뛰어나며 기괴하여 한두 마디의 짧은 말이라도 세인의 규범에 유익하지 않음이 없다. 법을 봄이 가까우면 그 공을 거둠이 용이해서, 저절로 사람들로 하여금 고무되어 떨쳐 발하도록 해 멀고 오래도록 흥기시킬 수 있게 할 수 있다.

제한 군의 고심을 가상히 여겨 삼가 위와 같이 서문을 쓴다. 아

8 좌해(左海): 우리나라가 남을 향하여 발해의 왼쪽에 있다는 뜻으로 일컫는 말.
9 한문공(韓文公): 당(唐) 한유(韓愈)의 시호.

아! 훗날 반드시 자운[10]과 요부[11] 같은 자가 있어 선생의 마음을 알고 책을 어루만지며 길게 한숨 쉬는 자 있을 것이다.

신사(1953)년 음력 7월 족 후손 영선永善이 삼가 쓰다.*

---

10 자운(子雲): 양웅(揚雄)의 자(字). 서한(西漢) 추군(鄒郡) 성도(城都) 사람. 자운(子雲)은 자(字). 어렸을 적부터 학문을 좋아했고 사부(辭賦)에 뛰어났다. 왕망(王莽) 때 대부가 되었다가 범죄자와 관련되어 자살하였다. 『역경』과 『논어』를 모방하여 『태현경(太玄經)』을 지었다.

11 요부(堯夫): 소옹(邵擁)의 자(字). 송나라 때의 학자. 역리(易理)에 정통하였으며 저서에 『황극경세(皇極經世)』, 『이천격양집(伊川擊壤集)』이 있음. 시호는 강절(康節).

* 이 서문은 1953년 만종재본 『어우야담』을 편찬하면서 쓴 서문이다.
권3 보유편은, 2권으로 된 장서각본 『어우야담』에는 없는 이야기들만 만종재본 『어우야담』에서 추려 실은 것이다.

권3 보유편

(1) 유몽웅의 운수

생원 유몽웅柳夢熊은 나의 동복형이다. 타고난 성품이 충성스럽고 신의가 있으며 장엄하였다. 형님은 위험에 처해도 절개를 빼앗기지 않으리니 여섯 자 어린 고아라도 믿고 맡길 수 있을 것이라고 나는 장담하였다.

임진년壬辰年(1592) 내가 명나라에 사신으로 갔다가 아직 돌아오지 않았을 때, 왜적이 서울에 쳐들어왔다. 형님은 칠순의 모친을 모시고 양주楊州 선산에 피해 있었는데, 그곳에서 왜적을 만나고 말았다.

왜적이 칼을 빼들고 모친을 겨누자 형님은 자신의 몸으로 마치 새가 날개로 새끼를 품듯이 모친의 몸을 감싸 안아 연이어 네 차례 찔렸는데, 그래도 모친을 껴안고 죽었다. 그래서 모친은 끝내 적의 칼날에서 벗어날 수 있었고 조정에서는 형님의 효성을 가상히 여겨 정문을 세워 주었다.

아! 복선화음[1]은 하늘의 도이다. 임진왜란을 당하여 산골짜기로 왜적을 피한 사람들 중 불효하고 우애를 저버리고 불의를 자행한 자들이 많은데도 형님처럼 효성스럽고 착한 사람이 유독 화를 당하였으니, 천도란 실로 믿기 어렵고 무상한 것 아닐까.

이런 일이 있기 전에 황천뢰黃天賚의 「대자미수大紫微數」가 형님의 운수를 논해, "명이 크게 이지러질 것이오."라고 말하였다.

요동遼東 고당古塘 대학경戴鶴經이 나를 위해 형님의 운명에 대해 역점을 쳐 주었다.

"임진년 4월에 따로 살면서 재앙을 만날 것이오. 이는 천명이오."

아아! 슬프도다.

(2) 선령께서 차식의 정성에 보은하다

차식車軾은 송도 사람이다. 박학하고 문장에 능하여 당대 사람들의 추대를 받았다. 그 모친이 송도에 있으면서 대하증을 앓았는데, 여러 해 동안 약을 써도 아무런 효력이 없었다. 그때 차식은 직강[2]이었는데 정종대왕 능침陵寢의 전사관典祀官으로 선택되기

1 복선화음(福善禍淫): 착한 사람에게는 복이 오고 못된 사람에게는 재앙이 옴.

2 직강(直講): 성균관 종5품 벼슬.

를 구하였으니, 이는 그곳에서 송도와의 거리가 멀지 않으므로 모친을 뵈러 고향으로 가 보기 위해서였다.

정종대왕은 태조대왕의 태자로 왕위에 오른 지 겨우 몇 년 만에 세제[3]에게 왕위를 넘겼다. 그런데 정종대왕은 이때에 이르러 세대가 이미 오래 지난 후여서 한식날에만 제사를 받았다. 그럼에도 불구하고 변변찮은 여러 음식들은 무척 불결하였고 제사를 담당하는 사람들 또한 기존 습관을 따를 뿐 경건하지 않았다. 그런데 차식이 전사관이 되자 정성스런 뜻을 특별히 다하여 목욕재계하고 선부[4]와 종에게도 모두 자신과 마찬가지로 온수로 목욕하도록 명하였으며 자성[5]과 찬품을 준비하여 다스리는 과정도 모두 몸소 감독하였다.

제례가 끝났는데도 날이 아직 밝지 않아 재방齋房에 가서 잠깐 눈을 붙였는데 어떤 관인이 와서 전하여 불렀다.

"전하께서 장차 인견하실 것이니 의관을 정제하고 나오시오."

곤의를 입은 왕이 전각에 오르자 환관들이 빙 둘러 서 있는데 차식을 불러들였다. 절하기를 마치고 전탑 아래에 올라가 엎드리니 왕이 말하였다.

---

3 세제(世弟): 왕위를 이어받을 임금의 아우.

4 선부(膳夫): 조선조 때 사옹원(司饔院: 조선조 때 궁중의 음식에 관한 일을 맡아 보던 관청)의 종7품 잡직 벼슬.

5 자성(粢盛): 나라의 제사에 쓰는 기장과 피.

"이전에는 제사가 정성스럽지도 않을 뿐더러 불결하기까지 하여 내가 흠향하지 않았는데 이제는 네가 여러 찬품을 정성껏 준비하여 모두 먹을 만하니, 너의 정성이 가상하다. 들으니 너의 집안에 병이 있다 하던데 내 장차 너에게 좋은 약을 주겠으니 써 보도록 하여라."

차식이 삼가 절하고 물러나다가 문득 깨어나니 꿈이었다. 마음으로 기이하게 여기며 송도를 향해 돌아가는데, 길에서 한 마리 큰 올빼미가 큰 물고기를 움켜쥐고 하늘 한복판에서 빙빙 맴돌고 있고 또 한 마리 큰 수리가 그것을 쳐서 말 앞에 떨어뜨리는 것을 보았다. 차식이 마부를 시켜 가져오게 하여 보니 길이 한 척 남짓한 가물치였다. 그때는 추워 물고기 얻는 것이 쉽지 않을뿐더러 가물치는 대하증을 치료하는 데 있어 제일 좋은 약이었다. 차식이 크게 기뻐하고 집에 가서 모친에게 바치니 이로부터 병이 즉시 나았다.

아아, 차식은 문학 하는 선비로 나라의 큰일은 제사에 있다는 것을 잘 알고 정성스럽게 예를 다하여 임금에게 제사를 올려 마침내는 선령께서 충을 효로 옮기도록 묵묵히 도왔던 것이다. 『서경』에서 말하기를, "지극한 정성을 드리면 신을 감동시킨다." 하였고, 『시』에 이르기를 "너의 복을 크게 하리라." 하였으니 이를 두고 이른 말인가. 그에게는 두 아들, 천로天輅와 운로雲輅가 있었는데 모두 대문장가로 온 세상을 울렸다.

(3) 성씨 삼 남매의 절개

성박成博과 성이成怡는 성자한成子漢의 아들이다. 성자한은 사람됨이 어리석어 흑백도 구별할 줄 몰라 동복형의 아들 항沆과 송사를 일으켰다. 성박과 성이에게는 여동생이 있었는데 도사都事 윤기삼尹起三의 아내이다. 세 남매가 모두 어버이에게 효성스럽고 형제간에는 우애가 있어 그들 아버지의 행동을 징계하였다. 성박과 성이가 여동생에게 『삼강행실』을 가르치니 여동생이 그때 어린 나이였음에도 불구하고 다음과 같이 말하였다.

"삼강행실은 실로 배우기 어렵습니다. 다만 형제간 우애가 없는 것은 경계할 만하니 먼저 이륜행실二倫行實을 가르쳐 주십시오."

박과 이는 그녀의 뜻을 기특하게 여기고 마침내 가르쳐 주었다. 그녀가 집을 보살핌에 부덕 있는 행실이 무척 많았다.

임진란이 일어나자 왜놈이 성자한의 첩을 끌고 가니 그가 첩의 손을 붙잡고 놓으려 하지 않았다. 박과 이가 무릎을 꿇고 그 부친에게 놓으시라고 간청하였으나 끝내 따르지 않았다. 왜놈은 드디어 칼을 뽑아 성자한을 쳤는데 박과 이가 다투어 자신들의 몸으로 부친을 엄호하여 모두 찔려 죽었다. 왜놈이 성자한의 생질인 윤해尹瀣의 목을 찔러 다만 그 후두만이 남아 머리가 가슴 앞에 거꾸로 매달려 있었는데, 윤해가 자신의 손으로 그 머리를 올려 놓아 반년이 지나 다시 소생하였다.

윤기삼의 아내는 시가를 따라 다른 곳에 몸을 피해 있었는데 그녀 또한 왜놈에게 쫓기다가 끝내 절조를 굽히지 않아 욕을 당하지 않고 죽었다. 세 남매가 모두 마음이 변하지 않아 함께 착한 행실을 세상에 드러내었다.

(4) 한씨 일가의 죽음

한씨는 나의 조카 유광柳洸의 아내이고 한극겸韓克謙의 딸이다. 왜적을 피하여 양주 홍복산洪福山에 있었는데, 왜적이 앞산에 들어가 수풀을 긁어내 자녀의 보배로운 재물을 찾는 것을 멀리서 바라보고는 숲속 나무에 목매달아 죽었다. 왜적이 물러나자 집안 사람들이 모두 모여 한씨의 시신을 숲의 나무에서 찾았다. 한씨에게는 동생이 있었는데 김생의 아내이다. 시가를 따라 다른 곳에 숨어 있다가 왜적이 장차 닥칠 것을 알고 낭떠러지에서 떨어져 죽었다. 그의 부친 한극겸 또한 왜적을 피해 양주에 있었는데 두 한씨와는 다른 곳에서 왜적을 만나 참수되어 왜장에게 바쳐졌다. 신응하申應河, 응수應洙, 술호述淏 및 응담應澹의 아들, 응락應洛의 아내 등 한 집안에서 일고여덟 사람이 모두 여러 날 계속하여 흉적의 칼 아래 죽었다. 사람의 죽음은 집안의 재앙과 유관하여 한 집안 식구들이 다른 지역에 있으면서도 죽음을 함께하는 경우가 많았다.

(5) 홍도의 유전

남원에 정생鄭生이라는 자가 있었는데 그의 이름은 모른다. 젊었을 적에 퉁소를 잘 불고 노래를 잘하며 뜻과 기운이 호탕하고 얽매이지 않아 학문은 게을리 하였다. 같은 읍의 양갓집에 구혼하였는데 그 양갓집에는 홍도紅桃라는 이름의 여자가 있어 두 집안에서는 결혼하기로 결정하였다. 결혼 날짜가 이미 임박하였는데, 홍도의 부친이 정생이 배우지 않았음을 이유로 사퇴하니 홍도가 그 소식을 듣고 부모에게 말하였다.

"혼인은 하늘이 정하는 것입니다. 이미 혼인하기로 허락하셨으니 당연히 맨 처음 정한 사람과 혼례를 치러야지 중도에 배반하는 것이 옳겠습니까."

홍도의 부친이 그 말에 감동하였고 홍도는 마침내 정생과 결혼하여 결혼한 지 2년 되던 해 아들을 낳았고 이름을 몽석夢錫이라 하였다.

만력 임진왜란 때 정생은 사군[6]으로 왜군을 방어하였다. 정유년에 총병總兵 양원楊元이 남원을 수비함에 정생은 그때 성 가운데 있었는데 홍도가 남장하고 남편을 따라갔으나 군중에서는 아

6 사군(射軍): 삼수(三手)의 하나인 사수(射手)를 말함. 임진왜란 당시 중국의 군제를 모방하여 특수 전투군을 두었는데, 포수(砲手)·사수(射手)·살수(殺手) 등을 특기자로 조직했다.

무도 그 사실을 몰랐다. 몽석은 조부를 따라 지리산에 들어가 화를 피하였다. 성이 함락되자 정생은 총병을 따라 도망 나올 수 있었으나 홍도와는 서로를 잃어버리고 말았다. 정생은 아내가 명나라 군대를 따라갔으리라고 여기고 명나라 군대를 뒤쫓아 중국으로 들어가 구걸하여 먹으면서 길을 가서 절강浙江에 이르러 두루 찾아다녔다. 하루는 천궁天宮[7]의 도주道主[8]와 함께 절강의 배를 타고 달밤에 퉁소를 부니 이웃에 있는 어떤 사람이 말했다.

"이 퉁소 가락은 전날 조선에서 듣던 곡조 같은데?"

정생이 의아하여 말했다.

"내 아내 아닐까. 내 아내가 아니라면 어찌 이 가락을 알 수 있을까."

그래서 다시 전날 아내와 서로 화답하며 불렀던 가사를 노래하니 그 사람이 손바닥을 치며, "내 남편이다."라고 말했다. 정생이 크게 놀라 곧바로 거룻배를 타고 가서 추적하고자 하니 도주가 한사코 말리며 말했다.

"저 배는 남만 상선으로 왜인들도 섞여 있소. 가더라도 이익 될 것 없고 도리어 해로울 것이오. 날이 밝기를 기다렸다가 출발하세요. 내 조처해 주리다."

7 천궁(天宮): 신화 혹은 종교에서 가리키는 바 천신이 거주하는 궁전. 이곳에서는 도교의 절인 도관(道觀)을 의미함.

8 도주(道主): 도교의 승.

날이 밝기 전 도주가 수십 냥의 돈과 집안에서 부리는 일꾼 몇 사람을 주어 갈래어서 알아보니 과연 정생의 아내였다. 서로 손을 붙잡고 말을 잃고서 목 놓아 우니, 배 가운데 있던 모든 사람들이 다 놀라고 기이하게 여기며 슬피 탄식하였다. 남원이 함락하였을 때 홍도는 왜놈에게 잡혀 일본에 들어갔는데, 일본 사람들은 그가 남장한 것을 보고 아녀자라는 사실을 모른 채 남정男丁으로 충당했던 것이었다. 그러다 되팔려서 상선商船을 따르게 되었으니 남자가 하는 일 가운데 할 수 있는 것도 있고 할 수 없는 것도 있었으나 잘할 수 있는 일은 배 젓는 것을 돕는 것이었다. 남만에서부터 절강으로 왔던 것은 조선으로 돌아가고자 하는 의도 때문이었다. 정생과 홍도는 그리하여 그곳에 살게 되니, 절강 사람들이 모두 가엾게 여겨 각각 은전과 쌀벼를 주어 연명할 수 있게 해 주었다.

그곳에서 낳은 아들 몽진夢眞이 17세에 구혼하였으나 조선 사람이라는 이유로 중국 사람들이 혼인을 허락하지 않았는데 어떤 처자가 몽진에게 구혼하면서 말했다.

"저의 아버님은 조선으로 동정東征 나가셨는데 돌아오시지 않았습니다. 제가 이 사람에게 시집가 조선에 가서 부친이 돌아가신 곳을 찾아 혼령이라도 불러 제사를 지내 주고 싶습니다. 그리고 만약 아버님이 돌아가시지 않으셨다면 만에 하나 다시 만날 수도 있을 것입니다."

마침내 몽진에게 시집가 살았다.

무오년 북정北征에 정생이 유정劉綎 군에 뽑혀 들어가 흉노적을 정벌하였는데 유정이 패하여 죽자 오랑캐 병사들이 명나라 병사들을 거의 다 섬멸하였다. 정생이 높은 소리로 말했다.

"나는 중국 사람이 아니라 조선 사람이오."

그러자 놓아주고 죽이지 않았다. 정생은 인하여 조선 땅으로 도망쳐 나와 남원으로 내려갔다. 길을 감에 공홍도[9] 이산현에 이르러 다리에 종기가 났으므로 침의鍼醫를 불렀는데 의원은 명나라 병사로서 지난번 명나라 군사가 철수할 때 뒤떨어진 자였다. 그의 성명과 거주지를 물어보니 몽진의 장인인지라 그 내력을 묻고서는 서로 붙들고 통곡하였다. 함께 남원으로 가 옛집을 찾아가 보니 아들 몽석이 장가들어 아들을 낳고 그 옛집에서 살고 있었다. 정생이 이미 아들 몽석과 만났고 또 아들 몽진의 장인도 만났으므로 고적감을 달랠 수 있어 위로가 되었으나, 홍도와 이미 만나고서도 또 곧 잃고 말았으니 더욱더 울적하여 기쁘지 않았다.

일 년이 지나 홍도는 가산을 되팔아 작은 배를 사서 아들 몽진 그리고 며느리와 함께 중국, 일본, 조선 삼색 복식을 만들어 절강으로부터 출발하였다. 중국 사람을 만나면 중국 사람으로 행세하고 일본 사람을 보면 일본 사람으로 행세하여 한 달 25일이 지나

9 공홍도(公洪道): 충청도의 옛 이름.

서 제주濟州 추자도楸子島 먼 바다에 있는 가가도佳可島에서 묵었다. 홍도는 단지 일곱 홉밖에 남아 있지 않은 양식을 보고 몽진에게 말하였다.

"우리가 배에서 굶어죽는다면 틀림없이 고기밥이 되고 말 것이다. 그러니 섬에 올라가 목매달아 죽는 것이 차라리 낫지 않겠니."

며느리가 한사코 말리며 말하였다.

"한 홉의 쌀로 죽을 끓여 마시면 하루의 굶주림은 면할 수 있으니 엿새는 충분히 지탱할 수 있습니다. 게다가 동방을 보니 멀리 흐릿하게 육지가 있으니 참고 견뎌 살길을 찾는 것이 낫습니다. 요행히도 지나가는 배라도 만나 육지에 건네준다면 십중팔구는 살 수 있습니다."

몽진의 모친이 며느리의 말을 따랐다. 5, 6일이 지나자 마침 통제사統制師의 사수斜水[10] 선박이 와서 배를 댔다. 홍도는 남편과 남원에서 서로 헤어졌던 연유와 절강에서 서로 만났던 일, 지아비가 북정에 나가 죽은 연유를 모두 갖추어 말하니 그 배에 있는 사람들이 듣고 슬퍼하였다. 홍도의 거룻배를 그들의 선미에 매고 순천 땅으로 내려갔다. 홍도가 남녀를 거느리고 남원 옛터를 찾아가 보니 거기에 남편과 아들 몽석 그리고 몽진의 장인인 중국 사람이 함께 살고 있는 것이었다. 온 집안 식구들이 모두 온전했

10 사수(斜水): 물 이름.

을 뿐만 아니라 모두들 결혼하여 탈 없이 잘 지내고 있었으니, 훨훨 날듯이 즐겁고 화락했다.

태사공은 말한다.

"정생은 동국 사람으로 난리 중에 아내를 잃고 멀리 중국에 가서 찾았으며, 홍도는 그의 지아비를 전쟁 중에 잃어버리고 세 나라에 들어가 남장으로 변장하여 몸을 온전하게 지켰으며, 몽진의 아내는 자진하여 이국 사람을 찾아 결혼해서 부친이 죽은 곳을 찾으려 하다가 마침내 모두 다 한곳에서 만났다. 한 집안의 여섯 사람이 기약 없이 만난 것과 모두 다 만 리 떨어진 풍랑 치는 바다 밖 다른 나라에 있었던 사실은, 비록 이치에 벗어나고 만에 하나에 해당하는 행운에서 나온 것이지만, 이른바 '지극한 정성이 신을 감동시킨 것' 아니겠는가. 기이하도다!"

(6) 강남덕 모친의 죽음을 무릅쓴 원정

강남덕江南德의 모친은 서울 서강西江의 뱃사공 황봉黃鳳의 아내이다. 황봉의 집은 잠두蠶頭에 있었는데 해상海商으로 생계를 유지하였다. 만력 초에 바다에 들어갔다가 맹렬한 폭풍을 만나 돌아오지 못하니 그의 아내는 소복을 입고 장례를 지냈다. 삼년상을 치르고 여러 해 동안 과부로 살았는데 하루는 어떤 사람이 중원에서 돌아와 황봉의 편지를 전해 주었는데 다음과 같았다.

"바다에서 표류하다 중국 아무 곳 아무 성城에 정박하여 민가에서 고용살이를 하고 있소."

아내는 편지를 읽고 흐느껴 울면서 슬피 울부짖었다.

"처음에는 당신이 고기밥이 되었으리라 여겼는데 이제 보니 아직 목숨을 보전하여 상국上國에서 살고 있구려. 내 장차 표주박을 가지고 다니며 구걸해서라도 찾아가겠습니다. 설사 길을 가다 길가에 쓰러져 죽는다 할지라도 반드시 가고야 말겠습니다."

마을 사람들이 저지하며 말했다.

"소국과 대국 사이에는 국경 간에 금하는 바가 있어 관문을 설치하였으니 다른 말을 사용하고 다른 복식을 입은 자는 감히 들어갈 수 없고 범법한 자는 일정한 벌을 받게 되어 있소. 아녀자 홀로 만 리 길을 가다가는 틀림없이 도달하지도 못하고 길가의 해골이 되고 말 것이오."

그 아내는 이들의 말을 듣지 않고 소매를 뿌리치고 길을 떠났다. 몰래 압록강을 건너 곧바로 중국으로 들어가 다 해진 옷에 엉클어진 머리털, 때 낀 얼굴, 맨다리로 저자에서 걸식해 가며 길을 가서 일 년여 만에 남편의 편지 속에서 가리켰던 강남에 도달하였는데, 과연 바닷가 변방에서 황봉과 서로 만나게 되었다. 그들은 드디어 고국으로 돌아오게 되었는데 돌아오는 길에 임신하였고 옛집에 돌아와 딸을 낳았으니 이름을 강남덕江南德[11]이라 하였다. 마을에서는 강남덕 모친의 이름을 부르지 않고 마치 서책 속의 사람처럼 기이하게 여겼다.

내가 보건대 중국과 동국은 차단되어 있어 난리가 일어나기 전에 전성했던 때에는 피차간에 나라에서 금하는 것이 무척 엄격하였다. 그런데 일개 아녀자가 감히 홀로 중원에 들어갔다 돌아오기를 마치 동쪽 이웃에서 서쪽 이웃을 가듯이 하여 끝내는 아득하고 먼 타국에서 남편을 만났으니, 이는 천하에 없던 일이다. 그녀의 용감한 정렬은 삼강을 수립할 만하며 고금을 관통할 만하다. 근세 임진란이 일어나고 난 후 우리나라 사람들이 명나라 군대를 따라가 사병死兵의 명부에 올랐으나 간혹 낙타에 실려 관문을 통과하여 중국에 도달한 자가 무려 만 사람이었다. 그러나 사사로이 상국에 들어갔던 자가 사사로이 도망하여 돌아왔다는 말은 한번도 듣지 못했다. 어찌 그녀만이 부모와 지아비가 없는 아내였겠는가. 사람들은 모두 자신을 아끼니 만에 하나나 살아날 가능성이 있는 위험을 무릅쓸 사람은 세상에 없기 때문이다. 강남덕의 모친 같은 이는 기이한 중에서도 기이한 사람이다.

금년 봄에 그녀의 모친이 죽었는데 나이 80세였다. 천계 원년(1621) 여름에 기록한다.

11 강남덕(江南德): 덕(德)은 득(得)의 의미를 지님. 강남에서 얻었다는 의미를 지님.

(7) 김응하의 위인과 전투

장군 김응하金應河의 자는 경희景羲로 철원 사람이다. 만력 을사년(1605)에 무과에 합격하여 선전관을 지내고 등급을 뛰어넘어 경원慶源 판관에 임명되었는데 육진[12]에 가족을 데리고 갈 수는 없었다. 어떤 자가 와서 말하였다.

"귀한 집 딸로 나이 젊고 아름답기까지 한 여자가 있는데 첩으로 삼을 만합니다."

장군이 무안해하며 사양하였다

"우리 집은 가난하니 귀한 집 여자를 먹여 살리기 쉽지 않소. 아내처럼 대한다면 명분이 문란해질 것이요, 첩으로서 천하게 대접한다면 저가 틀림없이 섭섭해 할 것이오. 평범한 사람들의 복은 베나 비단의 폭이 자와 치에 있어 한정이 있는 것과 같소. 첩으로 인해서 귀해지는 것은 대장부로서 아름다운 일이 아니오."

김응하가 정사년(1617)에 열병에 걸려 죽을 지경이었는데 그의 벗이 찬 약을 가지고 와서 큰 소리로 말했다.

"자네는 일찍이 나라 일을 위해 죽겠노라고 자부하더니 이제 일개 병이 들어 죽으려 하다니, 누가 그것을 알겠는가."

---

12 육진(六鎭): 조선조 세종 때에 우리나라 최북단인 함경도의 경원(慶源)·온성(穩城)·종성(鐘城)·회령(會寧)·경흥(慶興)·부령(富寧)의 6군에 설치한 국방 요새. 당시 여진족의 침입이 빈번하고 또 강대하므로 그 대책으로 설치한 것임.

이 말을 들은 장군은 즉시 눈을 부릅뜨고 찬 약 세 그릇을 모두 마시더니 소생하였다.

무오년(1618)에 병조판서 박승종朴承宗이 친상을 당했는데 장군은 바로 그의 인척이었다. 고양高陽에 가서 장사에 참여하고 있었는데 궁궐에서 중사[13]를 보내어 호상護喪하도록 하였다. 어떤 자가 장군에게 그 중사를 맞아 접대하도록 권하면서 말했다.

"중관이 당신의 좋은 풍채를 보면 틀림없이 궁중에 가서 장점을 칭찬하여 좋은 평판을 널리 퍼뜨릴 것이오."

장군이 탄식하며 말했다.

"바라는 바가 있다 하여 내시를 정성스럽게 대하는 것은 사대부로서 할 일이 아니니 혼자서라도 마음에 부끄럽지 않겠소?"

좌객들 중 혹 이상하게 여기는 자들도 있었다.

가을 건주建州의 오랑캐 노아합적[14]이 명나라를 거스르니 명나라에서 우리나라의 병사를 요구하였다. 장군은 조방장助防將이었다가 연이어 선천 군수에 임명되었는데 길을 떠나려 하면서 군관인 오헌吳憲에게 말했다.

"밤 꿈에 내 머리가 적에게 잘렸소. 내가 많은 적을 죽여 헛된 개죽음을 당하지는 않을 것이오. 당신이 알아 두시오."

드디어 두 개의 활과 화살 백 개를 차고 가니 여러 장수들이 겁

---

13 중사(中使): 궁중에서 왕명을 전하던 내시.

14 노아합적(奴兒哈赤): 누르하치(1539-1626). 청나라의 초대 황제.

을 먹었다.

기미년(1619) 3월 3일 명나라 군사 3만 명이 오랑캐 땅 심하深河 부락에 이르러 전체가 싸움에 패하여 죽고 우리 군사 좌우 진영도 이어 패배하였다. 교유격喬游擊[15]의 한 기마병이 성벽 위에 나왔다가 장군이 싸우는 것을 바라보고는 손가락을 튕기면서(彈指)[16] 탄식하며 말하였다.

"평지에서 보병으로 무장한 우리 기병을 지원함이 이 같으니 귀국의 군대는 참으로 강하고 용감하오."

이루 다 말할 수 없이 칭찬하였다.

얼마 안 있어 대풍이 문득 일어나 화약이 날려 흩어지니 총알을 쏠 수 없었다. 적병이 그 틈을 타 아군을 크게 쳐부수니 장군은 말에서 내려 홀로 버드나무 밑에 기대어 활을 쏘는데, 반드시 갑옷미늘을 뚫어 맞추는지라 화살을 쏠 때마다 그에 응해 적병이 쓰러졌다. 장군은 몸에 무거운 갑옷을 입어 화살이 마치 고슴도치처럼 박혀 있는데도 동요하지 않았다. 화살이 떨어지자 장검을 사용하여 쳐 죽인 사람 또한 무수하였다. 칼자루가 부러져 세 차례나 칼을 바꿔 적을 쳤다. 그런데 문득 한 적병이 뒤에서 창으로

---

15 교유격(喬游擊): 교일기(喬一琦). 명(明)나라 상해인(上海人). 자는 백규(伯圭). 만력 무거(武擧) 때 유정(劉綎)과 아포(阿布) 달리강(達哩岡)에서 청병(淸兵)을 방어하였음. 싸움에 패하자 벼랑에서 떨어져 자살하였음.

16 탄성의 의미를 지님.

찔러 땅에 쓰러졌는데 칼은 그래도 손에 쥐어져 있었다. 그 후 포로로 잡혀갔다가 도망하여 돌아온 자들이 속속 이르러 말하였다.

"오랑캐 사람들이 말하기를, '버드나무 아래에서 싸우던 한 장군은 비길 데 없이 뛰어나고 용감하다. 조선에 만약 이 같은 이가 몇 사람만 더 있었다면 우리는 조선을 대적할 수 없었을 것이다.'라 했습니다."

또 말하였다.

"오랑캐 추장이 싸움에서 죽은 명나라 군사와 조선 군사의 시신을 거둘 때 날이 이미 오래 지나 시체가 모두 문드러져 있었는데, 버드나무 아래에 있는 한 시신만은 안색이 살아 있는 것 같았고 오른손에는 칼을 쥐고 있어 풀 수가 없었답니다. 그가 곧 장군이었지요."

오랑캐 사람이 활로 시신의 눈동자를 쏘아 맞혔으니, 이는 장군이 수많은 오랑캐 병사를 죽인 것을 한스럽게 여겼기 때문이었다.

이에 앞서 강홍립이 오랑캐 말을 통역하는 역관 하세국河世國을 오랑캐 가운데 먼저 보냈는데, 그가 이르자 오랑캐 병사가 사신을 통하자고 소리쳤으니 그 싸움을 멈추고 강홍립과 함께 항복하게 하고자 한 것이었다. 그 말을 들은 장군은 더욱 노하여 이전처럼 적병을 마구 쳐 죽였다. 조정에서는 그의 절개를 가상히 여겨 병조판서를 추증하였고 중국인들이 왕래하는 거리에 사당을 세웠다.

아름답고도 아름답도다! 장군의 충의는, 수많은 적병이 군영을 압박하여 병사의 수적인 면에서 그 적고 많음이 현격하게 다른데도, 군진을 벌리도록 종용하여 깃발을 휘두르며 싸울 것을 독려했으니, 이것이 첫 번째 기이함이다. 오랑캐 병사가 와서 사신을 통하자고 소리쳐 화의할 뜻을 전하니 들었어도 듣지 않은 것처럼 하고 시종 힘을 다하여 싸웠으니, 이것이 두 번째 기이함이다. 말에서 내려 나무에 의지해 반드시 싸우다 죽겠다는 뜻을 보이고 수천 무리가 죽음을 무릅쓰고 싸우며 항복하지 않았으니, 이것이 세 번째 기이함이다. 손에 든 장검을 죽어서도 놓지 않아 마치 다시 일어나 적병을 죽이려는 듯하였으니, 이것이 네 번째 기이함이다. 따뜻한 봄철임에도 불구하고 죽은 시신이 부패하지 않고 노기가 발발하여 살아 있는 것 같았으니, 이것이 다섯 번째 기이함이다. 영의정 박승종이 그의 전을 지어 기렸다.

(8) 신대연과 유운봉의 무용

옛사람에게 들으니 '싸움터에서 용맹하지 못한 것은 불효의 하나'라고 한다. 저 강한 자를 꺾고, 견고한 성을 함락시키고, 눌러 이기고, 어지러움을 평정하는 것은 용감함 중에서도 으뜸이다. 성과 진이 함몰되어 모든 병졸들이 죽기에 이르렀어도 서슬 퍼런

칼날 사이를 독보하는 자 또한 그 용맹함으로 인해 불효에서 거의 면제된 것 아니겠는가.

출신[17] 신대연愼大淵은 군수 신학명愼鶴鳴의 아들이요, 내 첩의 오라비이다. 만력 정유년(1598)에 남원성이 함락되어 왜군들이 칼을 빼어들고 성에 오르니 명나라 장군 양원楊元은 백여 기마병과 간신히 도망하였으나 성 가득한 명나라 군사들은 머리를 쳐들고 하늘을 우러러 부르짖을 뿐이었다. 그래서 "하늘이여, 하늘이여!" 하는 소리가 하늘을 뒤흔들고 땅을 놀라게 했다. 신대연은 날랜 몸으로 성을 넘고 칼을 휘두르며 해자를 넘어 달아나니 삼씨처럼 모여 겹친 창날들도 그를 치지 못했다. 이때 강복성康復誠이 장수長水 현감이었는데 명나라의 한 기병이 남원으로부터 포위망을 무너뜨리고 달려오는데 그가 차고 있는 칼을 보니 마치 큰 이빨 같았다. 이 하나의 검을 가지고 좌우로 달려드는 왜군을 막았는데도 몸에는 작은 상처 하나 없었고, 가난한 생활에 자족하면서 신발을 꿰맬 때 쓰던 송곳과 노끈조차도 그대로 있었다. 강복성이 그를 잘 먹여 위로하였다.

출신 유운봉柳雲鳳이라는 자는 홍양현興陽縣 우리 집안 사람이다. 만력 무술년(1598) 왜적이 군대를 해산시켜 돌아가니 명나라 장군 수군도독 진린陳璘과 통제사統制使 이순신李舜臣이 돌아가는

17 출신(出身): 문·무과에 급제하고 아직 출사(出仕)하지 못한 사람.

길을 막았다. 유운봉이 수군으로 싸움배에 있었는데 왜선을 만나 백여 차례 싸웠다. 왜군이 칼을 들고 배 위로 기어올라 우리 군사를 죽이니 유운봉이 망루望樓 아래로 들어가 싸움배를 저었다. 낙안樂安 군수 방덕룡方德龍과 흥양興陽 장군과 병졸이 모두 죽었으며 망루 위에 피는 비 오듯 쏟아졌고 망루 아래서 배를 젓는 군졸들은 그 피로 목욕하여 수염과 머리털이 모두 엉켜 붙어 눈을 뜰 수가 없었다. 이윽고 여러 왜선들이 돛을 날리며 달아났다. 오직 남게 된 왜적 80여 명만이 돌아갈 배를 잃고 서로 뒤를 이어 바다에 몸을 던졌는데 혹자는 헤엄쳐 육지에 기어오르다 죽기도 하였다. 우리 병사 중에도 혹 절구처럼 떨어져 물에 빠져죽은 사람도 있었다. 유운봉은 노를 버려두고 망루에 올라서 뒤에 남은 왜병들이 뱃전 아래에 원숭이처럼 매달려 있는 것을 보고는 그들 머리를 모두 베어내 배 위에서 죽은 왜적의 머리 수십 급과 함께 통영에 바쳤다.

(9) 지정의 지략

중 지정智正은 금강산 유점사에서 살았다. 만력 임진란 때 왜적이 절에 들어와 공격하고 위협하며 지정으로 하여금 길을 가르쳐 주도록 하여 촌마을을 약탈하려 하였다. 유점사의 시내 골짜기는 내를 따라 고성高城에까지 통하도록 되어 있어 갔다가 다시 돌아오는 데 두루 270리였다. 그래서 옛날부터 사람의 자취가 이곳을 통하지 않아 몹시 험했으므로 길이 나 있지 않았다. 지정이 앞서 길을 가면서도 구점狗岾으로 통하는 직로를 가르쳐 주지 않았다. 중도에 큰비를 만나 나아가고 물러날 길이 끊어지고 내가 불어나 골짜기에 넘쳤다. 50여 명의 왜적들은 지치고 배가 고파 일어설 수가 없었다. 지정은 어려서부터 물놀이를 잘하였으므로 마침내 알몸으로 물에 몸을 던지니 왜병들이 모두 깜짝 놀랐다. 그들은 중이 이미 죽었으리라고 여기며 어찌할 바를 몰랐다. 지정은 물속으로 헤엄쳐 잠복하여 가서 무성한 갈대밭에 이르러 허리에 차고 있던 밥을 배불리 먹고 몸을 숨겨 몰래 달아났다. 40여 명의 왜적은 모두 죽고 나머지 일곱 왜병만이 높고 험악한 산을 넘어 간성杆城 건봉사乾鳳寺에 이르러 살아날 수 있었다. 지정은 지금 안변安邊 석사石寺에 살고 있다.

(10) 김인후의 애주벽과 성리학

하서 김인후 선생은 호남 사람이다. 나이 18, 19세에 서울에 오니 때는 칠석날로 성균관에서 선비들에게 시험을 보였다. 용재 이행이 대제학이었는데 「칠석」으로 제목을 내서 부賦를 짓도록 하였다. 하서가 이상二上[18]격에 들어가 장원을 하니 용재가 기특하게 여기며 사람됨과 글이 모두 옥玉이라 여겼다. 그러나 먼 시골에서 온 젊은이의 문장이 이같이 진취했음에 남의 손을 빌려 지은 것이 아닌가 자못 의심하고 그를 성균관에 거처시킨 뒤 일곱 개의 제목을 내어 시험해 보았다. 「감부監賦」, 「영허부盈虛賦」 같은 것이 그에 해당했던 것으로 지금도 동국 사람들은 전송하고 있다.

조정에 출사하자 청환[19]직을 많이 지냈으나 간신들이 권력을 마음대로 부리는 것을 미워하여 관직을 버리고 고향으로 돌아갔다. 그러다가 홍문관 교리로 부르자 부름에 응하여 길에 올랐다. 김인후는 성품이 술을 좋아하였다. 길을 감에 몇 가마니에 해당되는 술을 싣고 가면서 길가에 꽃이 있고 대나무 있는 점사가 있으면 그때마다 말에서 내려 술을 마셨다. 이같이 하면서 수십 일이 지났지만 간 길은 수일에 해당되는 노정일 뿐이었다. 술이 다 떨어지자 인후는 병을 핑계대고 더 나아가지 않아 종신토록 벼슬하지 않았다. 성리학서를 좋아하여 저술에 들인 공력이 가장 깊었다. 미암眉菴 유희춘柳希春과 성리학을 강론하고 연마하여 사돈관계를 맺었다. 만년에는 후진을 가르치다 『대학』 석 장이 빠져 있자 입으로 외우며 썼는데, 훗날 선본善本과 비교해 보니 그 작은 글자로 된 집주集註까지도 한 글자도 그릇됨이 없었다.

---

18 이상(二上): 시문을 평하는 급의 하나. 이등(二等) 가운데 상등.

19 청환(淸宦): 학식과 문벌이 높은 사람에게 시키는 벼슬.

내가 젊었을 적 그의 부賦를 보니 잘 정련되어 있어 과거 글에 가장 적합하였다. 그러나 하서 전집을 보니 사람을 크게 탄복시킬 만한 곳은 없었다.

(11) 윤필상의 훈명과 죽음

상국 윤필상尹弼商이 형방 승지였을 적 몹시 추운 겨울날이었다. 성종대왕이 침전[20] 밖에서 그를 불러 보며 말했다.

"오늘이 일 년 중 가장 추운 것 같소. 내가 임금으로 깊은 궁궐 따뜻한 방에 있으면서도 추위에 솜옷이 부서지며, 한기가 들어올 곳이 없는데도 살을 에일 듯한 추위의 위세가 이 같은데, 죄를 지어 칼을 차고 묶인 채 얇은 옷에 홑 하의를 입고 북쪽 깊은 감옥에 갇혀 있는 죄인이야 어떻겠소. 그대가 수적[21]을 꺼내 살펴서 풀어 줄 만한 자를 알려주시오."

윤필상이 대답하였다.

"성상의 생각이 여기까지 미치시다니 하나라 우왕禹王이 죄인을 불쌍히 여겨 흐느껴 우셨던 인자함도 이보다는 더하지 않았습니다. 신이 평소에 제 직분 내의 일은 익히 헤아리고 있으니, 수

20 침전(寢殿): 임금이 자는 집.

21 수적(囚籍): 죄인의 이름을 기록하는 장부.

적을 꺼내어 살펴볼 필요가 없사옵니다."

인하여 세밀하고 자세하게 분석해 내어 입으로 단서[22]를 외우면서 풀어 주고 풀어 주지 말 것을 앞에서 모두 진술하였다. 임금이 크게 놀라며 내전[23]에게 말하였다.

"이 같은 사람이 관직을 담당한다면 큰일을 맡길 만하니 당장 한번 도모해 보지 않는다면 내 조정에 이 같은 현신을 둘 수 있으리오."

궁전 안으로 들이라고 명하여 임금이 마시는 술을 내리고 담비 갖옷을 벗어 입혔다. 이로 말미암아 남다르게 두터운 총애를 받아 벼슬의 품계를 건너뛰어 올랐으며 매 정사에서 관직에 임명되는 은총을 입어 의정議政에까지 이르렀다.

연산조에 진원珍原으로 폄배貶配[24]당했다. 윤필상이 일찍이 중원에 들어가 이름난 점쟁이에게 물으니 대답하였다.

"평생의 훈명勳名은 신하 중 으뜸일 것이지만 마침내는 삼림三林 아래에서 죽을 것이오."

윤필상은 그 말뜻을 이해하지 못하였으나 귀양 가서 진원珍原 백성 집에서 임시로 살 때 집 밖에서 나무하는 아이가 친구 부르는 소리를 들었다.

22 단서(丹書): 옛날 주필(朱筆)로 범인의 죄상을 기재한 문서.

23 내전(內殿): 왕비의 높임말.

24 폄배(貶配): 벼슬의 등급을 떨어트려 귀양 보냄.

"오늘 함께 중림中林에서 나무하자."

윤필상이 주인에게 물었다.

"무엇을 중림이라 하오."

주인이 대답했다.

"이곳에 중림, 상림, 하림이 있으니 모두 지명입죠."

필상이 창연하게 말했다.

"내가 이 땅에서 죽겠군."

얼마 있지 않아 병들어 죽었다.

(12) 들쥐의 혼인

옛날부터 국혼[25]으로 인해 화를 당한 자들은 이루 다 기억할 수 없는데, 이는 들쥐가 결국은 같은 부류의 들쥐와 혼인했던 것만 못하다. 왜 그런가. 옛날에 어떤 들쥐가 새끼를 낳아 대단히 사랑하였다. 장차 혼처를 구하려 하면서 들쥐 옹이 들쥐 할미와 더불어 말하였다.

"우리가 이 자식을 낳아 이처럼 사랑하고 이처럼 중히 여겼으니 반드시 둘도 없는 거가대족을 선택하여 결혼시킵시다. 둘도

25 국혼(國婚): 왕, 왕세자, 왕자, 공주, 옹주, 왕세손 등 왕실(王室)의 혼인.

없는 족속이라면 하늘만 한 것이 없지요. 하늘과 결혼시킵시다."

하늘을 찾아가서 말했다.

"내가 자식 하나를 낳아 애지중지하여 키웠으니 둘도 없는 거가대족을 선택하여 결혼시키고자 합니다. 생각건대 둘도 없는 거족이라면 하늘만 한 것이 없지요. 그대와 결혼시키고 싶습니다."

하늘이 말했다.

"나는 대지를 덮어 가릴 수 있고 만물을 낳고 모든 생물을 기를 수 있으니 나보다 높은 것은 없으나 구름만은 나를 가리지요. 그러니 나는 구름만 못하오."

들쥐는 구름을 찾아가 말했다.

"내가 자식 하나를 낳아 애지중지 키웠으니 반드시 세상에 둘도 없는 거족을 선택하여 혼인시키고 싶소. 생각건대 세상에 둘도 없는 거족은 그대만 한 것이 없을 듯하오. 그대와 자식을 결혼시키고 싶소."

구름이 말했다.

"나는 하늘과 땅을 꽉 채울 수 있고 해와 달을 가려 산하를 어둡게 만들 수 있으며 만물을 혼란시킬 수도 있소. 그러나 오직 바람만은 나를 흩뜨릴 수 있으니 나는 바람만 못하오."

들쥐는 또 바람을 찾아가 말했다.

"나는 자식 하나를 낳아 애지중지 키웠으니 반드시 세상에 둘도 없는 거족을 선택하여 결혼시키고자 합니다. 생각건대 세상에 둘도 없는 거족은 그대만 한 이가 없을 듯하오. 그대와 자식을 결혼시키고 싶소."

바람이 말했다.

"나는 큰 나무도 부러뜨리고 큰 집도 날리며 산을 뒤흔들고 바다를 드날릴 수가 있어 향하는 곳마다 쓸어 버리지만 오직 과천 교외에 있는 돌미륵만은 넘어뜨릴 수 없소. 그러니 나는 과천의 돌미륵만 못하오."

들쥐가 과천의 돌미륵을 찾아가 말하였다.

"나는 자식 하나를 낳아 애지중지 키웠으니 반드시 세상에 둘도 없는 거족을 선택하여 결혼시키고자 합니다. 생각건대 세상에 둘도 없는 거족이란 그대만 한 이가 없을 듯합니다. 그대와 제 자식을 결혼시키고 싶습니다."

돌미륵이 말했다.

"나는 들 가운데 우뚝 서 천백 세를 지내 왔으니 확고부동하여 뽑히지 않소만, 오직 들쥐만이 내 발밑의 땅을 파내 나를 넘어뜨릴 수 있지요. 나도 들쥐만은 못하오."

이에 들쥐는 놀라 스스로를 반성하며 탄식하였다.

"천하에서 둘도 없는 거족은 우리 족속만 한 것이 없구나!"

드디어 들쥐와 더불어 혼인하였다.

무릇 사람은 스스로의 분수를 알지 못하고 감히 국혼에 참여하여 사치스럽게 스스로 즐기다가 끝내는 화를 떠맡으니 들쥐만도 못하지 않은가!

(13) 최관의 후처

옛날 승상 최관崔瓘이 나이 거의 70세에 후처를 구하니 그에 응하는 혼처가 없었는데 어떤 선비 집안에서 허락하였다. 그러나 장차 납폐하려 하는데 선비 집안의 처자가 최관의 이야기를 듣고 몹시 슬퍼 눈물을 흘리면서 부모에게 말하여 결국 물리고 말았다. 이씨 집안에 한 처자가 있었는데 집이 가난하여 아직 결혼하지 못한 상태였다. 승상이 사람을 시켜 말을 건네니 그 부모가 허락하지 않았다. 그러자 처자가 말하였다.

"우리 집안에는 현달한 사람도 없고 부모님은 끼니도 잇기 어려운 가난 속에서 세상을 마칠 것 같으니 일개 여자가 어찌 된들 무슨 상관입니까. 제 몸을 버리고 그를 따라서 어머님, 아버님을 돌봐드리고 싶습니다. 혹시라도 운이 좋아 후사를 두게 된다면 자손에게도 영광일 것이니 좋지 않습니까."

부모가 허락해 주어 마침내 아내로 삼았다. 한 아들을 낳고 몇 년 함께 살다 승상은 죽었는데 그 아들 최홍윤崔弘胤은 크게 어질어 관직이 병조판서에 이르렀고 이씨는 종신토록 그의 봉양을 향유하였다. 크게 슬퍼했던 그 처자는 좋지 못한 행동을 한 결과 법

망에 걸려 끝이 좋지 않았다.

(14) 장자의 미녀 딸과 결혼한 불구자 추남

봉풍운鳶馮雲의 자는 태공太空이며 억만 장자이다. 아름다운 딸을 낳아 몹시 사랑한 나머지 화공을 구하여 한 미남자를 그려 문 위에 걸어 놓고 방을 붙였다.

"내 딸을 위하여 사윗감을 고르나니 이만하면 허락할 것이요, 그렇지 못하면 내 사위가 될 수 없노라."

그 문에 들르는 자가 날마다 천 명, 백 명이었지만 한 명도 적합한 자가 없었다.

하루는 수염을 길게 기른 노인이 들러 절하고는 이윽고 물러나 서서 자세히 바라다보더니 손뼉을 치고 웃으면서 말하는 것이었다.

"내가 늙어 망령이 들었구먼. 그림을 보고 우리 도련님인 줄 알고 절을 올리다니."

말을 마치더니 옷소매를 떨치고 일어나 갔다. 부자의 계집종이 헐레벌떡 달려 들어가 알렸다.

"이 그림을 걸어 놓고 일 년이 다 가도록 응하는 자가 없더니 방금 어떤 한 노인이 그 집 도련님으로 착각하여 절을 올리고는 크게 웃고 갔습니다."

장자는 사람을 시켜 뒤쫓게 하여 물으니 과연 그렇다고 하였다. 이에 함께 의논한 뒤 직접 길일을 택해 사위로 맞이했다.

소위 낭군이라는 자는 외눈 외발에 한쪽 팔은 마비된 불구였고 얼굴도 마비된 데다 검기까지 하였다. 그래서 그 부모가 좋은 중매에게 뇌물을 주어 혼처를 구하여 납폐하였다가 돌려받은 것이 세 번이요, 이름만 듣고도 중매쟁이를 꾸짖어 돌려보낸 것이 다섯 차례였다. 그러나 무당이나 판수에게 물어보면 모두 '틀림없이 아름다운 신부를 얻을 것'이라고 말하는 것이었다. 지금 나이 서른여덟에 독신으로 살면서 혼자서 마음 아파했는데 집 하인으로 인해 장자 집에 정혼하게 된 것이었다. 길일이 되어 혼인 예식을 치르러 가야 하는데 일부러 날이 어두워질 때까지 지체하여 얼굴에 분칠하고 나무다리를 짚고 의수를 소매 속에 넣고 절을 마친 뒤 쌍촉을 들고 방으로 들어갔다. 그 처자는 누구와도 견줄 수 없을 만큼 뛰어난 미인이었다. 즉시 분칠한 얼굴과 나무다리 의수를 감추고 등불을 내놓고 누웠다. 밤이 깊자 하인은 짚 끈으로 몸을 동여매고 붉은 흙으로 온몸을 두루 바르고 관솔불을 꽂아 불을 지피고는 장자 집 지붕에 올라 소리쳤다.

"장자 나와라! 나는 동쪽 못의 화룡火龍이다. 너에게 예쁜 딸이 있다는 말을 듣고 배필로 삼으려 하였는데 아무개 아들놈에게 그 딸을 주어 버리다니. 이미 잃은 몸을 강제로 빼앗아올 수는 없고 장차 아무개 아들놈에게 벌을 주겠노라."

신랑을 나오라 소리 질러 뜰에 나와 절을 올리자 성이 나 소리쳤다.

"너의 눈을 멀게 하겠노라!"

신랑은 갑자기 눈이 아프다며 몹시 아픈 시늉을 하였다.

"너의 팔뚝을 부러뜨리겠노라!"

그 즉시 큰 소리를 지르며 팔이 아프다고 호소하였다.

"너의 다리 하나를 못 쓰게 만들겠노라!"

신랑은 큰 소리를 지르며 다리가 아프다고 고통스러워했다.

"너의 얼굴을 마비시키고 검게 칠하겠노라!"

신랑은 얼굴이 아프다고 큰 소리를 질렀다. 그래서 거의 죽을 지경에까지 이르렀다 다시 소생하는 것처럼 하였다. 하인은 지붕에서 내려와 달아나 대목大木을 못에 던지니 통통하는 소리를 냈다.

다음 날 아침 장자가 신랑을 불러 보니 한쪽 눈이 멀고 한쪽 다리는 불구였으며 한쪽 팔뚝은 마비되어 놀리기가 거북했고 얼굴은 마비되고 검었다. 장자가 눈물을 흘리며 탄식하였다.

"아, 애석하도다! 동쪽 못의 화룡씨가 나의 아름다운 사위를 병들게 하고 말았구나."

(15) 관홍장의 신의

관홍장冠紅粧은 서울의 이름난 기생으로 모습이 둘도 없이 아름다웠다. 이름이 장악원掌樂院 교방敎坊에 올라 있었는데 한주[26]가 의정議政 사인舍人이 되어 그녀를 들여 첩으로 삼아 한 딸을 낳았다. 을사사화 때 한주가 죄를 입고 멀리 남해로 귀양가자 관홍장은 신의를 지키고 홀로 살면서, 부자와 조정의 선비들이 다투어 와서 그녀를 탐내도 일절 응하지 않았다. 해가 거듭할수록 조정의 의론이 더욱 심하게 한주를 공격했고 관홍장은 어머니를 모시고서 끼니도 잇기 어려운 가난 근심을 견디기 힘들었다.

그때 이천군[27]이 매파를 시켜 유혹하니 관홍장이 말했다.

"내 비록 창기 집 여자이나 이미 한韓 사인에게 몸을 허락하였으니 의리상 다른 사람에게 시집갈 수는 없습니다. 다만 늙으신 모친 때문에 차마 끼니 걱정은 못하겠기에 잠시 당신의 말을 따르려 하지만 한 사인이 돌아오신다면 공자公子님에게서 이미 아홉 아들을 낳았다 해도 돌보지 않을 것입니다. 이렇게 약속해 주신다면 따르겠습니다."

이천이 말했다.

---

26 한주(韓澍): 조선 중종(中宗) 때의 문신. 본관은 당진(唐津). 통사랑(通仕郞) 한근(韓瑾)의 아들.

27 이천군(伊川君): 이수례(李守禮). 제안대군의 양자임.

"약속하겠네."

이천 집에 20여 년을 살면서 자녀도 많이 낳았는데, 한주가 비로소 사면되어 돌아왔다. 관홍장은 한주가 돌아왔다는 말을 듣고 이천과 헤어지고 이천 집안에서 생산했던 모든 것을 버려두고 의복과 경대만 가지고 갔다. 장차 길을 가려 하면서 먼저 한주와의 사이에 낳았던 딸로 하여금 한주를 길에서 맞이하게 하고, 한주를 위하여 의복과 버선을 만들어 주었으며, 또 이천을 버리고 가서 따르겠노라는 뜻을 전하도록 하였다. 딸이 교외에서 한주를 맞이하니 그가 자기 딸을 보고 흐느껴 울면서 말했다.

"이처럼 장성한 너를 오늘 다시 보리라고는 생각지도 못했단다."

딸은 장차 이천을 버리고 아버지를 따르겠노라 한 모친의 말을 앞에서 말씀드렸다. 한주가 웃으면서 말했다.

"네 어미가 늙어 망령이 났나 보구나. 어찌 감히 귀공자의 내실을 취하겠느냐. 다시는 그런 말 하지 말아라. 비록 온다 할지라도 내가 몰아내겠다. 그 의복과 버선은 모두 돌려보내라."

딸이 말했다.

"돌아가서 어머님에게 드릴 말이 없으니 제발 남겨 두십시오."

옷은 돌려보내고 버선은 신었는데 버선이 그의 발에 딱 잘 맞았다. 딸이 한주의 말을 모친에게 아뢰자 관홍장은 방성대곡하였고 이천도 꾸짖을 수 없었다.

한주의 딸은 부제학 홍인도洪仁度의 측실이 되었는데, 그녀가 혼인할 때에 이천 집에서 단장하는 데 필요한 물품을 마련해 주었는데 자신의 딸과 마찬가지로 해 주었다. 이천의 아들들은 모두 관직에 올라 군수가 되었다.

(16) 혈족의 닮음

사람의 혈기는 한정이 있어 부자 사이에 전해진 것은 바뀌지 않으니 비록 천년 백년이 지난다 하여도 하루 같을 뿐이다. 우리 마을에 충의위忠義衛 박청朴淸이 있는데 그에게는 선조 박강朴薑의 초상화가 있어 2백 년 동안 유전되어 왔는데 그 용모가 서로 닮은 것이 피차간을 구별할 수 없을 정도이다. 우리 집안에는 선조인 정승 유탁柳濯의 초상화가 있는데 고려조의 사람이다. 대청 위에 걸려 있는데 나의 셋째 형 몽웅夢熊과 서로 비슷하다. 둘째 형 형수가 그 초상화를 보고 근심했던 것은, 어째서 선조先祖께서 직간하시어 끝맺음을 잘하지 못하였느냐는 것이었다. 그 후에 형 또한 효성 때문에 죽었다.

우리 누이의 아들 홍서봉洪瑞鳳이 문중 어른 정척鄭惕을 알현하였는데 그 어른은 그때 나이 80세였다. 홍서봉을 익히 바라보더니 서글프게 탄식하며 말하였다.

"너는 너의 외왕증조 유사간柳司諫과 면목과 음성이 똑같고 신장도 같구나. 자손에게 선조의 혈기가 관통하니 저승과 이승인들 구별이 있겠느냐."

자신도 알지 못하는 사이에 눈물을 흘리셨다 한다.

아아! 사람의 혈기는 자신의 소유가 아니다. 선조가 부여해 줌에는 사사로움이 없는데도 불구하고 한집안 사람 가운데도 혹 호나라 월나라처럼 소원해져 시시비비를 따지기도 하니 이는 조상을 망각하고 자신을 망각한 행위이다. 어찌 천우신조인들 누릴 수 있겠는가. 경계할지어다.

(17) 유충관과 유진동의 교우

돌아가신 할아버지 사간공司諫公 충관忠寬은 판서 신제申濟 공의 사위이다. 결혼한 지 얼마 지나지 않아 판서 유진동柳辰仝이 20세 때 신 판서 댁으로 할아버지를 찾아왔다. 할아버지는 바야흐로 집을 짓느라고 땅을 파서 구덩이를 만들었는데 누런 오물이 그 가운데 차 있었다. 유진동은 기세를 잘 부리고 완력도 좋았다. 일단 읍하여 예를 갖춘 후 한마디 말도 나누지 않고 물러서 눈여겨 자세히 쳐다보더니 마침내 할아버지를 껴안아다 누런 오물 가운데 던져 버리는 것이었다. 온 집안 사람들이 크게 놀랐으나 할아버지는 얼굴빛도 변하지 않고 웅덩이에서 나와 웃으면서 옷을 벗고는 계집종에게 새 옷으로 갈아 달라고 명하였다. 유진동이 손을 붙잡고 감사해하며 말하였다.

"진정한 내 벗이오. 당신의 기량이 어떠한지 시험해 보고자 했을 뿐이오."

마침내 서로 더불어 막역한 벗이 되었다.

(18) 조식

남명 조식과 청송 성수침은 일찍부터 서로 벗하였다. 모두 약관의 나이였을 때 기생집에 함부로 드나들었다. 그들은 아름다운 기생과 만날 약속을 하였는데 마침 사적인 일이 있어 가지 못하게 되니 남명이 말하였다.

"대장부가 여자와 한 약속을 저버릴 수는 없다."

강제하여 가니 듣는 자들이 범상치 않게 여기며 말했다.

"조생은 훗날 틀림없이 큰사람이 될 것이다."

(19) 노비 박인수

박인수朴仁壽는 중추中樞 신발申撥의 노비이다. 국법에 노복은 벼슬길에 오르지 못하고 직업으로는 농사, 공업, 상업, 군인에 종사할 수 있을 뿐이었다. 박인수는 천한 업을 모두 버리고 좋아하고 숭상하는 것을 힘써 배웠다. 배운 바는 『대학』, 『소학』, 『가례』, 『근사록』 등의 책으로 많지는 않았으나 온갖 행실이 뛰어나 남달랐고 예가 아니면 행하지 않았다. 작은 주인 신응구申應榘와 처사 박지화朴枝華를 따라 개골산에서 책을 읽었는데 당시의 선비들이 소중하게 여겼다.

하루는 도둑이 그 방에 들어왔는데 박인수는 침실에 꼼짝 않고 누워 일어나지도 않은 채 도둑을 희롱하였다.

"우리 집 재산을 나는 아깝게 여기지 않으니 당신 마음대로 가져가시오. 다만 내일 아침 온 집안 식구가 굶주릴까 염려되니 몇 되 쌀은 남겨 두고 갔으면 하오."

다음 날 보니 과연 한 말의 쌀이 남겨져 있었다. 혹자가 도둑이 방에 들어왔는데도 왜 피하지 않았느냐 묻자 대답하였다.

"나는 재산이 아깝지도 않았을 뿐더러 그를 해치고자 하는 마음도 없었소. 그도 틀림없이 나를 해치지 않을 터인데 내가 왜 그를 두려워하겠소."

많은 사람들이 모두 다 탄복하였다. 사는 집 좌우에는 거문고와 책이 있어 쓸쓸한 것이 은자적인 정취가 있었다. 날이 미처 밝기 전에 젊은이 수십 사람이 뜰에 늘어서 절을 하고는 한참 동안을 모시고 서 있었는데 죽이 들어오면 먹은 뒤 물릴 때까지 기다렸다가 물러나 각자 자기 일을 하였다. 매일 아침 이렇게 하는 것을 법식으로 삼았다.

영산서원靈山書院 아래의 산수가 가장 아름다웠는데 그곳에 심혈을 기울여 초가집을 짓고 살았다. 시냇가에 조용히 앉아 거문고를 켜면서 스스로를 즐기는데 홍안에 백발인 모습이 신선 가운데 사람 같았다.

만력 임진년(1592)에 왜적이 대대적으로 이르자 박인수가 말하였다.

"국가가 부서져 망하는데 늙은이가 어디로 가겠는가. 맹세코 이곳에서 죽겠다."

마침내 거문고를 켜면서 떠나지 않아 왜적에게 해를 당하고 말았다. 당시 사람들이 이를 가련하게 여겼다.

(20) 권가술과 그의 노비 수석

권가술權可述이라는 자는 중종대왕조의 무사이다. 일찍이 바다를 건너다가 풍랑을 만나 타고 있던 배가 바위에 부딪쳐 부서졌다. 배에 타고 있던 백여 사람들은 모두 시체가 되어 흘러갔으나 권가술과 그의 노비 수석水石은 깨진 판자 조각에 함께 기어 올라타고 있었다. 판자는 좁아서 두 사람 다 수용할 수 없어 가라앉았다

떠오르기를 반복하였다. 바람세가 다시 급해지자 수석이 권가술에게 말하였다.

"판자가 비좁아 두 사람을 수용할 수 없는데 바람세마저 급해지니 이러다간 두 사람 모두 죽고 말겠습니다. 소인이야 무엇이 애석하겠습니까. 대인께서는 잘 보존하십시오. 잘 보존하십시오. 소인은 이만 하직하겠습니다."

드디어 물에 몸을 던져 죽었다.

권가술은 그 판자를 홀로 타고서 둥둥 떠다니며 소리쳐 부르니 지나가던 배가 구해 주어 살아날 수 있었다. 관아에 가서 알리니 수석 집에 정려문을 세워 주고 그 처자를 양민으로 회복시켜 주었다. 훗날 권가술은 관직이 제주 목사에까지 이르렀다.

(21) 주인을 구해 준 노비 윤양

사노비私奴婢 윤양尹良은 전주 사람이다. 그 주인을 모시고 말을 끌고서 차령을 넘는데 날이 저물어 가고 있었다. 그런데 어떤 한 사람이 갓을 벗고 칼을 빼어들고 산골짜기에서 나와 앞길을 가로막더니 곧바로 달려 전진하는 것이었다. 윤양은 그가 산도적임을 알아채고 즉시 그 주인을 붙잡아 말에서 떨어트려 주인의 이마를 깔고 앉더니 말하였다.

"이 사나이는 저의 주인이오. 평상시 채찍질에 내 몹시 고통스러워하며 그 원한을 갚고 싶었으나 때를 얻지 못했소. 말 뒤에 실은 아무 아무 물건들은 진귀해서 값이 제법 나가지요. 나에게 칼을 빌려 주신다면 내 기꺼이 이 사나이를 없애 버리고 당신과 물건을 나눠 가지겠소."

도적은 그의 말을 믿고 검을 빌려 주었다. 이에 윤양은 칼을 거꾸로 하여 그 도적을 찌르고 주인을 살려냈다.

(22) 노비 김의동의 출세

김의동金義童은 신愼씨 집안의 노비이다. 나이 열아홉 살에 주인집에서 일을 함에 나무하고 꼴 베는 일의 고통스러움을 견디지 못하고 종적을 감추어 달아나고 말아 그의 형적을 찾지 못한 것이 10여 년이었다. 신씨 집에서는 노비 업산業山을 시켜 영남에 가서 여러 노비들의 세공[28]을 징수해 오라 하였다. 조령에 이르자 종모[29]를 쓰고 남빛 비단옷을 입고 옥 귀고리를 달고 머리 꼭대기를 은으로 장식하고 비룡飛龍[30]을 타고 지나는 대관이 있었다. 벽

28 세공(歲貢): 세밑에 바치는 공물.

29 종모(騣帽): 기병이 쓰던 모자. 갓보다 조금 높고 통형의 옆에 깃털을 붙였다.

30 비룡(飛龍): 준마를 가리킴.

제가 무척 삼엄하였고 치중輜重[31]이 길을 가득 메웠다. 업산은 길 왼편에 말을 세우고 엎드려 자세히 살피니 생김새가 김의동과 닮아 무척 의아해하였다. 그런데 대관 또한 말 위에서 그를 넘보는 것이었다. 1리쯤 갔는데 졸병 몇이 되돌아오더니 업산을 끌고 가는 것이어서 그는 몹시 두려워 혼이 나갈 듯하였다. 산골짜기로 몇 리를 들어가니 채색 막사가 시냇가에 서 있었고 이리저리 바쁘게 다니며 공급하는 자들이 산과 들판에 두루 가득하였다. 막사 밖에 이르니 청색 옷을 입은 계집종들이 대관에게 들어가 통보하였다. 대관이 막사 밖으로 나와 읍양을 하고 들어갔는데 과연 의동이었다. 홍색 의자에 마주하고 앉으니 적색 표범 가죽을 입고 있었다. 읍하고는 자리에 오르자 좌우에는 아름답게 꾸민 미녀들 수십 명이 각자 수건과 고라니 부채를 들고 있었다. 의동이 주인의 안부를 묻는 인사를 나누고 인하여 막혔던 회포를 풀었다. 얼마 지나지 않아 옅게 화장한 미녀들이 소반을 받들고 나오는데 진수성찬이었고 보배로운 그릇들은 번쩍거리며 찬란하였다. 악공들이 모두 음악을 연주하고 술과 음식이 이어 나왔으니 공후公侯의 부유함과 방불하였다. 업산이 물었다.

"옛날 서울에서 함께 일할 때는 그리도 힘들어 하더니 지금 무슨 관리가 되었기에 이리도 귀하시오."

---

31 치중(輜重): 말에 실은 짐. 전날 육군이 운반하던 온갖 군수품.

의동이 웃으면서 말했다.

"처음에는 최포향崔浦鄕의 정장[32]이었는데 녹림[33] 현감으로 옮겨졌다가 황주潢州 부사로 승격되었소. 요즈음에 서울의 대관아가 새 저자에서 세를 급히 거두느라 벼슬아치를 우리 경내에 들인다는 말을 듣고 소 새끼를 팔아 와서 맞이하여 이곳에서 술자리를 연 것이오."

인하여 시중드는 아이에게 행장 가운데 있는 채색 비단 50필을 내오라 명하더니 그중 10필은 업산에게 주고 40필은 주인집에 주라면서 말하였다.

"10년 동안의 세공歲貢을 바치는 것이오."

업산이 돌아가 그 주인에게 바치니 주인집은 이로 인하여 갑자기 부자가 되었다.

(23) 광대의 귀신 탈

어떤 한 광대가 얼굴에 나무로 만든 귀신 탈을 쓰고 아내와 한강가에서 빌어먹었다. 그리고는 그 아내와 함께 봄철 얼음 언 물을 건너는데 귀신 탈을 벗지 않고 장난치며 가다가 아내가 별안간

32 정장(亭長): 전국시대 때 적을 방어할 목적으로 변경에 정자를 설치하고 정장을 두었음.

33 녹림(綠林): 도둑의 소굴.

얼음 밑으로 빠져 버렸다. 광대는 귀신 탈을 벗을 겨를도 없이 발을 동동 구르며 얼음 위에서 통곡하였다. 그 광대는 비록 슬피 소리 내어 울었지만 그것을 바라보는 자들은 모두 소리가 막히도록 자지러지게 웃었다.

(24) 기생 황진이

가정嘉靖(1522－1566) 초 송도에 이름난 기생 황진이黃眞伊라는 자가 있었는데 여자 가운데 호걸로 기개 있고 호방하고 용감한 사람이었다. 화담 서경덕이 은거하여 살며 벼슬하지 않으나 학문에 정수하다는 말을 듣고 그를 시험해 보고 싶어, 허리끈을 동여매고 『대학』을 겨드랑이에 끼고 찾아가 만나 뵙고 말했다.

"제가 듣자오니 『예기』에 '남자는 가죽 띠를, 여자는 명주실 띠를 맨다'고 하였습니다. 저 또한 배움에 뜻이 있어 명주실 띠를 매고 왔습니다."

선생은 웃으며 그녀를 가르쳐 주었다. 진이는 밤을 틈타 가까이 다가가 마치 마등가[34]가 아난을 어루만지듯 여러 번 유혹하였으나 화담은 끝내 조금도 흔들리지 않았다.

---

34 마등가(摩登伽): 인도의 음탕녀. 『능엄경』에 음탕녀인 마등가가 아난(阿難)을 어루만지며 유혹하였으나 아난은 끝내 동요하지 않았다는 이야기가 나온다.

진이는 금강산이 천하의 명산이라는 말을 듣고 꼭 한번 두루 청유[35]하고 싶었지만 같이 갈 만한 사람이 없었다. 이때 이씨 성을 가진 생원生員[36]인 자가 있었는데 위인이 질탕하고 맑고 트여 세속을 벗어난 놀이를 함께할 만하였다. 진이는 조용히 이생에게 말하였다.

"듣자오니 중국 사람들은 고구려에서 태어나 금강산을 한번이라도 볼 수 있기를 원한다던데, 하물며 우리나라 사람으로 본국에서 태어나고 자라 선산仙山과의 거리를 지척에 두고서도 그 진면목을 보지 않아서야 되겠습니까. 그러니 우리가 벗하여 선랑仙郎을 받들고 재미있게 선유仙遊해 봅시다. 산사람 옷, 들사람 차림새로 승경을 찾아 마음껏 보고 돌아온다면 즐겁지 않겠습니까."

이에 이생으로 하여금 사내종은 따라오지 못하게 하고 베옷을 입고 풀갓을 쓰라 하고 진이 자신은 여승들이 쓰는 송라립을 쓰고 갈포로 지은 적삼을 입고 베치마를 둘러 입고 미투리를 신고 대 지팡이를 짚고서 이생을 따라 금강산에 들어가 아무리 깊은 곳이라 해도 찾아가지 않은 곳이 없었다. 여러 사찰을 다니면서 구걸하여 먹거나 혹은 몸을 팔아 중에게 식량을 얻기도 했지만 이생은 그것을 허물하지 않았다. 두 사람은 산 숲 멀리까지 지나왔기 때문에 배고픔과 목마름으로 피곤하고 초췌하여 더 이상 옛

---

35 청유(淸遊): 속되지 않고 아름답게 노는 놀이.

36 생원(生員): 과거 소과에 합격한 사람.

날의 모습이 아니었다. 한곳에 이르니 시골 선비 10여 명이 시냇가 소나무 숲에 모여 놀고 있었다. 진이가 그곳에 들러 절을 올리자 선비가 말하였다.

"여 사장舍長[37]도 술 마실 줄 아오?"

술을 권하자 사양하지 않았다. 마침내 술을 마시고 나서 노래를 불렀는데 노랫소리가 맑고 높아 숲과 골짜기에 메아리쳐 진동하였다. 여러 선비들이 기이하게 여기고 술과 안주로 대접하니 진이가 말하였다.

"저에게 한 사내종이 있는데 무척 굶주렸사오니 남은 찌꺼기라도 먹여 주십시오."

이생에게도 술과 안주를 주었다. 이때 두 사람의 집안에서는 각각 그들의 간 곳을 모르고 소식에 접하지 못한 것이 거의 반년 남짓이었다. 그런데 어느 날 저녁 낡아 해진 옷에 때 낀 얼굴로 돌아오니 이웃마을 사람들이 보고는 크게 놀랐다.

선전관宣傳官 이사종李士宗이 노래를 썩 잘 불렀다. 송도에 출장을 나갔다가 천수원川壽院 천변에 안장을 풀고 관을 벗어 배 위에 놓고는 누워 두서너 곡을 높은 소리로 불렀다. 진이가 갈 곳이 있어 그녀 또한 천수원 곁에 말을 멈추고 있었는데 그 노랫소리를 듣더니 말하였다.

37 사장(舍長): 절의 중을 의미하는 듯.

"이 노래 곡조는 매우 특이한걸. 틀림없이 시골구석의 곡조는 아니야. 경성에 풍류가 이사종이라는 자가 있어 현재 최고 가는 절창이라 하던데 틀림없이 이 사람일 것이야."

사람을 시켜 가서 알아보게 하니 과연 이사종이었다. 이에 서로 가까운 곳으로 자리를 옮겨 친근한 정을 나누더니 그녀의 집으로 데려가 여러 날 머무르게 하고는 말하였다.

"6년 동안만 함께 삽시다."

다음 날 가산을 모두 옮겨 이사종의 집에서 쓰는 3년간의 자본, 즉 부모와 처자를 봉양하고 기르는 비용을 모두 자신의 집에서 마련하였다. 몸소 팔 깎지를 끼고 첩으로서의 예를 다하였고 이사종의 집에서는 조금도 돕지 못하도록 하였다. 3년이 지나자 이사종이 진이의 집안 사람들을 먹였는데 진이가 이사종의 집안에서 했던 것과 똑같은 방식으로 보답한 것이 정확히 3년이었다. 진이가 말하였다.

"업이 이미 이루어졌고 약속의 기한도 가득 찼습니다."

작별을 하고 떠났다.

훗날 진이가 병이 들어 죽게 되자 집안 사람들에게 말하였다.

"내가 살아 있을 때 성품이 분잡하고 화려한 것을 좋아하였으니 죽은 후에도 산골에 저를 묻지 말고 마땅히 큰길가에 묻어 주세요."

지금도 송도의 큰길가에는 송도 명기 진이의 묘가 있다. 임제林悌

가 평안도사가 되자 송도에 들러 글을 지어 그 묘에 제를 지내 주었는데 이 때문에 끝내는 조정의 비판을 받았다.

(25) 일타홍의 정인감

심沈 부원군府院君이 일타홍一朶紅이라 하는 한 기녀를 사랑하였는데 늘 기녀에게 말하였다.

"네가 평생 손가락으로 꼽을 만큼 사랑했던 자를 말해 봐라."

기녀가 농담하였다.

"심 부원군이옵니다."

"나를 놀리지 말고 사실대로 말하여라."

"양웅산梁熊山이옵니다."

심 부원군에게는 엄지손가락을 굽히고 양웅산에게는 손가락을 반절만 굽혔던 것은 꺼렸기 때문이었다.

이날 심 부원군이 마부에게 물었다.

"양웅산이 무슨 색 말을 타더냐?"

"도화마桃花馬이옵니다."

"너는 마구간에서 도화마를 끌어내 날이 밝기 전에 양웅산[38]을

38 원문에는 일타홍으로 되어 있으나 오기(誤記)로 여겨진다.

기다려 그가 탄 말을 이 말로 교체하여 그로 하여금 말에서 내리지 못하게 하고 네가 말고삐를 잡고 그를 모셔 오거라."

다음 날 아침 과연 그를 문 앞으로 데려왔다. 부원군은 그를 인견하여 보고는 서게 하기도 하고 앉게 하기도 하다가 술을 대접하여 노래 부르는 것을 듣더니 말했다.

"실로 일타홍의 정인情人감이로군."

(26) 어린 기생의 눈물

어떤 한 연로한 병마절도사가 나이 어린 기녀를 얻어 끔찍이도 사랑하여 병영을 다 고갈시켜 가면서까지 그 기녀에게 재물을 대주었다. 벼슬의 임기가 끝나 돌아가게 되자 우정郵亭[39]에서 기녀와 이별하는데, 병마절도사는 기녀의 손을 붙잡고 흐느껴 울어 적삼 소맷자락이 모두 젖었는데도 기녀는 눈물 한 방울 흘리지 않았다. 기녀의 부모가 병마절도사의 등 뒤에서 자신의 얼굴을 손으로 가리고 슬피 우는 형상을 지으면서 그렇게 하라고 기녀에게 가르쳤다. 그러나 기녀는 나이도 아직 어려 억지로 꾸며내 울 줄도 몰랐을 뿐더러 병마절도사에 대한 정도 없었기 때문에 울고

39 우정(郵亭): 우관(郵館). 역마을의 객사.

자 해도 눈에서 눈물이 나지 않았다. 그러자 부모가 손짓으로 나오라고 불렀다. 기녀가 나오자 부모가 훈계하였다.

"병사님이 병영의 재물을 고갈시키면서까지 너를 위해 우리 집안을 일으켜 주었지 않니? 너는 목석이니? 어찌 눈물 한 방울 흘리지 않고 병사님을 전송할 수 있느냐."

부모가 움켜잡고 때리니 기녀가 엉엉 울었다. 그러자 부모는 기녀를 우정 안으로 들여보냈다. 기녀가 안으로 들어가 울자 병사는 그녀가 우는 것을 보고 더욱 흐느껴 울면서 말하였다.

"얘야, 울지 마라. 너 우는 것을 보니 내가 더욱 슬퍼지지 않니. 얘야, 울지 마라."

(27) 양생과 장사치가 사랑한 정주 기생

남원에 양생梁生이라는 자가 있었는데 마음 씀이 트이고 방종하며 집안이 풍족하여 풍류스러움을 자처하였다. 관서지방에 이름난 기생이 많다는 말을 듣고 한번 회포를 펴 보리라 생각하고 있었다. 그런데 마침 어떤 친한 일가가 정주定州 목사가 되자 양생은 집안 재산을 모두 다 기울여 사마[40]를 묶고 수레를 연이어 갔

40 사마(駟馬): 네 말이 모는 수레.

다. 목사가 이름난 기생을 선택해 잠자리를 모시게 하니 양생이 무척 사랑하였다. 3년 동안에 가져갔던 재물을 모두 다 쓰고 떨어진 옷에 다만 홑 나귀를 타고 쓸쓸하고 처량하게 귀향하였다. 그 기녀에게는 남동생이 있었는데 중도까지 뒤따라와 전송해 주었다. 그런 그가 고삐를 놓고 흐느껴 우니 양생은 차마 이별할 수 없었다. 스스로 헤아려 봐도 행장 안에는 아무것도 없으며 남은 것이라곤 발에 신겨 있는 신발뿐이었으므로 드디어는 그 신발마저 벗어 주고 나귀 등에 맨발로 앉아 갔다. 반나절 길을 가다가 시냇가 버드나무 그늘 아래서 말을 먹이고 시냇가 나무에 기대어 눈물을 줄줄 흘리며 우니 길을 가는 사람들이 모두 다 불쌍히 여기며 탄식하였다. 그런데 어떤 한 장사치 또한 시냇가에서 점심을 먹으면서 턱을 괴고 실의에 빠져 눈물을 닦는데, 수염을 적시도록 눈물을 흘리며 슬픔을 이기지 못하는 것이었다. 양생이 물었다.

"당신은 누군신데 나처럼 슬피 우는가요? 우리 함께 비밀스런 말을 나누어 슬픈 마음을 다독입시다."

양생이 먼저 말하였다.

"나는 3년 동안 정주에 머무르면서 사랑하는 기생이 있어 무척 사랑하였지요. 나만 그 기녀를 사랑한 것이 아니고 기녀 또한 나를 곱절로 사랑하였답니다. 그런데 하루아침에 버리고 이별하고 말았으니 이 때문에 우는 것이라오."

장사치가 말하였다.

"소인 또한 정주에서 한 어린 기생을 얻어 3년 동안 머물러 살았는데, 그 기녀는 관아의 자제들도 몹시 사랑하는 자였지요. 그래서 밤낮으로 틈이 없었으므로 매번 모친을 살핀다는 핑계를 대고 하루면 세 차례씩 나와 흡족하도록 정을 나누었지요. 그러다 하루아침에 이별하고 말았으니 이 때문에 우는 것입니다."

서로 껴안고 통곡하며 날이 저무는 줄도 몰랐다. 그러다 양생이 비로소, "당신이 사랑했던 기녀의 이름이 누구지요?"라고 물어본즉 양생 자신이 사랑하던 기생이었다. 이에 머쓱해져 서로 붙잡았던 손을 놓고 옷을 털고서 돌아갔다.

이로부터 다시는 그 기녀에게 마음을 두지 않았다.

(28) 평양 기생 무정개

평양 기생 무정개武貞介는 판서 유진동柳辰仝의 총애를 받았다. 그래서 여러 읍에 그녀를 데리고 갔는데, 무정개가 마침 전 남편이었던 노비를 보게 되자 슬픔이 북받쳐 흐느껴 울었다. 그러자 유진동의 노비가 그녀를 책망했다.

"낭자의 정이 오로지 저곳에 있으니 우리 주인님을 중하게 여기지 않음을 알 수 있겠구먼."

기녀가 답하였다.

"정말 사리에 통하지 않는 자일세. 내가 너의 주인을 위해 굳게 수절하다 불행하게도 다른 곳으로 시집갔는데 훗날 너를 보게 된다면 이보다 열 배는 슬플 것이네."

그녀가 대꾸하는 말에 민첩함이 이 같았다.

(29) 기녀 속성은 매일반

경성 북부에 제일 가는 명창 가지加地가 있었는데 자는 가습可拾이었다. 거문고에 맞추어 부르는 노래가 절묘했고 농지거리도 잘 하였다. 그래서 아름다운 생김새가 출중할 뿐만 아니라 벼슬아치들과 명관들이 기생을 대동하고 연 술자리에 가지가 없으면 몹시 쓸쓸하였다. 하루는 길에서 오작인[41]을 보았는데 떨어진 옷에 때낀 얼굴로 사람 시체를 메고 지나가는 것이었다. 가지가 얼굴을 가리고 외면하면서 말하였다.

"서울 여자 중에 저 종놈의 아내가 될 자가 있을까?"

오작인은 이 말을 듣고 분노를 품었다. 오작인은 그 뒤 남에게 의관을 빌려 입고 많은 재물을 빌려 가지를 찾아왔는데 가지는

41 오작인(仵作人): 수령이 데리고 다니면서 사체(死體)를 임검(臨檢)할 때 부리는 하인.

그 사실을 모르고 네댓 밤을 동침해 주었다. 오작인은 마침내 푸른색 보자기에 싼 한 꾸러미를 들여놓고 떠났다. 가지는 무척 기뻐하며 그것을 열어보니 죽은 아기의 시체인 것이었다. 가지는 크게 놀라 그 자리에서 거의 기절할 뻔하였다. 그리고는 오작인의 입에서 말이 나올까 두려워 그녀가 받았던 재물을 모두 돌려주고 관계를 끊었다.

증잉曾仍은 중국 사람인데 다음과 같은 이야기를 전해 들었다 한다.

남경의 어떤 한 화자[42]가 떨어진 옷에 쑥대머리를 하고 두건 뒤에 은 다섯 냥을 꽂고서 이름난 기생집에 들어가 숙박할 것을 구하니 기녀가 크게 노하여 몽둥이를 들고 나와 때렸다. 화자는 문을 나서 뒤도 돌아보지 않고 가는데 기녀가 두건 뒤에 꽂힌 은을 보고는 손을 들어 부르더니 말했다.

"이리 오시오. 화자는 앞면에서 보면 좋지 않은데 뒷면에서 보면 좋구려."

함께 자자고 요구하여 은을 취하고는 보냈다.

아아! 기녀가 몸을 가볍게 여기고 재물을 귀중하게 여기는 것은 천하가 똑같으니, 탄식할 만하도다.

42 화자(花子): 옛날에 거지를 지칭했음.

(30) 왈짜 안세헌의 낭패

서울 사람들은 화류장에서 호협하게 노는 사람을 왈짜(曰者)라고 했으니, 왈짜라는 것은 운운云云한다는 의미이다. 선비 중에 안세헌安世憲이라는 자가 있었으니 왈짜 가운데 최고였다. 일찍이 산사에 올라가 책을 읽는데 모든 서생들이 세헌을 존숭하여 사부로 삼고서 부처 탑상에 남면[43]하여 앉히고 그들은 탑상 아래에 늘어서 절을 올리며 왈짜의 도를 가르쳐 달라고 청하였다. 그러자 세헌이 두 다리를 거만하게 뻗고 앉아 엄정한 얼굴로 말하였다.

"이 아무개, 장 아무개 이리 오너라. 관을 기울여 쓰고 옷 뒤쪽을 늦추어라."

이에 이생과 장생은 가르치는 대로 받들어 행하였다. 세헌이 말하였다.

"이 아무개는 왼발이 잘못되었고, 장 아무개는 오른발이 잘못되었다. 바삐 뛰는 것을 고치고 어깨와 등을 고쳐라."

하산하자 이 아무개와 장 아무개는 세헌의 행동거지를 몰래 탐지하였는데 저녁이 되자 기녀 향이香伊의 집으로 달려가는 것이었다. 이에 이 아무개가 긴 장대를 쥐고 뒷간으로 가서 흔들어 뒤적이고는, 큰 소리를 지르며 그 장대를 창으로 쑥 들이니 세헌은

---

43 남면(南面): 임금이 조정에서 신하를 마주하여 남쪽으로 향해 앉는 자리임. 그래서 임금의 지위를 의미함.

바야흐로 거문고 연주에 맞춰 노래하는 것을 들으며 술잔을 쥐고 있다가 술잔을 내던지고 장대를 잡았다. 이 아무개는 일부러 장대를 두세 번 잡아당겨 마치 당겨야 할 일이 있는 것처럼 하였다. 그러자 세헌은 그 장대를 붙잡아 손으로 휘휘 돌리면서 창을 열어젖히고 쫓았고 이 아무개는 빠른 걸음으로 달아났다. 얼마 안 있어 세헌은 먹었던 술과 음식을 모두 토해 냈고 옷을 벗고 손을 씻으면서 말했다.

"늙은 도적놈에게 크게 속았군. 틀림없이 이 할자[44]일 거야."

(31) 기녀의 삼공일여

속담에 이르기를, 기녀는 늙은 후에 세 가지가 없어지고 한 가지가 남는다고 한다. 없어지는 세 가지는 무엇인가. 집 재산이 없어지고 몸이 없어지고 명성이 없어진다. 남는 한 가지는 무엇인가. 감언이 남는다.

---

44 할자(瞎子): 장님을 의미함. 혹은 사리에 밝지 못한 사람을 비유적으로 가리킨다.

(32) 신선이 된다 한들

지리산 불일암佛日庵은 쌍계사雙溪寺 동쪽 재 밖 10리 되는 곳에 있는데 벼랑이 깎은 듯하고 길이 끊겨 소나무를 찍어 사다리를 놓은 곳이 여러 곳이다. 이곳은 옛날 신라시대 최치원崔致遠이 놀던 곳이다. 서쪽으로는 청학봉靑鶴峯이 있어 선학仙鶴이 서식한다. 동쪽 봉우리에는 긴 폭포가 있는데 높이는 수천 길이며 또 마치 옥룡이 거꾸로 누운 것 같은 은하수가 공중에서 떨어져 누대 앞으로 곧바로 쏟아지니 옛사람이 그 바위에 큰 글자로 완폭대翫瀑臺라 새겼다. 암자 누대의 북쪽은 소나무와 대나무 숲이 옹위하여 막고 있다. 이곳에는 때때로 편안히 쉬면서 몸을 보살피는 고승 무리가 있었다.

어떤 한 도를 닦는 중이 외롭게 그 암자에 거처하고 있었다. 온갖 꽃이 피는 봄 3월 망간으로 오얏꽃이 산에 가득하고 달빛은 대낮 같았다. 밤이 깊어 가는데 암자 밖에서 문득 사람 말소리가 들렸다. 노승은 궁벽진 산꼭대기, 이처럼 야심한 밤에 어느 곳 나그네가 와서 노는가, 주인 입장으로 마땅히 나가 맞이해야겠다고 생각하고는, 문을 나서 절을 하니 높은 관에 흑포를 입은 한 나그네가 두 명의 삼척동자를 거느리고 완폭대 위를 배회하고 있었다. 가까이 다가가려 하자 손을 내저어 다가오지 못하게 하면서 한사코 도로 들어가라고 청하는 것이었다. 노승은 부득이 인사하고 암자에 들어와 엿보니 객과 동자들이 말을 나누는데 그 소리가 조그마하게 들렸지만 무슨 말인지는 분별할 수 없었고, 다만 옷자락이 바람결에 날리는 것이 보일 뿐이었다. 꽤 오랫동안 낭랑하게 긴 휘파람을 부니 소나무가 울고 대나무가 흔들리며 골짜기가 답하고 바위가 진동하였으며 간드러진 여음이 구름 밖 멀리까지 날리는 것이었다. 노승은 정신이 맑고 상쾌해져 다시 나가 절을 드리고자 하였는데 곡조가 끝나자마자 표연히 사라지는 것이었다. 암석 위로 길도 없는 곳을 따라 향로봉을 곧바로 건너가는데 그를 따르는 동자들의 걸음도 모두 나는 듯했으며 어느 곳을 향해 가는지 알 수 없었다. 노승은 멀리 바라보며 한숨을 쉬면서 그들이 진선眞仙이라는 것을 비로소 깨달았다.

이른바 진선은 몸의 외피를 벗어 버리고 정신을 뽑아 흩어지지 않도록 단단히 모으며 천백 겁이 지나도록 세상 사람들과 단절되어 행동거지를 알 수 없으니, 그 막연한 것이 마치 전생과 후생이 다름과 같다. 갈홍葛洪은 82세에 시해[45]하였으며, 여동빈呂洞賓은 64세에 날아갔다. 이들은 모두 몸을 버리고 갔으나 장창[46]이 백세까지 살다 죽은 것에는 미치지 못하였다. 세속에서는 정령위[47]

---

45 시해(尸解): 몸만 남겨 두고 넋이 빠져나가 신선이 됨.

46 장창(張昌): 진(晋)나라 사람. 젊었을 적 아전이었는데 무력이 남달랐다. 후에 성명을 이진(李辰)이라 바꾸고 구침(丘沈)을 거짓 천자로 세우고 자신은 상국이 되었다. 그를 따르는 무리가 10여 만 명에 이르렀다.

47 정령위(丁令威): 전설에 따르면 한(漢)나라 요동 사람임. 영허산(靈虛山)에서 도

가 학으로 변하였다고 하지만 기실은 요동의 창고 관리가 되었다가 전쟁 중 우물에 빠져 죽었다. 가령 정령을 온전하게 보전하여 백일승천한다 하여도, 참새가 대합조개로 변했으나 그 대합조개는 둥지에서 살고 구름 속으로 날았던 때를 기억하지 못하는 것과 같으며, 누에가 나방이 되어도 나방은 잎을 갉아먹고 실을 토하던 때를 모르는 것과 같으니 또한 슬프지 아니한가.

(33) 이원익의 선계 체험

상국 이원익李元翼은 젊었을 적 한계산寒溪山에서 놀다 절에 들어갔는데 생김새가 괴상하고도 기이한 한 노승이 주지의 거실에서 앉아 졸다가 이원익을 보더니 자못 예를 갖추는 것이었다. 한참을 앉아 있었는데 중이 조그마한 종이를 취하여 몇 글자를 써 뜰 가운데 던지니 얼마 안 있어 두루미가 뜰에 내려와 빙빙 도는 것이었다. 상국이 기이하게 여기고 그 연유를 물으니 중이 놀라 말하였다.

"서생은 함께 이야기를 나눌 만하군요. 많은 사람들 중 본 사람이 아무도 없었는데 그대만이 홀로 보는군요. 기이한 광경을 보

를 배워 후에 선화하여 학이 되어 고향에 돌아왔다 함.

고 싶으면 나를 따라오시오."

그러더니 명아주 지팡이를 짚고서 갔다. 상국이 뒤를 따라가니 마침내 뒷산에 오르는데 걸음걸음마다 패옥貝玉이 땅에 깔리고 찬란한 길이 열리는 것이었다. 상국이 물었다.

"어찌 이리도 보옥이 많습니까?"

중이 말했다.

"주옥이 어찌 없겠소만 오직 탐욕스럽지 않은 자만 볼 수 있는 것이지요. 그대는 정말 가르칠 만하오."

조금 있으니 생황과 피리 소리가 오색구름 속에서 들리는데, 설봉雪峰이 오색구름 가운데 있었다. 중이 고개 위에서 멈칫멈칫하며 설봉을 바라보면서 앞으로 나아가려 하지 않았다. 상국이 가서 보기를 원하니 중이 말하였다.

"이는 상선上仙들이 모여 노는 곳이니, 인간세계의 재상이 마음대로 볼 수 있는 곳이 아니오."

인하여 고개를 숙이고 배회하더니 내려갔다. 훗날 상국이 과거에 급제하여 승지가 되자 관직을 그만두고 한가하게 지낼 때 다시 한계산에서 노닐게 되었으나 옛날의 그 중은 볼 수 없었고 뒷산을 다시 찾아보고자 했으나 그 길을 잊어 찾을 수 없었다.

(34) 윤결의 죽음을 예언한 선녀들

왕실의 후예인 한 공자公子가 있었는데 풍류를 즐겼으며 객을 좋아하였다. 그가 거주하는 아름다운 뜰 정자에 늘 술을 마련해 놓고 빈객을 맞이하였는데, 시인 윤결尹潔도 반드시 그 자리에 참여하여 실컷 즐기고 끝냈다.

하루는 집에 맛있는 술이 있어 윤결을 초청하여 종일토록 술을 마시며 즐기다가 함께 자게 되었다. 공자가 꿈에서, 마을 입구를 지나 산골짜기에 들어갔는데 길이 다하여 외떨어지고 구석진 곳에 낮은 담이 둘러 있었다. 그 담장 안에는 네모진 못이 있었고 물이 맑고 푸르렀으며 못 가운데는 연꽃이 피어 있었다. 주렴을 내린 그림 같은 난간에는 서너 명의 미인이 곱게 단장하고 서 있다가 공자 오는 것을 보고 맞이하여 앉혔다. 공자가 자리를 정하고 앉자 미인들은 맛있는 안주에 향기로운 술을 들였다. 그래서 나른하게 취하자 미인들을 끼고 잠을 잤는데 새벽이 되어 깨어나니 꿈이었다.

공자는 윤결에게 말하였다.

"지난밤 꿈에 진정 신선처럼 놀았소."

날이 저물자 공자가 시험 삼아 가서 찾아보고자 하여 묵사동墨寺洞을 경유하여 산길을 따라 들어가니 과연 화려한 정자와 연못이 있었고 곱게 단장한 미녀 서너 명이 그를 맞이하는데 한결같이 꿈과 같은 것이었다. 밤새 노래하고 웃고 술을 마시는 가운데 미인이 공자의 빈객 윤 군의 사람됨을 대단히 칭찬하였다. 공자가 말했다.

"윤 군의 재주는 그와 짝할 만한 사람이 없으니 당대 제일 가는 명류지."

미인들이 윤 군 칭찬하기를 마지않더니 말하였다.

"슬프도다, 이 사람이여! 아깝도다, 이 사람이여!"

애석해하며 혀 차기를 마지않았다.

공자가 정신을 차리고 집에 돌아와 보니 윤결이 이미 체포당해 구금되었다는 소리를 들었다. 윤결이 궁전의 뜰에서 죽자 공자는 미인의 말을 생각하고 무척 기이하게 여겨 미인을 다시 찾아가 물어보고자 하여 그곳에 이르니 연당蓮堂은 없고 빈산 돌길에 바람에 스러지는 풀만이 쓸쓸하게 우거져 있을 뿐이었다.

(35) 신선과 장수

지난날 선조대왕이 베푼 잔치에서 이야기가 신선 일에 이르자 이준경李浚慶이 말하였다.

"지금 세상에도 신선이 있는 것을 눈으로 보았습니다."

임금이 놀라 묻자 대답하였다.

"지금의 재상 원혼元混은 식사를 절제하고 여색을 멀리하여 스스로 천금을 보전하였는데 나이 90세에 이르러서도 아무런 병이 없으니 진정 신선이옵니다."

대개 원혼은 93세에 죽었고 송찬宋贊은 90에 죽었으며 이거李遽의 부인은 103세에 죽었고 신발申撥은 93세에 건강하고 편안히 살다 죽었으며 조정趙挺의 대부인은 94세에 여러 번 질병을 앓았으나 치유되었으니, 저 82의 치천[48]과 64의 회선[49]은 다만 일개 영아일 뿐이다.

우리 집안의 어르신인 동지同知 유조柳調는 평생 절제 없이 먹고 마셨으며 그 몸을 돌보지 않았지만 84세까지 살 수 있었다. 그분의 벗 첨지 박정립朴廷立은 몸을 삼가고 조섭하느라 날마다 세 차례 약을 먹었고 먹는 것은 무척 간출하여 오이를 세 개로 잘라 그중 하나만을 먹을 뿐이었다. 다른 음식도 모두 이같이 하였는데, 누린 수명이 83세이다.

사람의 수명이란 기운을 후하게 받았는지 박하게 받았는지 여부에 달린 듯하다. 어찌 개인이 늘이고 줄일 수 있는 바이겠는가. 그러나 욕망을 따라 목숨을 염두에 두지 않는 것은 경계해야 할 것이다.

---

48 치천(稚川): 진(晋)나라 갈홍(葛洪)의 자. 신선술에 통달하였다 하고, 포박자(抱朴子)를 지었음.

49 회선(回仙): 선인(仙人) 여동빈(呂洞賓)의 별칭(別稱)임.

(36) 전우치의 환술

전우치는 송도의 술사術士로 읽은 책에서 나오는 것은 기억하지 못하는 것이 없었다. 가업을 일삼지 않고 산수간에 마음껏 노닐며 둔갑술과 신출귀몰하는 술수를 얻었다. 일찍이 다음과 같은 시를 지었다.

자와[50]의 주례周禮 진실로 왕법이요,
남상南相의 문장은 진실로 이주[51]로다.
박璞 또한 박璞이요 쥐 또한 박朴인데,
수후주[52]는 물고기 눈알이로다.
도마뱀이 용을 비웃으니 진짜 용이 부끄러워하고,
산사람 소매 떨치고 일찍 돌아가니
계수나무와 붉은 낭떠러지의 풍경 아름답네.

이때 박광우朴光祐가 재령載寧 군수가 되었는데 전우치가 많은

50 자와(紫蛙): 사이비(似而非)를 의미함.

51 이주(伊周): 상(商)나라 이윤(伊尹)과 서주(西周) 주공단(周公旦). 둘 다 섭정하여 함께 일컬어진다. 또한 집정하는 대신을 일컫는다.

52 수후주(隨侯珠): 전설상에 수나라 제후가 얻었다는 구슬. 수(隨)나라 희(姬)성 제후가 한 큰 뱀이 다쳐 끊어진 것을 보고 어수리 잎으로 붙여 나았는데 후에 뱀이 강 속에서 명월주(明月珠)를 물어다 주어 은덕에 보답했다. 그 구슬을 수후주(隨侯珠) 혹은 영사주(靈蛇珠)라 칭한다.

책에 박식한 것을 사랑하여 지극히 친하게 지냈다. 하루는 관아 동헌에 마주앉아 있는데 사신私信 한 봉과 공문이 있었으니 이는 감사가 보낸 비밀한 것이었다. 박광우는 그것을 뜯어보고 얼굴색이 변하여 자리 밑으로 감추었다. 전우치가 물었다.

"무슨 일입니까?"

박광우는 입을 다물고 대답하지 않았는데, 이는 조정에서 전우치의 요사스런 술법을 무척 미워하여 기필코 그를 잡아 죽이려 하였는데 박광우가 그를 극진하게 대접한다는 것을 알고 사신을 보내어 놓치지 말도록 한 것이었다. 그러나 박광우는 마음으로 차마 그렇게 하지 못하고 몰래 달아나게 하고자 하여 전우치에게 비밀리에 말하니 그가 웃으면서 말했다.

"내 알아서 마땅하게 처리하겠소."

그날 밤 전우치는 목을 매달아 죽으니 박광우는 애통해하며 그의 장례를 후하게 치러 주었다. 그런 지 2년 후 차식車軾의 집에서 전우치가 지팡이를 찾아갔다. 지금도 재령군에는 전우치의 묘가 있다.

전우치가 일찍이 벗 집에 모여 술을 마시는데 좌중 사람들이 말하였다.

"자네 천도天桃[53]도 얻어 올 수 있는가?"

53 천도(天桃): 선가에서, 하늘나라에서 난다고 하는 복숭아.

"무엇이 어렵겠는가. 가는 밧줄 백 줌만 가져오게."

하인이 명령대로 가져오니, 또 동자를 가리키며 말하였다.

"이리 오너라."

동자가 명령에 응하여 나아가자 전우치가 밧줄을 공중에 던지니 밧줄은 구름 낀 하늘 높이 올라가 간드러지게 드리워졌다. 전우치는 또 동자에게 밧줄을 타고 올라가라고 명령하면서 말하였다.

"밧줄이 다하는 곳에 벽도[54]가 있어 무척 많은 열매가 열렸을 것이니 따서 던져라."

이에 좌중의 사람들이 모두 나와 보았는데 동자가 공중 속으로 점점 빠져 들어가는 것이 보일 뿐이었다. 조금 지나자 벽도 잎과 열매가 마구 뜰로 떨어졌다. 좌중의 객들은 경쟁하듯 취하여 먹었는데 뚝뚝 떨어지는 단 과즙이 인간 세상에 있는 바가 아니었다. 그런데 얼마 지나지 않아 붉은 피가 공중에서 점점이 떨어졌다. 전우치가 놀라 말하였다.

"벽도 하나 먹으려고 동자를 그릇 보내고 말았구나."

좌객들이 그 이유를 물으니 전우치가 대답하였다.

"이는 복숭아를 지키는 자가 상제에게 달려가 아뢴 결과 이 아이를 죽인 것이오."

이윽고 팔뚝이 땅에 떨어지더니 양다리, 몸체, 머리가 이어 떨

54 벽도(碧桃): 선경에 있다는 전설상의 복숭아.

어졌다. 객들이 놀라 얼굴빛이 달라지니 전우치가 천천한 걸음으로 내려가 사체를 수습하여 마치 잇는 것 같은 몸짓을 하였다. 그러자 동자가 홀연 일어나 펄쩍 뛰더니 달려가는 것이었다. 좌중의 객들이 서로 바라다보며 크게 웃었다.

(37) 중의 환술

지난날 내가 교리 신관申灌에게 한유韓愈의 문장을 배웠는데 한유의 「송고한상인서送高閑上人序」에서 중은 환술을 잘 부리고 기능이 많다는 대목에 이르러, '환술을 잘 부리고 기능이 많다'는 것이 무엇이냐고 물으니 교리가 대답하였다.

"근래에 과천의 원정[55]이 참외 한 짐을 말에 가득 싣고 한강선에 올랐었지. 그런데 같은 배에 탄 한 중이 말하는 거야. '여름 더위를 만나 마음이 불에 타는 듯하니 그 참외를 같은 배를 탄 사람들에게 나누어 주셨으면 합니다.' 그러자 원정은 대답했지. '밭 갈고 김매고 물을 대고 노력하여 성숙시켰소. 저자에 내다 팔지 않고 도리어 당신들을 위해 덕을 베풀겠소?' 중이 또 말했지. '밭 갈고 김매는 것과 성숙시키는 것이 나에게는 무척 쉬운 일일 뿐이

55 원정(園丁): 뜰을 맡아 보살피는 사람.

지. 나에게도 방법이 있는데 무엇 하러 당신에게 부탁할까.' 그러더니 마침내는 가지고 있던 지팡이로 배에 경작했어. 경작이 다 끝나자 씨를 뿌리니 참외나무가 생겨났고, 생겨나자 넝쿨이 졌고, 넝쿨이 지자 꽃이 피었고, 꽃이 피자 열매가 맺었고, 열매 맺자 자랐고, 자라자 숙성하여 잠깐 사이에 배 가득 무성하여 푸른색 참외의 달콤한 향기가 코를 비트는 거야. 그 중은 넝쿨을 걷고 참외를 따서 배에 탄 모든 사람들에게 다 나누어 주었고, 그 배 안에 있던 사람들은 모두 갈증을 해소할 수 있었지. 이윽고 배가 북쪽 언덕에 이르자 중은 지팡이를 끌고 배에서 내려갔는데, 원정이 육지에 올라 그의 말짐을 살펴보니 모두 비어 있는 거야. 그래서 그 중을 뒤쫓아 갔지만 이미 간 곳을 알 수 없었지. 바로 이러한 것을 두고 중은 환술을 잘 부리고 기능이 많다고 이르는 것이지."

(38) 곽치허의 환술

김새金璽는 영유永柔 사람이다. 젊었을 적에 희천熙川의 교생 곽치허郭致虛에게 배웠는데 곽치허는 환술을 잘 부려 때때로 기이한 일들이 있었다. 때는 8월로 향교에서 석전제[56]를 지냄에 곽치

56 석전제(釋奠祭): 2월과 8월의 상정일에 문묘에서 공자를 제사 지내는 의식.

허가 그 일에 종사하게 되자 교생 중 여러 유생들이 모여 의논하였다.

"곽생은 요사스런 사람이니 이 일에 종사하는 것은 옳지 않습니다. 성인의 사당에서 물리칩시다."

곽생이 크게 노하여 말했다.

"당신들이 나를 곤경에 빠트리는데 나라고 당신들을 곤경에 빠트리지 않겠소."

얼마 지나지 않아 심한 폭우가 쏟아져 뜰에는 물이 넘쳐흘렀고 재사[57]가 내려앉으니 유생들이 모두 배나무에 기어오르다 가지에 찔려 살갗에 피가 흘렀다. 그들은 드디어 잘못했다고 사과하며 풀어 달라고 애걸하였다. 그러자 또 잠시 후에 비가 그치고 재사에도 아무런 흔적이 없었다.

김새가 그 술서를 배우고 싶어 하는 자에게 전하였는데 그 맨 처음 책자 종이가 불에 타 버려 예상할 수 있는 문자가 없었으므로 그 술법을 다 얻을 수 없었다고 한다. 나는 속임수라 여기고 그 술에 대해 진술해 보라고 하니 말하였다.

"세 번 고치[58]하고 두병[59]을 그리고 우보[60]로 걸어 들어오시오."

---

57 재사(齋舍): 문묘에서 유생들이 공부하는 집.

58 고치(叩齒): 윗니 아랫니를 마주쳐서 잇촉을 단단하게 함.

59 두병(斗柄): 북두칠성의 국자 가운데, 자루에 해당하는 세 개의 별.

60 우보(禹步): 절룩거리며 가는 것을 일컫는다. 대대로 전하기를 하우(夏禹)가 치수하는데 피로가 쌓여 병이 들어 몸 한쪽에 마비가 생겨 보행하는 것이 어려웠기 때

"무슨 말이오?"

"앞 좌 우로 세 번 고치하고 칼을 뽑아 땅에다 북두칠성을 그리시오. 우보라는 것은 두 발로 북두칠성의 자루의 굽은 곳을 따라 걸어 들어오는 것이오. 이 법대로 하면서 경을 외우고 나아간다면 온갖 신이 와서 몸을 가려 남들이 볼 수 없을 것입니다. 그래서 마침내 익숙하게 되면 일곱 걸음 이내에 몸을 감출 수 있을 것이요, 신묘의 경지에 든다면 몸을 움직이지 않고 경을 외우지 않아도 앉아서 몸을 감출 수 있을 것입니다."

혹자는 말하기를, 김새는 요술로 남의 첩을 훔쳐 처음에는 몸을 숨겨 들어갈 수 있었으나 정미함이 일단 깨지자 몸을 감출 수 없어 주인에게 들키고 말아 묶인 채 곤욕을 치렀다 한다.

(39) 천연 선사

어떤 객이 천연 선사天然禪師에게 물었다.

"선사께서 동방의 명산을 두루 유람하시다가 혹 이승異僧을 만나신 적이 있습니까?"

천연 선사가 말했다.

문에 이렇게 칭한다.

"일찍이 가야산 해인사에서 노닐 때 관찰사가 와 구경하기로 되어 있어 절의 중들이 남새를 따고 말구유를 갖추어 기다리는데 어떤 객승客僧이 채소밭에 들어가 새 상추를 따더니 연한 잎만을 골라 가 버리려는 것이었소. 주지승이 꾸짖었지요. 그런데도 멈추지 않으므로 마침내는 몰아서 내쫓았고 그 객승은 화를 내 꾸짖으며 객실로 돌아갔답니다. 그런 지 얼마 지나지 않아 뜰에 있던 서너 개의 말구유가 일시에 사람처럼 서서 계단을 올라 남새밭에 들어가더니 나아갔다 물러났다 서로 부딪치며 잠시 싸우자 상추밭이 씻어져 버린 듯했죠. 그러자 절의 중들이 모두 의건을 정제하고 객실에 가서 사과하며 말했다오.

'뜻하지 않게 세존께서 이 누추한 절에 왕림하시니 이 어리석은 중들이 실례를 하고 말았습니다. 감히 찾아와 죄를 청하옵니다.'

그러자 객승이 웃으며 사양해 말했다오.

'내가 한 것이 아니오.'

멈칫멈칫거리다 갔는데 간 곳을 알 수 없었소."

천연은 의기양양한 기운이 많아 벼슬아치들 사이에서 거만하게 놀며 기운을 가라앉히지 않았다. 지리산 천왕봉에 성황신城隍神이라 불리는 석조물이 있는데 원근에 사는 무격들이 그것을 높이 받들어 굴을 만들어 놓았으며 남방의 백성들이 귀신을 숭상해 집 재산을 기울여 그곳에 쏟아 넣는다는 말을 듣고 천연이 홀로 손수 그 상을 쳐부수었다. 이로부터 모든 무격들이 숨을 죽이고 감히 요술로 백성 속이려는 일을 다시는 하지 못했다. 천연天然이라고 제목한 양응정梁應鼎의 시에서 말하였다.

주먹으로 일격에 산머리 바위를 부수니,
도깨비들 의지할 곳 없어 대낮에도 운다네.

(40) 수사와 철사

남방에 철사哲師 · 묵사默師 · 칙사則師 · 수사修師 네 중이 있으니, 이들을 일컬어 사호[61]라 한다.

수사는 잘 수신하는 것을 의미하는 것으로 오수역獒樹驛의 앉은뱅이 군졸이다. 머리털을 깎고 두류산에 들어가 도를 닦아 불경을 많이 아니, 먼 지방의 불자들도 모두 그를 그림자처럼 따랐다. 지난해에 말이 역옥逆獄과 연루되어 도사都事가 아직 이르지 않았는데도 수사는 앉아서 그 사실을 알고 제자들에게 말하였다.

"산 밖의 사람이 와서 나의 허물을 꾸짖을 터이니 너희들은 두려워하지 말아라."

61 사호(四皓): 본래 한 고조(漢高祖) 때 상산(商山)에 숨은 네 노인을 일컫는다. 수염과 눈썹이 모두 희다고 하여 호(皓)라 하였음. 여기에서는 이에 빗대어 일컫는 명명임.

도사가 이르자 늙은 앉은뱅이 걸음으로 조금도 나아가지 못하니 제자들이 풍문을 듣고 찾아와 길을 갈 때 사용하는 죽제 기구를 각각 가지고 남여藍輿를 따라 가는 자가 수백여 사람이었다. 전주에 이르자 모두 잡아 가두고 다만 수십 사람으로 하여금 짊어지고 가게 했다. 서울에 이르러 죄의 실상이 없음이 밝혀져 곧 풀려나 돌아왔다. 아아! 유죄 무죄를 막론하고 일단 역옥과 관련되면 골육지친도 멀리서 그 풍문만 듣고도 오히려 쥐처럼 달아나 숨는데 그를 따랐던 수백여 명의 중 무리는 기이하지 아니한가.

철사라는 자는 원철圓哲이다. 천관산天冠山에서 도를 닦았는데 죽음에 이르러 제자 2천여 사람이 와서 땔나무를 쌓아 올려놓고 불사르는 화장을 지켜보았다. 또 두 명의 사미승은 "우리 스승님이 입적하였는데 나 홀로 이곳에 남아 무엇 하리오. 우리 사부님을 따라 극락세계로 함께 돌아가겠노라."라고 말하며 마침내 불길 속에 몸을 던져 죽었다. 사미승들이 스승을 존경하여 따라 죽은 것은 더욱 기이하다.

(41) 중 조순이 만난 이인

중 조순祖純은 불서佛書를 많이 알았다. 젊었을 적 금강산에서 노닐다가 시왕백천동十王百川洞에 이르니 잣이 모든 바위틈마다에 쌓여 있는 것이었다. 그런데 각질이 부서지고 알맹이가 제거되어 있어 그것을 먹는 어떤 것이 있으리라 여겨졌다. 그런데 문득 습지처를 보니 막 찍힌 사람의 발자국이 있었다. 마침내 뒤쫓아 가 보리라 작정하고 불과 몇 리도 가지 않아 사람 비슷한 물체를 만났는데 몸 전체에 한 척 남짓한 푸른 털이 나 있었다. 처음에는 우물쭈물하더니 달아나려 하는지라 가까이 다가가 불러 읍하고 더불어 말을 나누니 호남 말을 할 줄 알았다. 그가 조순을 데리고 한곳에 이르니 맑은 시내가 흐르는 흰 바위였는데 뾰쪽뾰쪽한 산봉우리가 높고 깎아지른 듯하여 나무꾼과 나물 캐는 아녀자의 발길이 닿을 수 없는 곳이었다. 시냇가에는 돌확이 있는데 솥처럼 생겨 열 말 남짓은 수용할 수 있을 것 같았다. 잣을 볶아 누룩 덩이처럼 둥글게 다져 하나를 조순에게 나눠 주어 먹이면서 말하였다.

"저는 본래 호남 사람으로 중이 되어 이 산에 들어왔는데 굶주림을 견디지 못하고 잣을 먹어 시장기를 면했습니다. 그러자 처음에는 장이 깨끗해지고 윤택해지는 것 같더니 끝내는 온몸에 푸른 털이 생겨 옷을 입지 않고서도 따뜻합니다. 지금 백여 살이 이미 넘었지요."

밤에 같이 잠을 잤는데 일어나 보니 그는 이미 그 간 곳이 없었다. 조순은 항상 금강산에 살다가 만년에는 보개산寶盖山으로 옮겼으나 사찰이 번잡한 것이 싫어 홀로 작은 흙집을 짓고 살았는데, 훗날에는 간 곳을 알 수 없었다.

(42) 회암사 중이 만난 이승

양주楊州 회암사檜岩寺에 있는 중이 영남의 선산善山에서 걸식하였는데, 일찍 선산을 출발하여 길을 가다 한 중을 만나 향하는 곳을 물어보니 같은 길이어서 함께 가게 되었다. 그 중은 어깨에 전대를 매고 있었는데 그 전대 속에는 한 바리때가 있었고 바리때 속에는 전날 지은 밥이 있었다. 길을 가다 마침내 한 산봉우리에 이르니 날은 이미 정오였다. 전대를 열고 밥을 꺼내 함께 먹으며 이 산봉우리 이름이 무엇이냐고 묻자 '조잠鳥岑'이라고 대답하였다. 밥을 다 먹자 또 함께 길을 갔다. 신시申時 가까울 무렵 길가 긴 둑 아래 나무그늘에 앉아 쉬다가 잠깐 잠이 들었다 깨어나니 중은 이미 간 곳이 없었다. 일어나서 보니 회암사 남쪽 못의 제방이었다. 절의 중들이 나와 노고를 치하하며 어디서 오시느냐고 물어 아침에 선산을 출발하였노라고 대답하니 모든 중들이 속인다고 여겼다. 그 자신 또한 사실이 아닌가 의심하였으나 몸은 이미 옛 처소에 이르러 있었고 서로 접하는 사람들 또한 같은 절의 중들이었다. 날이 저물자 온 절이 밤인데도 밝아 상서로운 광채가 하늘에 뻗쳐 있었으나 같이 왔던 중이 있는 곳은 알 수 없었다.

(43) 이목의 출가

홍양興陽의 이목李睦이라는 자는 양민이다. 생업이 무척 풍요했고 논과 집 처자식이 있었지만 그만이 홀로 불교를 좋아하여 늘 출가出家할 뜻이 있었다. 그러나 차마 처자식을 외롭고 쓸쓸하게 할 수는 없었다. 그에게는 특별히 친한 친구가 있었다. 하루는 그 친구를 집으로 초대하여 처자식과 함께 한방에서 잠을 잤다. 모두 깊이 잠들자 몸을 빼내 밖으로 나가 문에 자물쇠를 채우고 종이 가득 편지를 써 바위에 붙이고 가 버렸다. 그 편지의 내용은 다음과 같다.

"나는 본디 불법을 좋아하여 집을 버리고 멀리 달아나 공문空門[62]에 몸을 의탁하고 싶었으나 차마 처자식으로 하여금 의지할 곳 없게 하지는 못하였네. 자네가 인자하고 믿음이 있으니 나의 아비 없는 자식들을 저버리지 않으리라고 굳게 믿네. 나에게 재산도 있고 집도 있으니 궁핍함을 면할 수는 있을 것이네. 이제 아내와 자식들을 그대에게 부탁하니 거절하지 말게."

그 친구는 잠에서 깨어난 후 그가 머지않아 돌아오리라 여기고 방문을 나서려니 문이 이미 잠겨 있었다. 마침내 문을 부수고 나가 등잔불로 편지에 쓰인 글들을 비춰 보니 그 친구는 이미 떠나

62 공문(空門): 불교.

버린 것이었다. 벗은 착한 사람이었다. 이웃과 친족들을 두루 불러 그 연고를 알리고는 마침내 작별을 하고 떠났다.

그 후로 이목이 실로 영영 돌아오지 않자 이웃과 친족들이 모여 모의하여 다시 이목의 친구를 불러 집과 밭, 처자식을 부탁하니 친구는 끝내 거절하지는 못하였다.

이목은 지금도 무등산의 월출사에서 노닐어 그를 본 사람이 있다고 한다.

(44) 문경현 중의 구사일생

문경현聞慶縣의 어떤 중이 몇 필의 베를 가지고 조령을 넘는데 날이 저물어 가고 있었다. 그런데 어떤 사람이 지팡이를 가지고 왔다. 중은 이상하게 여기고 길을 양보하여 먼저 가도록 하였으나 그 사람은 중을 강제하여 앞서 가게 하고, 가면서 뒤돌아보곤 하였다. 한곳에 이르니 길의 방향이 틀어지며 막혀 있는데, 지팡이를 든 자가 뒤에서 중을 때렸다. 중은 몸을 피하여서 그 지팡이를 빼앗아 반격하여 거의 죽을 지경이 되자 골짜기에 던져 두고 갔다.

밤에 산속 마을에 들어가니 부녀자 몇이 문에 기대어 서 있는데 마치 기다리는 사람이 있는 듯하였다. 중을 보더니 맞이하여 집으로 들어가 객사에 머무르게 하더니 들어가자 문을 잠가 버렸다. 중은 의아해하며 오래도록 잠들지 못하였는데, 밤이 깊어지자 신음 소리를 내며 부르는 자가 이르렀다. 문에 기대어 기다렸던 자들이 놀라 묻자 대답하였다.

“중에게 곤욕을 치르었소.”

부인들이 손을 내저어 말하지 못하게 하며 말하였다.

“그 중이 여기에 있습니다.”

중이 틈새로 살펴보니 아까 지팡이를 휘두르던 자였다. 스스로 죽음을 면하지 못하리라 여기고 나가고자 하였으나 문은 이미 닫혀 있었다. 바로 벽을 차서 무너뜨리고 나가 울타리를 뛰어넘으니 울타리 밖에는 호랑이가 엎드려 있다가 그를 물어 등에 태우고 나무숲을 지나고 큰 골짜기를 건너 나는 듯이 달렸다. 간 길을 헤아려 보아도 몇 백 리인지 알 수 없었는데 날이 밝자 숲에서 그치더니 쉬었다. 중은 정신은 비록 멍하였지만 신체는 온전하였다. 눈을 떠 바라보니 호랑이 새끼가 눈앞에 가득했다. 호랑이는 마침내 중의 옷을 찢더니 그 몸을 엎어놓고 발톱으로 그의 피부를 긁어 피가 나오면 호랑이 새끼들이 핥았다. 그렇게 여러 차례 하였는데 문득 한 소리가 산 위에서 들려오는데 숲의 나무들이 온통 진동하였다. 그러더니 한 마리 수리가 호랑이 새끼를 낚아채 날아가니 호랑이는 높이 소리치며 뒤쫓아 갔는데 한참이 지나도 돌아오지 않았다. 중은 이에 힘껏 몸을 일으켜 호랑이 새끼를 밟아 죽이고 숲속을 뚫고 지나 숲 밖으로 나왔다. 도끼질하는 소리가 있어 찾아가 보니 목수가 큰 도끼를 가지고 나무를 잘라 쌓고 있었다. 중은 마침내 그 목수에게 의탁하여 살아날 수 있었는데, 무슨 산이냐고 물으니 지리산이라고 대답하였다. 지리산은 문경과의 거리가 6백 리인데 호랑이는 밤 사이에 그 길을 달려온 것이다. 중은 목수를 따라가 촌가에서 투숙해 살아날 수 있었다.

(45) 신들린 무당의 예지

어떤 한 판서가 함경도 여러 읍에 딸린 아전들에게 편지를 보내 가는 베와 좋은 매를 구하였고 인하여 노비의 세공도 요구하였다. 그러고는 별도로 매 담당 노비 두 사람을 보내어 베 50단, 좋은 매 두 마리를 얻고 다시 소 네 마리를 마구 거둬들였다. 그렇게 하여 돌아가는 길에 고산高山 우촌郵村에서 묵었는데 주인인 신들린 여자 무당이 대들보에서 휘파람을 불며 말하였다.

"오늘 손님은 야간에 큰 횡포를 당할 것이오. 허다한 사람들이 무기를 가지고 길에 있소. 경계하시오."

한 노비는 술에 몽땅 취하여 인사불성이 되어 있었고 한 노비는 두려워 잠들지 못하다가 큰 몽둥이를 들고서 문 곁에 서 있었다. 다시 휘파람 소리가 들려오더니 말하였다.

"이미 도달하였소."

문으로 훔쳐보니 수십 명의 사람들이 각각 칼과 몽둥이를 들고 문밖에 있는데 그 가운데 두 사람이 칼자루에 손을 댄 채 큰 소리를 지르며 문안으로 돌격하였다. 그때 문 곁에 있던 노비가 재빨리 치니 모두 땅에 쓰러졌고 나머지 사람들은 모두 새가 날아가듯 흩어졌다. 그 노비는 마침내 혼자 손으로 두 사람을 결박하여 가두었다. 본 읍에서는 소와 베를 세공으로 낸 집에 돌려주었고 관에서 법으로 다스렸다.

(46) 재주꾼 스님 동윤

동윤洞允이라는 자는 재능 있는 중으로 글, 글씨, 익살에 능하였고 또 새와 짐승 소리를 정교하게 흉내 낼 줄 알았다. 일찍이 시골 마을을 지나는데 어떤 한 집에서 술과 음식을 준비하고 무녀를 맞이하여 죽은 자의 혼령을 불러내 제를 지내고 있었다. 동윤이 그 집에 들어가니 주인이 그를 꾸짖는 것이었다. 화가 난 동윤은 마을 아이를 꾀어내 죽은 사람의 나이와 목소리와 맵시, 친척, 평생 했던 일 등을 아주 상세하게 물어 알아 두었다. 그리고는 드디어 제 지내는 곳에 불쑥 들어가 낯빛을 푸르락붉으락 변화시키며 온몸을 떨면서 알아들을 수 없는 헛소리와 어지러운 말로 주인을 꾸짖더니 죽은 사람의 목소리로 지난날 했던 일들을 낱낱이 진술하고 친척의 성명을 일일이 가리키며 형제, 처첩, 자손들을 분별하는데 하나도 틀림이 없었다. 애처롭고 슬픈 말 사이에 길흉화복의 말을 섞어 가며 유창한 말을 물 흐르듯 쏟아내니 온 집안 사람들이 놀라 동요하고 슬퍼했으며 듣는 자들 또한 모두 얼굴을 가리고 목 놓아 슬피 울면서 모든 사람들은 죽은 혼령이 강림한 것이라고만 여겼다. 무녀는 기가 꺾이고 말이 막히어 한마디 말도 겨룰 수 없었다. 그러자 주인은 동윤을 윗자리로 맞이하여 술과 음식으로 극진하게 대접한 후 보냈다. 훗날 조정에서 선종禪宗·교종教宗 양종을 세우면서 팔도의 명승들을 선발하였는데, 동윤이 그 선발에 들어가 장차 판사判事에 임명될 예정이었으나 그 일에 관해 말하는 자가 있어 마침내 배척되었다.

또 달밤에 마을의 성곽을 지나는데 나이 젊은 협객들이 기녀들을 끼고 놀고 있었다. 이때 사람들은 요승妖僧이 정치를 어지럽히는 것에 분노하여 중 무리만 보면 기를 꺾어 욕보이곤 하였다. 본디 동윤의 명성을 들었던 터라 익살부리고 새·짐승 소리를 내도록 시키니 동윤이 말했다.

"나는 온갖 기예에 능하지만 그중에서도 꽃을 탐하는 벌 나비 놀이를 가장 잘하지요."

협객들이 즐거워하며 보기를 원했다. 동윤은 각각의 사람들에게 손바닥을 벌려 꽃 모양을 만들게 하고 마치 꽃술을 따려는 듯이 두 개의 지팡이를 허리춤에 끼어 다리를 만들고 두 소매를 펼쳐 날개를 만들어 벌 소리를 내며 벌처럼 날아 십 보 나아갔다가 되돌아가고 수십 보 왔다가 되돌아가고 백 보 왔다가 되돌아가니 협객들이 보며 웃으면서 멀고 가까움을 그가 하는 대로 맡겨 두었다. 수백 보를 지나자 동윤은 쫓아올 수 없으리라 여기고 지팡이를 내던지고 소매를 내저으면서 달아나니 협객들이 뒤쫓았으나 잡을 수 없었다.

중국 사신이 오니 훈련도감에서 동윤으로 하여금 승군을 통솔하여 홍제교弘濟橋를 수리하도록 하였는데 일을 조금 게을리 하자 닻줄로 동윤의 목을 묶어 나무에 매달아 놓았는데, 동윤이 소리 높여 송아지 울음소리를 내자 온 들판의 소들이 일제히 응하였다. 또 밤중에 경성에 가서 자는데 초어스름에 소매 자락을 치면서 닭소리를 내니 뭇 닭들이 일시에 날개를 치면서 울었다. 호음 정사룡이 그의 시집에 다음과 같이 썼다.

재능 많아 잘 홀리는 것 그의 일이었으니,

소 울음도 닭 울음도 모두 핍진하였네.

(47) 정식 일가의 파멸

진안鎭安 현감 정식鄭湜은 호남 사람이다. 만력 갑오년과 을미년에 부모 상중이었는데 왜적이 나라에 가득했지만 호남 한 길만이 흉적의 칼날을 입지 않았다. 정식은 생업이 조금 넉넉했다. 임권林權·임서林楈·백진남白振南 같은 남방 중의 호방한 선비들이 각각 배를 마련하여 가솔을 싣고 나주 흑산도로 피난 갔다. 흑산도는 바다 멀리 떨어진 외딴 곳으로 제주도와 이웃하고 있었고 어부와 나무꾼들의 발길도 이르는 일이 드물었다. 대나무가 하늘을 찌를 듯 높이 서 있고 토양은 지극히 기름졌으며 살찐 남새, 풍요로운 물고기와 전복이 바다 가까운 땅과 육지보다 열 배는 풍부했다. 그곳으로 배를 타고 가려는 자는 반드시 순풍을 기다렸다가 구름을 점친 이후에야 떠났다. 정식은 가솔을 모두 싣고 또 수백 가마니의 양식 이외에 상중에 필요한 맷돌 등도 실었다. 섬에 몇 개월 머무르는 동안 왜적이 조금 평정되어 백성들이 대부분 안도하고 있다는 호남의 소식을 듣고서 같이 갔던 배들과 함께 고향으로 돌아가려고 순풍이 오기를 기다리고 있었다. 그런데 정식의 꿈에 백두 노인이 나타나 말하였다.

"나는 섬의 주인이오. 내일 당장 그대에게 순풍을 빌려줄 터인데 당신이 가지고 있는 준마를 내가 무척 사랑하오. 그러니 그것을 나에게 남겨 주기 바라오."

정식이 꿈에서 깨어나 기이하게 여기고 집사람에게 꿈 이야기를 하니 집사람의 꿈 또한 그렇다는 것이었다. 정식은 더욱 두려운 마음이 들어 말을 섬에 풀어놓고 떠나고자 하였다. 정식의 큰아들은 선비였다. 그만이 유독 현혹되지 않고 강하게 저지하며 말하였다.

"남아가 큰일을 처리하는 데 어찌 일개 꿈을 믿고 하겠습니까. 하물며 왜적이 지금 육지에 있는데 말을 빈산에 버리고 육지로 가는 것은 마땅한 계책이 아닙니다."

정식이 반신반의하며 결정을 내리지 못하고 있는데 다음 날 또 백발노인이 꿈속에 나타나 말하였다.

"당신이 한 마리 말이 아까워 내 말을 믿지 못하겠다면 아들과 처자라도 남겨 놓으시오. 만약 그리 하지 않는다면 바다를 잘 건너가도록 놓아 두지 않겠소."

꿈에서 깨어 다시 꿈을 이야기하고 말을 남겨 두고 가려 하였는데 큰아들이 또 저지하는 것이었다.

닻을 들어 올리고 돛을 펴 다른 많은 배들과 함께 출발하였다. 다른 배들은 바람을 타고 돛을 나부끼면서 아무 탈 없이 잘 나아가는데, 정식의 배를 뒤돌아보니 바다 가운데 이르러 빙빙 돌면서 나아가지 않는 것이었다. 정식은 크게 두려운 나머지 가산을 몽땅 바다 가운데 풀어 넣었는데, 그래도 배는 나아가지 않았다. 그래서 뒤따라오는 작은 배로 나아가 그 준마와 어린 처자들을 실었으나 배는 끝내 침몰됨을 면하지 못하여 배 가득했던 가솔들이 모두 고기밥이 되었다. 남중 사람들은 지금도 그 이야기를 전하여 말하며 모두 그 큰아들을 허물한다.

내가 처음 문과 갑과에 합격하여 전례대로 찰방察訪에 임명되었는데 당시에 정식이 동료였다. 그는 사람됨이 깨끗하고 맑았으나 너무 강직하여 남의 뜻을 잘 거슬렀으며 명예를 좋아하였는데 불행히도 이런 일을 당하고 말았으니 애석하다.

(48) 유사종의 현몽

부제학 유축柳潚[63]의 대부인 이씨는 서얼 족속인 유사종柳師從의 딸을 데리고 있었다. 그녀는 어린 나이에 난리를 만나 양친을 잃고 서관西關을 떠돌아다녔는데 이씨가 가엾게 여겨 방랑하며 살던 가운데 사랑으로 길렀다. 몇 년이 지나 시집갈 만한 나이가 되자 혼구를 다스려 적당한 사람을 택하여 시집보냈다. 밤 꿈에 유사종이 뜰에서 백 번 절을 올리며 감사하다고 말하는데 그가 입은 옷을 살펴보니 부녀자들이 입는 자색 장옷[64]을 입고 있는 것이

63 유축(柳潚): 유몽인의 형 유몽표(柳夢彪)의 아들임.

64 장옷: 장의(長衣). 여자가 나들이할 때에 얼굴을 가리느라고 머리에서부터 내리쓰던 옷.

었다. 꿈에서 깨어 슬퍼하며 여러 아들에게 말하였다.

"어젯밤 꿈에 유사종이 와 뜰에서 백 번 절하며 감사하다고 하니 틀림없이 내가 자기 딸을 시집보낸 줄 알기에 그런 것일 것이다. 그런데 남자 옷을 입지 않고 부인이 입는 자색 장옷을 입고 있었는데 어찌 된 일일까."

그 딸이 곁에 있다가 그 말을 듣고 부지불식 중 방성통곡하며 말하였다.

"저의 부친은 난리를 만나 바닷가를 떠돌아다니다 전염병에 걸려 돌아가셨습니다. 그래서 염을 할 때 옷이 없었으므로 모친께서 자색 장옷을 벗어 입혀 드렸습니다. 명계에서 입고 계시는 옷은 틀림없이 염할 때 입혀 드렸던 그 옷입니다."

슬픔을 이기지 못하고 흐느껴 우니 그 말을 들은 자들이 모두 눈물을 흘렸다.

(49) 장옷 입고 현몽한 홍중성 부인

홍중성洪仲成은 일찍 상처하였는데 그때 갓 태어나 아직 말을 배우지 못한 한 사내아이를 두었다. 4, 5년이 지난 후 아이가 낮잠을 자다가 놀라 소리 지르며 우는 것이었다. 유모가 껴안고 물으니 아이가 말했다.

"옷차림과 몸치장을 화려하게 한 어떤 부인이 자색 장옷을 입고 청단으로 된 큰 허리띠를 매고서 흐느껴 울며 '가련한 내 아이 가련한 내 아이' 하고 말하기에 놀라 곡한 것이에요."

유모가 그 생김새를 물어보니 아이 모친의 모습이었다. 유모가 그 말을 듣고 통곡하며 말했다.

"너의 모친이 돌아가셨을 때 자색 장옷과 청단 허리띠를 사용해 염습하였는데 저승에서 입고 있는 것이 틀림없이 그때 그 옷과 띠로구나."

이로 추측해 보건대 옛날 소정邵亭의 귀신이 옷을 빌려 사정을 늘어놓아 말했던 것, 영사榮賜의 혼이 치마를 걸어 올리고 원통한 일을 하소연했던 것, 이문민李文敏의 비단 적삼이 반소매였던 것, 엄무접嚴武接이 비파 시위에 머리를 드리웠던 것은 모두 헛된 것이 아니었다.

(50) 고경명의 부활담

고경명이 순창 군수였을 때 유행병에 감염되어 죽었는데, 온몸이 모두 차가웠으나 심장 밑만은 여전히 따뜻하였다. 하룻밤이 지난 뒤에도 여전히 차갑지 않더니, 문득 꿈에서 깨어난 것처럼 일어나 말하는 것이었다.

"어떤 사자가 나를 불러 길잡이 하여 가 한 관부에 이르러서 들어가 알리니 관인이 '접때 불렀던 것은 이 자가 아니네'라고 말하고는 사자를 재촉하여 다시 인도하여 돌아가게 했소. 순창 경내에 들어가니 길가 민가에서 북소리가 둥둥 울리니 사자가 그곳에 들어가 잠시 쉬면서 술과 음식을 얻어먹기를 원해 나도 그 집에 따라 들어갔지요. 그런데 무당이 보더니 '우리 성주님께서 오시네'라고 말하며 우리를 맞이해 자리에 앉히고 술잔을 받들어 권하면서 사자를 대접하여 몽땅 취한 후에야 보내는 것이었소. 그래서 곧바로 관아에 들어왔는데 문득 놀라 깨어났소."

마침내 하인으로 하여금 길가 집에 가보게 하였더니 밤 제사가 아직 끝나지 않은 것이었다. 무당에게 물어보니 고경명의 말과 같았다.

(51) 진기경 꿈에 나타난 원혼

진기경陳耆卿이라는 자가 있었다. 일이 있어 나가 노닐다가 냇가에서 쉬며 말먹이를 먹이고 있는데 문득 재채기하는 소리가 들려 돌아보았으나 아무것도 보이지 않았다. 그런 현상이 몇 차례 계속되자 피곤해져 잠이 들었는데 꿈에 베옷을 입은 선비가 읍하며 말하였다.

"지극히 원통한 일이 있어 당신에게 하소연하려는데 저의 소원을 들어주시려는지요?"

진기경이 말했다.

"좋소. 말해 보시오."

선비가 말하였다.

"저의 성은 아무개이고 이름은 아무개로 아무 곳에 살지요. 저에게는 사납고 흉폭한 하인이 있었는데 그를 장차 저의 몇째 아들에게 주려 했지요. 그런데 그 아들은 성품이 몹시 엄한지라 하인이 저를 무척 원망하고 노한 나머지, 저를 데리고 말고삐를 잡고 가다가 죽여서 이곳에 묻었답니다. 제 아들은 상중에 있으면서 아침저녁으로 제를 올리는데 그 하인을 시켜 제를 지내게 하더군요. 그래서 저는 두려워 감히 먹지도 못하고 있습니다. 아무 날이면 탈상할 텐데 그날 당신이 우리 아들을 만나 보고 몰래 말해 주어 내 원수를 갚고 해골을 수습할 수 있도록 해 주십시오. 제 해골은 저 천변 나무 아래에 묻혀 있어 풀잎이 바람결에 흔들려 내 콧구멍으로 들어오면 문득 재채기를 하곤 하지요."

또 그 하인의 생김새에 대하여 상세하게 말해 주었다. 진기경이 깜짝 놀라 깨어난 뒤 무척 이상하게 생각하고 마침내 나무 밑으로 가서 쑥을 걷고 모래를 치우니 과연 사람 해골 한 구가 있는데 풀잎이 바람결에 콧구멍으로 드나들고 있었다.

후에 그날이 되자 그 집을 찾아가니 막 탈상한 자가 진기경을 보고는 엎어지고 자빠지면서 급히 달려 나와 그를 맞이하여 후하게 대접하였다. 진기경이 물었다.

"부친께서는 무슨 연고로 돌아가셨으며 어느 곳에서 돌아가셨습니까?"

"저의 부친께서는 나가 노시다가 돌아가서 집으로 오시지 못하셨습니다. 돌아가신 곳도 알 수 없어 이 산 위에 허장[65]하였는데 어젯밤 꿈에 돌아가신 아버님께서 나타나 '오늘 처음 찾아오는 객에게 나를 대접하듯이 잘 대접하면 틀림없이 죽은 곳을 가르쳐 주실 것이다' 하였습니다. 어르신께서 어느 곳인지 가르쳐 주실는지요?"

진기경은 문득 꿈꾸는 것처럼 전신이 몽롱해지더니 병풍 사이에서 말하는 소리가 있었다.

"지금 뜰을 지나가는 자가 그 하인입니다."

자세히 살펴보니 그 면목이 냇가에서 들었던 바와 똑같았다. 진기경이 비로소 아들의 귀에 대고 말해 주었다. 그러자 마자 상제는 별 것 아닌 죄라고 속여서 일단 그 하인을 묶더니 큰 몽둥이로 때리면서 신문하자 실정을 일일이 다 말하는 것이었다. 이에 그를 죽여 시신을 갈갈이 찢고 부친의 해골을 냇가에서 수습하여 선산에 묻어 주었다(卿은 혹 慶이라고도 한다).

65 허장(虛葬): 오랫동안 생사를 모르거나 시체를 찾지 못한 경우에 그의 유물로써 장사함.

(52) 김용 귀신의 시

음성陰城 사람 김용金容은 만력 갑오년에 관직을 얻기 위해 서울에서 나그네로 지내다가 문둥병에 걸려 죽었는데, 굶주린 사람이 그의 시신을 훔쳐다가 불에 구워 먹었다. 그 후 김용의 외종 아우이며 김충金冲의 손자인 장원 김계문金繼文이 전염병에 걸려 장차 죽으려 하는 지경에서 잠결에 설핏 김용이 옆에 앉아 있는 것을 보았는데, 그에게 시를 주었다.

해골이 숲속에 깃들어 흔적 또한 매몰되니
혼은 구름 연기 좇아서 끊겼다 다시 이어지네.
일에 골몰하던 생전에는 숱한 그릇된 욕 당했는데
구슬퍼라, 죽은 뒤는 슬픔 견디라 재촉하네.

인하여 김계문에게 말하였다.

"너는 이제부터 다시 살아날 것이다."

꿈에서 깨어나자 열이 물러나 살아나게 되었다.

김용은 살아 있을 적에는 글에 조금 능했지만 그다지 잘하지는 못했는데, 귀신이 되어 지은 구슬픈 시가 살았을 적의 시보다 훨씬 좋다.

(53) 유경심 귀신

민기문閔起文이 승지였을 때 새벽 종소리를 듣고 입궐하러 가다가 말 위에서 설핏 졸았는데 문득 길에서 죽은 친구 유경심柳景深을 만났다. 서로 인사를 주고받은 후 가는 곳을 물으니 대답하였다.

"우리 집 자제들이 술과 음식을 장만해 놓고 나를 초대하기에 잘 먹고 돌아가는 길이네."

홀연 술기운이 코에 엄습하였다. 민기문이 몹시 이상하게 여기고 사람을 시켜 그 집을 방문하였더니, 유씨의 아들이 돌아가신 부친의 기일 제사를 막 마치고 치우는 중이었다.

(54) 아들 혼사를 돌본 부친 혼령

경성의 어떤 한 재상이 청백하다는 명성이 있었는데 그가 죽자 가업이 몹시 빈곤해져 그 아들의 혼사 일도 어렵고 군색했다. 결혼할 만한 한 여자가 있어 날을 정해 놓고 장차 혼례를 치르려 하였는데 우연히 제사 지낼 일이 있어 집에서 제사를 지냈다.

마침 그날 새벽 재상의 옛 친구가 새벽같이 길을 나섰는데, 앞에서는 벽제辟除하고 뒤를 옹위한 채 경계하며 오는 한 재상의 행차를 길에서 만났다. 그래서 말채찍을 들어 서로 읍했는데 재상이 몹시 취해 있었다. 서로 인사말을 나눈 뒤 재상이 말했다.

"오늘 나의 아들놈들이 나를 맞이하여 술을 권하기에 몽땅 취해 가는 길이오. 그대가 가서 아이들에게 말해 주시오."

인하여 읍하고 헤어졌다. 그런데 몇 걸음도 채 못 가 마부를 멈추게 하더니 작은 봉투 하나를 주며 말하였다.

"아이 집이 몹시 가난하오. 곧 혼례가 있을 것인데 이것을 주고 싶소. 취해 깜박 잊고 왔으니 그대가 내 대신 전해 주오."

친구가 그 집을 찾아가 말을 전해 주니 아들이 제사를 끝내고 있다가 그 말을 듣더니 머리를 맞댄 채 통곡하며 봉한 편지를 뜯어 보니 큰 구슬 세 개가 들어 있었다. 그것을 부인에게 보여 주니 부인이 말했다.

"우리 집안 잎 비녀(葉簪)의 구슬입니다. 초상 때 이 구슬로 반함[66]하였지요. 그런데 지금 어디에서 이것이 다시 나왔는지요?"

그 비녀를 가지고 시험해 보니 옛 꽃받침과 꼭 들어맞았다. 온 집안 사람들이 위아래 할 것 없이 땅에 엎드려 통곡하며 말하였다.

"우리 집안이 전성했던 옛 업을 잃고 자손들이 가난하여 혼사를 주선하기 어려우니 돌아가신 혼령께서 이에 마음 아파하시고 반함으로 사용했던 물건을 돌려보내시어 혼사를 돕고자 하시는

66 반함(飯含): 염습할 때에 죽은 사람의 입에 구슬과 씻은 쌀을 물리는 일.

것입니다."

그 벗 또한 길게 통곡하고 떠났다.

(55) 비문에 대한 귀신들의 사례

진사 박제생朴悌生이 그의 돌아가신 장인 신 공申公을 위하여 묘제에 쓸 비문碑文을 구하기에 내가 그를 위해서 돌아가신 분의 대대로의 계통, 자손, 대를 잇는 자손에 관한 것들을 무척 자세하게 기록하였다. 그런데 신 공이 죽은 것이 오래전 일이어서 그 글에 실린 사람들 중에는 이미 죽은 자들이 많았다. 해서체로 써서 박생이 있는 곳에 보냈는데 그날 밤 꿈에 모두 해골인 객들이 문을 가득 메우고 방문을 밀치고 들어와서는 나를 향해 무척 관곡하게 감사하는 것이었다. 꿈에서 깨어나자 나도 알지 못하는 사이 두려운 마음에 모발이 송연하였다.

(56) 김우서를 도운 부친의 혼령

병마절도사 김우서金禹瑞의 부친은 죽었어도 그 귀신은 항상 집안에 상주하였으며, 언어가 분명하여 집안 사람들이 모두 알아들을 수 있었다. 길흉화복에 관련된 일이 있으면 일에 앞서 미리 말을 해 주었는데 모두 다 적중하였다. 친한 벗이 오자 그와 더불어 수고를 치하하는 것도 살아 있을 때와 꼭 같았다. 하루를 즐기다가 그 벗에게 말하였다.

"자네 집에 새 음식이 있던데 나에게도 그 맛을 보도록 해 줄 수 없겠나?"

친구는 알지 못하는 일이라 하인을 시켜 가서 살펴보도록 하니 어떤 사람이 웅어를 가져왔는데 무척 신선한 것이었다. 회를 만들어 올려 귀신에게 흠향시키니 귀신이 아내에게 말했다.

"모 계집종이 아무 물건을 훔쳤소."

찾아내어 계집종에게 태형을 가하니 이로부터 집안의 종들이 감히 속이지 못하였다.

이때 판서 노직盧稷이 아직 어렸는데 집안에 병이 있으므로, 치료해 주기를 청하자 귀신이 말했다.

"개를 가지고 시험해 보시오. 개가 죽으면 병은 곧 나을 것이오."

마침내 개를 책상에 세우니 개가 눈을 감고 머리를 조아리더니 잠시 후에 쓰러져 죽었다. 집안 사람들은 크게 놀랐는데 얼마 지나지 않아 병이 나았다.

김우서가 무과에 응시하는데 시험장에서 활을 당겨 과녁의 가죽면을 맞추려고 겨누었다. 그때 문득 공중에서 부르며 말하였다.

"우서야, 한 주먹을 조금 들어라."

한 주먹을 들고 쏘자 정곡을 관통하였고 이로 인해 과거에 급제하였다. 그런 후 3, 4년이 지나도록 다시는 오지 않았다.

가정 을묘년에 왜적이 남쪽을 쳐들어오자 김우서가 전쟁터에 나갔는데 들을 가다가 왜병을 만나니 그가 칼을 빼들고 앞으로 나아왔다. 우서가 활을 잔뜩 잡아당기면 왜병이 몸을 움츠려 앉았고 활을 쏘면 몸을 솟구쳐 뛰는지라 화살이 반드시 왜놈 뒤에 떨어졌다. 그리고 활을 당기는 틈을 타 왜놈은 칼을 빼들고 다시 나아오는 것이었다. 이 같은 행동이 세 차례 반복되니 칼의 위협이 급박했다. 그때 문득 공중에서 "우서야."라고 부르는 소리가 들렸다. 우서는 마음으로 기뻐하면서 활을 잔뜩 잡아당겼다 놓았다. 화살이 왜놈의 발뒤꿈치를 관통했는데도 왜놈은 뒤돌아보며 달아났으므로 다시 쏘아 가슴을 관통시키니 마침내 쓰러졌다. 그의 목을 베어 바쳤고 그로 인해 군공軍功을 세우게 되었다.

(57) 귀신의 의탁처는 무덤

우리 집에 한 계집종이 있었으니 이름은 의신장倚新粧이다. 옛날 파주坡州에 있을 때 그 아이의 집 뒤에 많은 무덤이 있었는데 산불이 크게 일어나 불길이 그곳에까지 번지자 무덤들 속에서 고통스러워하며 부르짖는 소리가 들렸다는 것이다.

"우리 집에 불이 났소! 우리 집에 불이 났소!"

울부짖는 소리가 들끓었다 하니, 울부짖었던 자들은 무덤의 귀신들임을 알 수 있다.

사람이 죽으면 몸은 도외시되고 만다. 그러므로 옛사람들이 귀중하게 여기는 바는 사당에 있지 무덤에 있지 않았다. 사당 앞을 지날 때는 수레에서 내리지만 묘지를 지날 때는 식[67]만 했을 따름이다. 혹 인산[68] 능陵을 만들어도 분봉하지 않았고, 계찰季札이 아들을 영과 박(嬴博) 사이에 묻었으며,[69] 가례家禮에 유식[70]의 절차가 없는 것 등도 다 이런 의미이다. 예는 본디 절하고 비질하는 것을 중하게 여긴다. 사람 귀신은 반드시 흠향함을 따라 의탁하니 귀신의 도가 옛날과 지금이 다를 바 없다. 이제 보건대 파주의 일은 사람의 영혼이 무덤에 의탁한 것임을 의심할 것 없다. 땅을 상보고 묘를 지키는 일을 어찌 경계하여 타이르지 않겠는가.

---

67 식(軾): 수레 안에서 절을 할 때에 손으로 쥐는 앞턱의 가로나무. 그 나무를 쥐고 몸을 의지하여 절을 함.

68 인산(因山): 국장(國葬). 태상왕, 태상왕비, 왕, 왕비, 왕세자, 왕세자빈, 왕세손, 왕세손빈의 장례.

69 영과 박은 춘추시대 제(齊)나라의 두 읍 이름이다. 오(吳)나라 계찰(季札)이 제나라에 갔다가 돌아오는 길에 그의 장자가 죽어 영과 박 사이에 묻은 일이 있다.(『예기』「단궁」)

70 유식(侑食): 제사 지낼 때에, 제주가 잔에 술을 따르고, 또 젯메에 숟가락을 꽂고 젓가락을 대접 위에 올려놓은 다음에 제관들이 문밖에 나와 문을 닫고 10분쯤 기다리는 일.

(58) 성수침이 물리친 귀신

청송聽松 선생 성수침成守琛이 서울 백악산 기슭 청송당에 있을 때였다. 황혼 무렵에 심부름하는 아이도 없이 홀로 앉아 있는데 문득 어떤 한 물체가 집 모퉁이에 와 섰다. 몸에는 발뒤꿈치까지 닿는 긴 감색 옷을 입고 산발한 머리는 땅에 닿아 바람결에 엉클어졌으며, 산발한 사이로 고리처럼 부리부리한 두 눈이 번쩍번쩍하여 두려워할 만하였다. 선생이 물었다.

"너는 누구냐?"

잠잠할 뿐 아무 대답도 하지 않았다.

"앞으로 와라."

마침내 창 가까이 다가왔는데 노린내가 코를 비틀었다. 선생이 말했다.

"만약 도적이라면 우리 집에는 아무 물건도 없고, 만약 귀신이라면 사람과 귀신의 길이 다른 법이니 속히 떠나거라."

말을 끝내자, 찬바람을 휙 일으키며 가 버렸는데 향한 곳을 알 수 없었다.

(59) 승정원 귀신

시어소[71] 경운궁慶運宮 승정원은 평시에는 정릉동[72] 종실의 집이 있던 곳으로 본래 귀신이 많다고 이야기되었다. 종실이 말을 잃고서 찾았으나 찾지 못했는데 말이 누대 위에서 우는 것이었다. 살펴보니 그곳은 이전처럼 봉쇄되어 있는데도 말이 그 안에 들어가 있었다.

승정원이 되고 나서 어떤 관리가 그 집에 있었는데 늘 가위눌림을 겪었다.

어떤 한 승지가 들어가 숙직하는데, 때는 여름밤이어서 사방의 창문을 열어놓고 아전들은 모두 창 아래에서 잠을 잤으며 승지만이 홀로 잠들지 못하고 있었다. 홀연 신장이 8, 9척 되는 어떤 한 귀신이 긴 다리로 몸을 솟구쳐 세운 채 창밖에 서 있었고, 그보다 조금 작은 한 귀신은 큰 귀신의 왼편으로 와 섰으며, 또 작은 귀신들이 뒤를 이어 큰 귀신의 오른쪽에 섰다. 모두 다 서로 의지한 채 꼼짝도 하지 않고 서서 몇 식경食頃의 시간을 보냈다. 승지는 눈을 뜨고 자세히 들여다보면서, 말을 하지도 놀라지도 않으며 하는 바를 지켜보고자 했으나 아전들은 코를 골며 곤하게 자고

---

71 시어소(時御所): 임금의 현재 거처하는 곳. 또는 궁전.

72 정릉(貞陵): 서울 정릉동에 있는, 조선 태조의 계비 신덕왕후의 능. 본디 중구 정동에 있던 것을 태종 9(1409)년에 이곳으로 옮겼다.

있어 그런 사실을 살피지 못했다. 조금 있으니 아이 귀신들이 키 큰 귀신을 대여섯 차례 빙빙 돌더니 키 큰 귀신이 먼저 달아나자 다른 귀신들도 뒤를 따라 계단을 내려갔는데 간 곳을 알 수 없었다. 혹자가 말하였다. "그 승지는 이이첨이다."

(60) 종낭의 시신을 묻어 준 무인

어떤 한 무사가 훈련원에서 활쏘기를 익히고서 날이 저물어 돌아가는 길에 깨끗한 옷에 유순한 용모를 한 여자를 만났는데 모래사장 왼편에 서 있었다. 얼굴 가득 근심스런 낯빛을 하고 있어 마음이 동한 무사는 농담을 하였다.

"날도 저물었는데 텅 빈 모래사장에 어떤 미녀께서 오랫동안 홀로 서 계실까."

여자가 즉시 얼굴빛을 고쳤는데 춘풍 어린 기운이 역력하였다. 마침내 교태로운 말로 대답하였다.

"집으로 돌아가야 하는데 날은 저물고 길은 멀어 근심하고 있는 것이지요."

"낭자께서 만약 길은 멀고 날이 저물어 근심하는 거라면야 함께 가 주는 것이 뭐 어렵겠소."

"저의 이름은 종낭終娘이고, 집이 남산 아래 남부동 길 궁벽한

곳에 있습니다. 만약 어진 군자님께서 저를 천하고 더럽게 여기지 않으셔서 그 은혜를 입을 수 있다면야 얼마나 큰 행운일는지……."

드디어 함께 손을 잡고 남부동 구석진 곳으로 가 그녀의 집으로 들어갔다. 거가대족의 집으로 길고 컸는데 난간 밖 세 칸 집이 그 여자가 거처하는 곳이었다. 사방 벽에는 그림이 붙어 있었으며 휘장, 발, 이부자리가 무척 화려하였다. 인하여 함께 앉았는데 시렁 위에는 자른 고기 포와 맛있는 안주를 담은 조그마한 유기 고리가 놓여 있었고, 베개 오른쪽에는 맛좋은 술이 가득한 흰 사기 항아리가 있었으며, 그 곁에는 그림 그려진 술잔이 있었다. 서로 잔을 여러 번 주고받은 후 마침내 곡진한 정을 나눴다. 그런데도 그녀의 몸은 물을 끼얹은 듯이 차가웠다. 시간이 지나도 따뜻해지지 않았다. 그 까닭을 묻자 여자가 대답하였다.

"밤을 무릅쓰고 먼 길을 왔기에 이 약한 몸이 아직 차가운 것입니다."

밤새 베개를 나란히 베고 누웠다가 새벽이 되어서야 잠이 들었다. 깨어나자 몹시 갈증이 났다. 돌아갈 때 이웃집 아녀자가 물 긷는 것을 보고 물을 청하니 아녀자가 의아해 하며 물었다.

"낭군께서는 어찌 빈집에서 나오십니까?"

"종낭의 집에서 묵었지요."

"그 집은 온 집안 사람들이 전염병으로 죽어 시신들이 삼처럼 널려 있으며 종낭이 죽은 지도 이미 사흘이 지났지만 아직 시신도 거두지 못하고 있지요. 저를 속이시는군요."

무사는 크게 놀라 다시 들어가 살펴보니 집안에 죽은 시신들이 종횡으로 널려 있었고 한 시신이 세 번째 방에 있었는데 그것이 곧 종낭이었다. 미처 다 먹지 않은 술과 안주가 시신의 곁에 여전히 있었다. 무사는 멍한 채 돌아와 말했다.

"죽은 낭자가 시신이 거둬지지 않음을 필시 스스로 슬퍼하다가 내가 의기 많은 사람인 줄을 알고 나로 하여금 묻어 주도록 하려 한 것이 틀림없을 거야."

마침내 관과 수레를 갖추어서 시신을 거두어 교외에 묻어 주고 술과 안주를 성대하게 준비하여 제를 지내 주고 돌아왔다. 그날 밤 꿈에 종낭이 나타나 감사하며 말했다.

"더러운 몸을 버리시지 않고 마음과 힘을 있는 대로 다 써 저를 거두어 묻어 주셨으니 어찌 명계에서 보답하지 않겠습니까. 낭군님 그렇게 알아 두십시오."

후에 과거에 급제하여 높은 관직에까지 올랐다.

(61) 이경희에게 붙은 귀신

이경희李慶禧에게는 귀신이 붙어 요사한 짓을 일으키곤 하였다.

사람의 머리털을 잘라 놓는가 하면 등을 때리기도 하였으며 음식물을 더럽히고 기물을 부수기도 하였다. 여러 해가 지났어도 떼어 낼 수 없었다. 이경희가 개성開城 도사都事가 되어 갔는데 사는 집 벽 사이에서 매미 우는 소리가 나는 것이었다. 때는 겨울철이라 매미가 있을 리 없었다. 그래서 집 사람들은 귀신이 서울에서 따라온 것을 알고 무척 근심하였다. 미쳐 날뛰는 것처럼 기세를 부리는 어떤 교생이 말하였다.

"인간과 귀신의 길이 다른데 어찌 감히 요사스런 짓을 한단 말이오. 내 당장 물리치겠소."

온 집안 사람들이 그 말을 믿고 문안으로 들어오라 청하니 과연 매미 우는 소리가 무척 맑게 나는데 낮아졌다 높아졌다 당겨 촉박해졌다 하는 것이 흡사 가을철 나무에서 우는 매미 울음소리와 흡사했다. 교생은 귀를 기울여 그 소리를 듣더니 성난 목소리로 꾸짖는 것이었다.

"어떤 요사스런 귀신이 감히 겨울철에 매미 소리를 내는고!"

인하여 칼을 빼 기둥을 쳤다. 한참 잠잠하더니 문득 어떤 물체가 공중에서 교생의 상투를 잡아 땅에 넘어뜨리고 채찍으로 때리는 소리가 온 집을 진동시켰다. 교생은 피를 흘리며 질식하여 정신을 차리지 못하게 되고 말았다. 결국 부축하여 끌어냈고 여러 날 약과 음식을 먹이자 간신히 살아났다.

이경희가 임기가 다하여 농장에 돌아갔는데 쌓아 둔 벼가 산을 이루었다. 여러 길 높이의 볏단이 다섯 봉우리였는데 한 봉우리당 50~60섬은 낼 수 있었다. 그런데 어느 날 밤 다섯 봉우리에 모두 불이 나 화염이 하늘에 치솟아 가득 퍼졌다. 마침내 이웃 사람들을 불러 불길을 껐는데 불탄 흔적이라곤 없는 것이었다. 그러더니 다음 날 밤 또다시 불이 나 이웃마을 사람들이 와 꺼 주었지만 또 마찬가지로 불난 흔적도 없는 것이었다. 셋째 날도 전날 밤처럼 불이 나 이웃 사람을 불러 끄려 하니 이웃 사람들이 말하였다.

"이틀 동안 귀신이 장난친 것이지 진짜 불난 것이 아니었지 않습니까."

불을 끄러 와 주지 않았다. 이날 밤 다섯 봉우리에 모두 불이 나 다 타 버리고 남은 것이라곤 아무것도 없었다.

이른바 물괴物怪라는 것은 사람이 죽어 귀신이 되는 것이 아니고, 특정한 사물이 오래되면 신령해져서 그 형체를 변하여 장난하는 것일 뿐이다. 천지간에 사대[73]의 기운이 모이면 사람이 되었다가, 죽으면 태공太空으로 돌아가 막연하게 흩어지는데, 그 사이에 원한을 품음이 생겨 기가 흩어지지 않고서 인간에게 요괴를 부리는 것이다. 천백 가운데 한둘이 그렇다. 다만 사물이 오래되면 영기를 머금고 형상을 빌려 곤충, 초목, 물고기, 자라의 정령과 더불

73 사대(四大): 불가에서 말하는, 세상의 만물을 이루는 근본이 되는 지(地)·수(水)·화(火)·풍(風) 네 가지.

어 능히 기를 내어 허상虛狀이 되는 것이 빈번히 있다. 그 기운은 사악한 데서 근본하고 본디 바른 것에는 간섭하지 않으니 이른바 사악함이 바른 것에 간섭하지 않는다는 것이 어찌 헛말이겠는가.

(62) 조카 집을 탕진한 여승 안씨 귀신

낙산駱山 아래 소용동所用洞에 과부 안씨가 있었는데 집안에서 염불하며 채식만 하고 늘 흰 중 옷을 입고 짚으로 짠 둥근 갓을 쓰고 살다가 60세가 넘어서 죽었다. 자녀는 없었으므로 조카가 그 집에서 살았다. 몇 년 지나자 마루에서 사람 소리가 들려 조카가 나가 보니 안씨가 흰 중 옷을 입고 짚으로 짠 둥근 갓을 쓰고 환한 대낮에 앉아 있는 것이었다. 온 집안 사람들이 황송해하며 차례로 줄 서 절을 올리니 안씨가 배고프다며 음식을 청하였다. 그 집에서 성찬을 차려 올리니 그릇 가득한 음식들을 잠깐 사이에 다 비우고 조 달라고 구하기에 다시 차려서 먹였다. 한 달 남짓 이같이 하였다. 하루는 바야흐로 봄철이어서 산 가득한 두견화가 진실로 아름다웠는데, 그것으로 떡을 만들어 먹고 싶다 하였다. 그 집에서는 기름을 사서 전을 붙여 몇 그릇 가득히 올렸는데 그 그릇을 또 다 비우는 것이었다. 이로부터 진기하고 색다른 음식을 요구했으므로, 갖추어서 진상하면 한번에 곧 다 먹어 치웠고 주지 않으면 당장 화를 내어 괴이한 짓을 벌였다. 사내아이종을 구타하기도 하며 자제들을 능멸하기도 하였으므로 그 고통스러움을 견디기 어려웠다. 게다가 재산이 다 떨어지면 그 음식 공급을 계속하기 어렵겠기에 다른 곳으로 피해 가서 살자고 몰래 의논하였다. 그런데 안씨가 말하였다.

"주인, 어디로 가려 하시오. 나도 따라가고 싶소."

결국 그 계책을 그만둘 수밖에 없었다. 안씨가 말했다.

"내가 이곳에 오랫동안 머물러 있으면서 주인을 많이 괴롭혔소. 나도 마음이 편치 못하오. 원컨대 술과 음식을 넉넉하게 갖추어서 동쪽 소문 밖 장송長松과 유수流水 사이에서 나를 전별해 주오."

주인은 몹시 기뻐하며 집안 재산을 바쳐 전별 음식을 장만하여 동쪽 소문 밖 산수가 정결한 곳에서 제공해 주었다. 그 후로는 소리가 없어지고 조용해졌으므로 집안 사람들은 서로 노고를 치하하였다. 그런데 10여 일이 지나자 문득 집 문을 두드리는 소리가 들렸다. 계집종이 나가 보니 검은 얼굴에 수염이 많이 났으며 머리에는 흰색 대 모자를 쓰고 새끼 끈으로 갓끈을 삼은 어떤 한 사내가 절을 하면서 말하는 것이었다.

"사장舍長[74]인 안씨가 왔소이다."

---

74 사장(舍長): 여승을 가리킴.

얼마 안 있어 흰 중 옷에 둥근 갓을 쓴 안씨가 대청 안으로 들어와 앉으니 그 외에 봉두난발에 누더기 옷을 입은 남녀 귀신들이 대청과 뜰을 가득 채우고서 밥과 고기를 달라는 것이었다. 떠들썩하니 헤살을 놓으면서 그릇을 부수고 사람을 구타하고 한 집안의 아침저녁 물자와 상자에 저장해 놓은 것을 탕진하여 남김이 없었다. 쇠똥과 말 오줌이 방과 우리 여기저기 떨어져 있어 사람이 있을 곳이라곤 없었다. 그래서 온 집안 사람들이 서로 이끌고 달아나 피하였지만 가는 곳마다 쫓아오지 않는 곳이 없었다. 몇 년 사이에 서로 뒤를 이어 죽어 낙산 아래의 집은 텅 비게 되었다.

(63) 북교 제사

북교[75]에서는 제사 받을 곳 없는 귀신에게 제사 지낸다. 물에 빠져 죽은 자, 불에 타 죽은 자, 굶어죽은 자, 전쟁에 죽은 자 등에게 모두 제사 지내 주었지만 유독 출산하다 죽은 자만은 그곳에 넣지 않았다.

옛날에 한성부윤漢城府尹이 북교에서 제사 지내고 돌아오는데 시간이 일러 성문이 아직 열리지 않은 것이었다. 말에서 내려 성

75 북교(北郊): 북쪽 교외. 서울 창의문(자하문) 밖의 근교.

밑에서 설핏 잠이 들었는데, 꿈에 어떤 한 여자가 온몸에 피를 흘리면서 와 하소연하였다.

"북교에서는 제사 받을 곳 없는 귀신에게 제사 지낸다는 말을 듣고 그곳에 참여하여 술과 음식을 먹고자 했지만 나라 법에 출산하다 죽은 귀신에게는 제사 지내지 않는다며 성황신이 꾸짖어 금하며 들여 주지를 않았습니다. 이 때문에 와서 하소연하는 것이옵니다."

말을 마치자 부윤은 꿈에서 깨어났는데 측은한 생각이 들어 마음이 아팠다. 그래서 돌아가 임금에게 아뢰니 이로부터 북교 제사의 잔치에 출산하다 죽은 자의 위패도 배설하게 되었다.

정선군旌善郡 군수 정원경鄭元卿이 일찍이 판관이 되어 북교 제사에 참여하려고 들 막사에서 묵었는데, 꿈에 도깨비불이 산을 에워싸고 늘어서서 떠들썩하게 불러 대는데 몇 천만 명인지 알 수 없을 정도였다. 깜짝 놀라 깨어나니 봉상시[76] 하인이 이미 제사 지낼 준비를 해 놓고 불러 깨우는 것이었다.

아아! 우리나라의 주인 없는 혼령들은 그 수를 헤아릴 수 없이 많지만 쓸 수 있는 제수는 열 동이의 밥, 열 병의 술, 열 마리의 돼지에 불과할 뿐이니, 귀신들이 어찌 골고루 먹을 수 있을 것인가. 게다가 이름 없는 자는 또한 물리치고 받아들이지 않으니 드러나

76 봉상시(奉常寺): 조선조 태조 1(1392)년에 설치한 관청. 제사와 시호(諡號)에 관한 일을 맡아 봄.

지 않는 가운데 굶주리는 귀신이 많을 것임이 당연하다. 슬프도다!

옛날 내가 산사에서 보니 중들이 몇 그릇의 밥통을 가지고 제사 받지 못하는 귀신들을 먹이는데, 동으로 만든 식기 자루를 거꾸로 하여 허공에 글자를 쓰는 것이었다. 괴이하게 여기고 물으니 대답하였다.

"불법에 범어 '옴om' 자를 밥통을 향해 쓰면 한 그릇이 백 그릇이 되고 백 그릇은 천 그릇이 되며 천 그릇은 만 그릇이 된다 합니다요."

아아! 북교의 제단에서는 누가 동발 자루를 거꾸로 하여 글자를 쓸 것인가. 가소롭도다.

(64) 기녀 귀신의 빌미

전라 도사 김 아무개가 전주 남청南廳에 있을 때 기녀들은 모두 뒤 건물에 있었다. 하인들도 다른 곳으로 물러나 쉬고 날이 저물어 홀로 무료하게 앉아 있었다. 그때 문득 한 기녀가 신발을 끌면서 동헌 앞을 지나가는데 의상이 산뜻하고 아름다우며 용모는 정숙하고 우아하여 진실로 절대가인이었다. 김 아무개는 스스로를 억제하지 못하고 물었다.

"너는 누구인고?"

"전주 교방의 기녀이옵니다."

"교방 기녀들은 모두 내 익히 보았는데 너는 어찌 이리 늦게야 보았을까?"

"새로 온 기녀이온데, 주관[77] 친족이 사랑하여 무척 은밀한 곳에 감춰 두었습니다. 오늘 마침 일이 있어 이곳에 들른 것입니다."

김 아무개는 그녀를 앞으로 오라 하여 환담을 나누며 웃으면서 시간을 보내다가 함께 휘장 밑에서 베개를 가까이하였다. 이로부터 정분을 흡족하게 나누게 되었으니, 새벽이면 갔다가 저녁이면 와서 하루도 동침하지 않는 날이 없었다. 그러다 오래되니 대낮에도 곁에 있으면서 움직이기만 하여도 따라다녔다. 김은 맘이 쓸쓸해지고 용모는 쇠약해져 점점 힘이 빠지더니 침상에 눕게 되었다.

감사 고형산高荊山은 아는 것이 많은 사람이다. 도사의 병이 귀신이 빌미가 되었다는 말을 듣고는, "귀신이 내린 우환을 그치게 하는 것이야 어렵지 않지."라고 말하였다. 그래서 주관에게 알려 경내에 있는 무녀들을 모아 각자에게 기악을 갖추어 주어 밤새 제를 올릴 수 있도록 하고 제수를 지극히 풍부하게 하여 남청 뜰 동쪽에 있는 별채에 설치하여 뭇 귀신들에게 제를 올렸다. 빌미

---

77 주관(州官): 한 주의 우두머리.

가 된 기녀 귀신이 김에게 말했다.

"나도 가서 보고 싶은데 당신이 나를 버리고 가 버릴까 두려워요."

"내가 너를 사랑하는 것이 네가 나를 사랑하는 것보다 더 깊다. 네가 나를 버릴까 두려울 뿐이지 어찌 내가 너를 버릴 리 있겠니."

빌미가 된 기녀가 조금 믿고서 가 구경하더니 몸의 반절은 그래도 병풍 밖으로 내놓고 빈번하게 돌아보고 또 돌아보고 하다가 곧바로 그곳을 포기하고 다시 돌아왔다. 그러더니 뭇 풍악 소리가 높아지는 것을 듣자 얼마 못 있고 또 가는 것이었다. 이 같은 행동을 여러 번 되풀이하였다. 다음 날 밤에도 많은 풍악을 더욱 성대하게 벌여 놓고 술과 음식을 끊임없이 제공하였다. 그러자 빌미가 된 기녀가 몸 전체를 병풍 안으로 모두 들이고는 다시는 남청南廳을 돌아보지 않게 되었다. 감사는 미리 공문서를 만들어 보내 큰길가에 있는 모든 역驛으로 하여금 곧바로 질 좋은 상품 준마에 안장을 갖추어 서울에 갈 수 있도록 기다리게 해 놓고 김 아무개로 하여금 그 빌미 내린 기녀가 즐기느라고 돌아오기를 잊고 있는 틈을 타 한밤중에 말을 타고 달아나게 하였다. 밤새워 역참으로 달려 다음 날 정오도 안 되어 서울에 있는 집으로 곧바로 들어가 문과 마루 행랑에 두루 단사丹砂 부적을 붙이고 이틀을 지냈다. 빌미 된 기녀는 지붕 위에서 곡을 하며 말했다.

"낭군께서 나에게 이처럼 박정하게 대하리라고는 생각도 못했네! 나를 염증 낸다 해도 나마저 무정할까. 그러나 붉은 옷을 입은 졸개들이 문에서 들어가지 못하게 막으니 어찌하랴."

오랫동안 조용하여 아무런 소식이 없더니 이로부터 다시는 그 귀신 우환이 없게 되었다.

여성들이 무당굿을 좋아하는 것은 죽으나 사나 마찬가지이다. 고형산이 그 실정을 깊이 터득했으니 지혜롭다 이를 만하다.

(65) 종묘 제사 때의 실수

제사 일은 지극히 엄숙한 것이어서 태조의 종묘에 제사 드릴 때는 삼가 존경하느라 나아가고 물러나는 사이에 겁을 먹고 실수하는 일이 자주 있었다.

옛날 상국 이양원李陽元이 헌관獻官이 되었을 때 상국의 발이 커 종묘에서 보관해 둔 것 가운데 큰 신발을 골라 신고는 문지방을 넘다가 끈이 풀어져 신발이 벗겨졌다. 그러자 뒤에 있던 음관蔭官이 자기의 신발로 잘못 알고는 이미 신고 있는 신발 위에 덧신고 가니 상국이 뒤돌아보고 달라 하였다. 그러나 음관은 끝내 알아채지 못하고, "이미 신었습니다."라고 말하였으니, 이는 자신의 신이 벗겨져 헌관이 알려준 것이라고 여기고 헌관의 신이 벗겨졌고 자신은 신 위에 또 신을 겹쳐 신었다는 사실을 몰랐던 것이다.

상국 정탁鄭琢이 헌관이 되어 종묘에서 보관해 둔 혁대를 둘렀는데 찬인贊引이 앞길을 인도하면서 빠른 걸음으로 달음질치다가 부지불식 중 혁대가 풀어져 땅에 떨어지고 말았다. 상국이 자신의 혁대인 줄만 알고 주워 혁대 위에 다시 둘렀다. 찬인이 돌아보고 달라 하니 상국이 "내 이미 찼소."라고 대답했으니, 찬인이 떨어뜨린 혁대를 본인이 자신의 혁대 위에 더하여 두른 사실을 몰랐던 것이다. 이 두 사건은 진실로 비청배백妃青配白[78]이라는 한 쌍의 어구와 대비를 이룬다.

(66) 열병 환자의 신기

세속에서는 아이의 전염성 열병은 신기를 띠고 있다 하여 대부분 높이어 받들면서도 기피하며, 기도하기만을 일삼을 뿐이요, 약과 침을 사용하지 않는다. 이는 인명의 요절이 슬플 뿐만이 아니니다. 영민하고 준수한 호걸의 재주가 일개 병에 죽어 사라지기도 하니 그것이 진실로 애석한 것이다. 세상 사람들은 모두 말한다.

"이 질병의 아무 일은 영이롭고 아무 일은 괴이하고 놀라우니

78 비청배백(妃青配白): 청색으로 배합하고 백색으로 짝한다.

귀신이 아니고 무엇이겠는가."

비단 아녀자뿐만이 아니라 지식 있는 사대부들도 두려워하며 미혹에서 벗어나지 못하는 것이 마치 무당과 판수 같으니 그 한심하지 아니한가. 내 생각으로는 그렇다. 열병에 걸린 자는 열이 나는데, 열은 불이다. 불은 밝은 성질을 가졌고 마음을 주인으로 삼는다. 마음은 본디 허령虛靈하기 때문에 한참 발열할 때는 귀신처럼 허황하고 불처럼 밝아져 듣지 않아도 들리고, 보지 않아도 보인다. 그래서 깊은 방 밀실 안에서도 능히 바깥일을 비출 수 있어 잠꼬대와 함부로 지껄이는 말 속에 그것을 드러내 사람을 놀라게 하고 동요시켜 호리는 것일 뿐이다. 심화心火가 열을 부추기는 것이 마치 사물이 거울에 비추는 것 같아 그러는 것이다. 그렇다는 것을 어떻게 증명할 수 있는가. 저 선도仙道나 불도佛道는 사람의 마음으로 하여금 정밀하고 명백하게 하여 빈방을 생겨나게 할 수 있다. 때문에 비록 사방 한 자 되는 방 가운데 앉아 있어도 산 밖의 일을 알 수 있고 다른 사람의 마음도 통하여 알 수 있는 것이니, 이는 그 심화를 밝히는 데 불과한 것이다. 질병을 앓는 아이가 남다를 수 있는 것도 이 때문이다.

우리 집에 있는 노비가 전염성 열병을 앓아 50리 떨어진 농장으로 옮겨 놓았다. 내가 마음속으로 가련하게 여겨 노루 다리 고기 하나를 얻어 보냈는데 그 고기가 미처 그곳에 이르기도 전에, "내 노루 다리가 어디 있느냐."라는 헛소리가 그 노비의 입에서 끓이지 않았다. 노비가 죽고 나서야 고기가 이르렀고 이를 가엾게 여긴 농장 주인이 노루 고기로 제를 지내 주었다. 우리 이웃에 사는 아이가 홍역을 앓아 어떤 사람이 소 다리 세 개를 보냈다. 그 아이의 모친이 그것을 몰래 삶으며 아이로 하여금 알지 못하게 하였는데, 아이가 눈을 감고 방에서 "우리 집에 털 고기 세 덩어리가 있으니 내가 맛볼 수 있게 해 주세요."라고 말하였다. 내 생각으로는, 열병과 홍역은 모두 열이 나며, 열불은 형체 없는 곳을 매우 잘 밝히기 때문에 이런 것이지, 어찌 신이 있어 알리는 것이겠는가. 아이의 모친이 그런 것을 보고서 손을 모아 신에게 기도드리니 가소롭다.

(67) 까치와 올빼미의 징조

화는 복이 뒤좇는 바이고 복에는 화가 잠복해 있다. 길흉이 오는 것은 본디 천명에 있으니 어찌 인간의 힘으로 줄이고 늘일 수 있겠는가.

속간에서 말하기를, 까치가 남쪽 나뭇가지에 둥지를 틀면 반드시 영광을 얻고 흉조凶鳥가 집에 와 머무르면 반드시 재앙과 액을 당한다고 한다. 내 일찍이 이 말을 듣고 자지러지게 웃었다.

내가 청파靑坡에 있을 때, 까치가 집 남쪽에 둥지를 트니 사람들은 모두 내가 급제할 것이라고 기대하였는데 그해 처형의 사위가 결국 급제하였다. 그 후 까치가 또 그 나무에 깃들었고 그해 봄에 나는 사마시司馬試에 합격하였다. 그 후 또 그 나무에 둥지를 틀어 나는 또 문과에 장원급제하였다. 내가 흥양興陽에 살 때, 까치가 또 남쪽 언덕 키 큰 나무에 둥지를 트니 친족들이 모두 틀림없이 영광스러운 일이 있을 것이라고 축하하였는데 그해 과연 가선대부로 승진되었고 인하여 호성공신[79]에 녹훈되었다. 명례방明禮坊 집 남쪽 버드나무에 까치가 또 와서 둥지를 트니 그해 같이 사는 같은 성씨 사람이 무과에 급제하였고 또 그다음 해 다시 와서 그 가지에 둥지를 트니 그해에 계집종의 지아비가 포수로 무과에 합격하였다. 그러나 그 두 해 모두 나는 벼슬자리에서 떨어져 기가 꺾이고 집안에 근심이 뒤따랐다.

또 올빼미가 집에 이르면 반드시 화재가 일어난다고 속간에서 말하는 것을 들었다. 내가 명례방 집에 살 때 이웃집에 별방別房을 만들어 놓고 거처하고 있었다. 잠자리에서 아직 일어나지 않았는데 집의 종이 와서 "몹시 괴상한 물체가 있습니다."라고 떠들어 대는 것이었다. 일어나 보니 올빼미가 부엌 상량에 있었다. 몽둥이로 쳐 땅에 떨어뜨렸는데 그날 밤 큰 집 외랑外廊에 불이 나

79 호성공신(扈聖功臣): 임진왜란 중 선조(宣祖)를 호종(扈從)한 공이 있는 신하에게 내린 훈명.

임금께서 금화[80]하지 못했다고 금화사[81]를 책하라는 전교까지 내리기에 이르렀다.

지난해 상처하고 가평加平에 장지를 정하였는데 올빼미가 제사 지내는 노비의 처 가슴에 앉는 것이었다. 상주가 요망하다고 여기고 그 여자를 쫓아 상 치르는 곳에는 접근하지 못하도록 하였다. 그날 밤 종이 산록에서 불을 떨어뜨려 산과 들이 반절은 불탔으며 사람들이 모여 장사 지내는 묘막墓幕과 묘지에까지 불길이 번졌다.

또 어떤 올빼미가 대낮에 사람에게 부딪치니 모시고 뒤따르던 아이가 잡아와 나에게 보여 주길래, "일찍이 경험한 바가 있으니 마땅히 불을 조심하거라."라고 말하였다. 그런데 한밤중에 불났다고 급히 고함지르는 소리가 들렸고, 이웃이 반절은 불타 버렸다.

명례동 별장의 동쪽에 부엉이가 와서 울고 흘레하니 온 집안 사람들이 모두 화재에 조심하였다. 그런데 얼마 안 있어 나는 사간원과 홍문관의 장이 되었고, 곧 옮겨져 전조의 아장亞長이 되었으며 4년이 지나 체직되었다.

이로 헤아려보건대 까치도 하나의 새요 올빼미도 하나의 새인

80 금화(禁火): 병조, 의금부, 형조, 한성부, 수성금화부의 소속 관원들이 관내를 순찰하면서 불 쓰는 것을 제한하여 화재를 경계하는 일.

81 금화사(禁火司): 수성금화사(修城禁火司)의 약칭. 궁성, 도성의 수축 및 궁궐, 공해(公廨), 방리(坊里)의 소방사무를 맡은 관사.

데, 영예롭기도 하고 욕되기도 하며, 재앙이기도 하고 복이기도 하니, 흰 송아지(白犢)[82]와 변방 말의 길흉[83]을 어찌 기필할 수 있겠는가.

(68) 수진방

국초에 한양을 처음 나라 수도로 열 때 정도전으로 하여금 모든 방坊의 이름과 호를 정하도록 하였는데 그 가운데 수진방守眞坊이 있었다. 후에 정도전이 집을 이사하여 죽으니 당시 사람들이 모두 말하였다. 수진방守眞坊이라는 것은 진실로 이른바 수진방壽盡坊[84]이다.

(69) 죽고 사는 것은 운명

홍서봉洪瑞鳳의 집은 영경전永敬殿 앞에 있다. 손님 맞이에 잡으려

82 백독(白犢): 백색의 작은 소. 옛날 송(宋)나라 사람으로 선(善)을 좋아하는 자가 있어 삼세(三世) 동안 게을리 하지 않았는데 집안에 아무런 연고도 없이 검은 소가 흰 송아지를 낳았다 함.

83 새옹지마(塞翁之馬)를 일컬음.

84 수진방(壽盡坊): 수명을 다한 마을.

고 큰 소 한 마리를 사 놓고 백정이 아직 오지 않아 기다리고 있었다. 그때 노비 수손水孫이 과천에서 땔나무를 싣고 와 소를 말뚝에 매어 놨는데 소의 등이 가로질러 놓은 나무에 찔려 척추가 부러져 움직일 수 없었다. 그런데 잡으려고 사 놓은 소와 크기가 같은 것이었다. 그래서 이 소를 저 소와 바꾸라고 명하였으니, 땔나무를 싣고 온 소가 마침내 소반 음식으로 들어갔고 도살하려 했던 소는 살아 과천으로 가게 되었다.

우리 집에는 두 마리의 수탉이 있었다. 그중 검은 놈이 암탉을 깔고 닭장을 전횡하여 늘 붉은 수탉을 쫓아내니 붉은 수탉은 닭장에 들어오지 못하고 이웃집에 의탁하고 있었다. 그래서 하인에게 그 붉은 수탉을 잡으라 하였는데 잘못 알아듣고는 검은 수탉을 쏘아 죽였다. 그래서 집에 있던 놈은 소반 음식으로 충당되었고 이웃으로 도망가 있던 놈은 돌아와 뭇 암탉을 전횡하게 되었다. 미물이 죽고 사는 것 또한 그 타고난 운수가 있어 잡으려고 하는 자의 마음대로 되지 않거늘, 하물며 사람이야 더 말할 것 있을까. 살고 죽는 것을 근심하여 온갖 계책을 영위하는 사람은 과연 하늘 이치를 아는 자일까?

(70) 중국에서 뽑힌 동국의 시문

이주李冑는 우리나라의 문인이다. 서장관으로 중국에 갔다가 통주通州 문루[85]에 올라 시를 지었다.

통주는 천하의 승지로
문루의 기세는 높은 하늘을 찌르네.
저자에는 금릉金陵의 재화 쌓여 있고
강은 양자楊子의 밀물과 통하네.
외로운 구름은 가을날 강가에 지고
짝 잃은 학만이 해질녘 요동으로 가네.
안장 갖춘 말에 천리 길 갈 몸
높은 곳에 올라 내려다보니 고국은 멀기만 하네.

중국 사람이 현판으로 써 걸어 놓고 칭찬하였다.

"짝 잃은 학만이 해질녘 요동으로 가니 선생은 중국 사람이지 외국 사람이 아닙니다."

비록 고운 최치원이 중국에서 벼슬하였지만 그의 시문이 문사의 반열에 보인 적은 없었다. 혹자는 『당음唐音』 가운데 무명씨로

85 문루(門樓): 궁문, 성문, 지방관아 따위의 바깥 문 위에 지은 다락집.

되어 있는 것이 최고운 것이라고 하지만 그 진위는 분명하지 않다. 다만 『예문지藝文志』에서 사소하게 기록해 보인 것을 동국 사람들은 영광으로 여긴다. 근자에 이문학관吏文學官 어숙권魚淑權의 저서 『패관잡기稗官雜記』가 중국 조정에서 뽑혔는데 그간 중국에서 없던 일이었다. 동국에서는 최고운의 「토황소격문討黃巢檄文」을 많이 칭찬하는데 『사륙서四六書』에는 뽑혀 있지 않으니 중국 또한 편협한 것을 면하지 못하였다. 내 관점으로는 「토황소격문」에 사람을 놀라게 할 만한 구절이 있긴 하지만 언어 정립을 통한 의미 부여에 있어 앞뒤가 뒤바뀌어 어그러진 부분이 많다. 동국인은 실로 문장을 잘 모른다. 다만 산승山僧 그리고 규수閨秀와 같을 뿐이다. 그러나 중국이 우리나라 문사의 문집을 보았을 때 어찌 한둘 채록할 만한 것이야 없었겠는가. 이것이 한스럽다. 이주李胄의 통주 현판 같은 것은 또한 행운이라 말한다. 내가 만류장萬柳庄 등지에서 현판된 것에 대해 또한 느낀 바가 있다.

(71) 시조 유청신의 신주

우리 시조始祖의 초명은 비庇였는데 원元나라 세조가 청신淸臣으로 고쳐 주고는 유신儒臣 장張 상공에게 명하여 시를 지어 주도록 하였다. 그 시는 다음과 같다.

성주聖主께서 어진 재상 알아보시고
친히 불러 옛 이름 고쳐 주셨네.
천금을 잎처럼 가볍게 여기나
한 글자 무거워 저울질하기 어렵네.
달 밝으니 가을 강 깨끗하고
먼지 닦으니 옛 거울 밝네.
원하노니 이 덕 남겨 두어
후손 훗날 영광 보리.

시조의 신주는 지금 천안天安의 유택柳澤 집에 있다. 처음 대代가 끝나자 신주를 묻으려 하였는데 문득 꿈에 나타나 꾸짖으며 묻지 못하게 금하는 것이었다. 이 같은 일이 여러 번 있었다. 지금 4백 년이 지났는데도 신주는 여전히 있다.

(72) 한유의 절취

한유韓愈의 글 중 남을 위해 천거해 주기를 구하는 편지에 "나무는 산에 있고 말은 저자에 있다."고 말하여 머리말을 꺼내 놓고 말단에서는 다만 말(馬) 이야기로만 종결을 지으니 옛날 선비들이 빠진 글이 있는 것 아닌가 의심하였다. 그런데 내가 『장자莊子』

를 읽다가 마제편馬蹄篇에 이르니 말과 식목植木으로 말머리를 일으켰다가 말단에 가서 말 이야기로만 그 편을 종결한 것을 보았다. 한유는 고문을 유능하게 훔쳐 그 뜻만을 취하고 그 말은 취하지 않아 가져온 사실을 감추고 자기 것인 것처럼 하여 사람들로 하여금 모르게 하였으니, 옛 선비들의 견식으로도 혹 이를 알아채지 못한 것이다.

(73) 신식의 이별시

나의 장인 신식申拭은 관직이 한성 판관에까지 이르렀다. 젊었을 적에 황주黃州 관기와 자산사慈山寺에서 서로 이별할 때 다음과 같은 시를 지었다.

자비산 아래 자비사
하염없이 바라보며 말에 오르기 더디네.
내일 나그네의 마음은 어느 곳에서 싫을까
석양 지는 역루驛樓에 혼자서 오르는 때라.

당시에 절창이라고 칭하였다. 수구首句 '자비산 아래 자비사' 또한 능히 눈물을 흘리게 한다. 신식은 눈병을 앓아 일에 많은 장애가 되어 끝내 과거에 급제하지 못하였다. 난리 후에 관직을 버리고 시골로 가 노년을 지냈는데 여든에 죽었다.

(74) 유혁의 시

나의 조카 유혁柳湙은 선조대왕의 만사輓詞 율시 네 편을 지었다. 그 가운데 마지막 편은 다음과 같다.

빈 궁전 침침하여 달빛도 차가운데
쓸쓸한 바람 쌀쌀하게 불어 깃대를 움직이네.
흰 구름은 길 없어 혼령의 행차 맴도는데
단의丹扆[86]는 어떻게 성안聖顔을 기억할지.
소릉昭陵에 들어가 바라보며 지척을 분별하고
나가 놀던 고침[87]에서 의관을 접했었지.
지난해 제사 닦고 동순東巡하던 곳에서
오늘은 땅을 치고 부르짖어 피눈물 흘리네.

당시의 대제학 유근은 유혁이 그 당시 예조정랑으로 명성과 지

86 단의(丹扆): 천자가 제후를 인견할 때 천자 뒤에 둘러치는 붉은 빛깔의 병풍.
87 고침(高寢): 처음으로 봉후 된 제후의 당(堂).

위가 드러나지 않았기 때문에 이 시를 사용하지 않았다. 월사 이정구가 이 시를 보고 칭찬하고 감탄하며 애석해하였다.

(75) 홍난상의 시

홍난상洪鸞祥은 홍이상洪履祥(1549, 명종 4 – 1615, 광해 7)의 아우로 시재가 기민하고 묘하였다. 홍이상이 일찍이 월과[88]를 지으면서 난상으로 하여금 「치농주治聾酒」 칠언절구를 대신 짓게 하였는데 그 시는 다음과 같다.

좋은 날 큰 술잔에 유독 길게 음미하니
명의 기다리지 않아도 묘방 징험 있다네.
취한 가운데도 티끌세상의 일 실컷 들으니
작은 술통에 떨어지는 청향清香 오히려 사랑하네.

이때 이산해李山海가 문형文衡을 담당하여 이 시를 으뜸 자리에 두었는데 하루는 홍이상을 만나자 말하였다.

"당신의 과제課製 중 「치농주」 한 절구는 지극한 가작이어서 사

88 월과(月課): 다달이 보이는 시험.

람으로 하여금 영탄을 금치 못하게 하오."

홍이상이 말했다.

"제가 지은 것이 아니라 저의 아우가 대신 지었습니다."

이산해가 놀라 말하였다.

"어진 아우님의 재주를 이처럼 늦게야 듣게 되다니."

즉시 수레를 돌려 홍난상을 방문해 극구 공경하여 감탄하고 갔다.

(76) 항우불도오강부

「항우불도오강부項羽不渡烏江賦」는 사실 권오복權五福이 지은 것인데 어무적魚無跡이 가져다 자기가 지은 것이라고 세상을 속였다. 그 부는 문장의 기세가 강해 기력이 부족한 어무적의 여러 부들과는 다르다. 당시의 식자 가운데 혹 어무적이 지었음을 믿지 않는 자들이 있으니 어무적이 마침내 「몽유태진원부夢遊太眞院賦」를 지어 그 원통함을 풀고자 하였다.

「항우불도오강부」는 비록 가작이라고 칭해지지만 '격문檄文을 안녹산에게 전했다', '한팽韓彭은 발에 아무것도 신지 않은 자이다'라고 한 말들은 더욱 가소롭다. 항우가 비록 둔하다 해도 어찌 안녹산과 함께 일할 자이며 저 한팽이라는 자를 어찌 항우가 두려워할 바이겠는가. 그 말의 어리석음이 대부분 이와 같은 유이다.

(77) 최인범

최인범崔仁範의 자는 덕규德規로 나의 어린 시절 친구인데 문장에 능하였고 서序와 기記는 고문에 가까웠다. 정시[89]에서 지은 「제천주즙부濟川舟楫賦」는 세상에 나다녔으나 과거 공부하는 자의 대수롭지 않은 문장이 아니었다. 젊었을 적부터 시를 전문적으로 공부하여 과거 문장 같은 것을 달갑게 여기지 않았으며, 과거에 급제한 뒤 몇 해 지나지 않아 죽었다. 죽은 후에도 집안에서 늘 검은 도포를 입고 큰 나막신을 끌면서 소리쳐 종들을 부르며 본채와 곁채를 드나드니 집안 사람들도 모두 평상시처럼 여겼다. 난리 후에 유고가 흩어져 없어지고 말아 지금은 조각난 문서도 남은 것이 없다. 다만 그가 일찍이 자부했던 시구들을 기억하고 있는데 다음과 같은 것들이다.

절의 중 불러보니 탐욕하기가 아전 같고
멀리 온 촌 말은 약하기가 나귀 같네.

89 정시(庭試): 나라에 경사가 있을 때 대궐에서 보이던 과거.

비 지나간 산언덕에는 옛길 없어지고
풍년 든 윤택한 나라에는 새 마을 생겼네.

나는 그때 어렸으므로 공교한지 졸렬한지 구분할 줄 몰랐다. 어떤 사람이 덕규의 율시 네 편을 하곡荷谷 허봉許葑에게 보여 주니 허봉이 말했다.

"네 수 중 세 수는 마땅히 동문선東文選에 들어가야 한다."

하곡은 본디 시를 좋아한 자이다. 그가 시를 논함에는 결코 구차하지 않았으니 이로 미루어 보아도 최인범이 일가를 이루었던 사실을 짐작할 수 있다.

만력 병자년에 나와 덕규가 정인사正因寺에서 함께 지냈다. 그때 상국 백사白沙 이항복李恒福(자는 子常)도 그곳에서 책을 읽고 있었다. 그는 늘 덕규와 더불어 시를 논하였으나 적대적인 논봉을 겨룬 적은 없었다. 덕규가 집으로 돌아가고 자상이 윤섬尹暹, 박경신朴慶新과 더불어 일필휘지로 율시 네댓 편을 지어 주고받았는데 그 가운데 다음과 같은 두 구가 있었다.

부처님 보광 비추니 창에 무리 서리고
용이 흰 불꽃 뿜으니 우물에는 얼음이 없네.

박경신은 그때 나이 열일곱이었는데 다음의 차운시를 지었다.

남쪽 누대 쓸지 않으니 온 뜰에 눈이요
서쪽 산골물 소리 없으니 오늘 밤엔 얼었네.

내가 돌아와 말하니 덕규가 말하였다.

"다 문장이다. 그러나 자상의 시구가 뛰어나게 기이하고 가장 옛스러워, 저자가 지을 수 있는 수준이 아니다. 내가 있었던들 저자가 어찌 이런 장난을 하였을까."

훗날 이규보李奎報 문집을 열람하니 자상의 위 시가 그 가운데 있었으니, 이는 자상이 이 상국李相國[90]이 되리라는 조짐이었다.

(78) 유희경

유희경劉希慶은 천민이다. 본디 타고난 품성이 담박하고 전아하여 젊었을 적부터 농공상병農工商兵에 종사하지 않고 시와 예를 배워 벼슬아치 사이에서 노닐었다. 난리 후에 스스로 생계를 꾸려 나갈 방법이 없자 위장소[91]의 서원[92]이 되기도 하였다. 중전께서 수안遂安에 머무르실 때 호위하였는데, 그때 내리던 눈이 개자 시내와 산

90 이 상국(李相國): 이규보도 상국을 지냈고 자상 이항복도 상국을 지냈음.
91 위장소(衛將所): 오위장(五衛將)이 숙직하는 장소.
92 서원(書員): 조선 때 서리의 아래 등급인 구실아치. 중앙과 지방의 관아에 두었다.

의 경치가 배는 아름다웠다. 왕을 호종하던 관리들이 유희경에게 시를 지으라고 하였으므로 그는 다음과 같은 시를 지었다.

요양遼陽의 고군성古郡城을 호위하니
바람에 나부끼는 옥가루 숲과 들에 뿌리네.
아이야 나무하러 가는 길 묻혔다 싫어하지 말지니
하늘이 행궁行宮을 위해 옥경玉京을 만들었다네.

또 일찍이 용문산龍門山에서 노니는데, 함께 노닐던 유생들이 말 위에서 유희경에게 시를 짓도록 하였다. 그 시는 다음과 같다.

산은 비 기운 머금고 물은 연기 머금었는데
푸른 풀 호숫가에 백로 잠자네.
길이 해당화 아래로 들어가 도니
땅 가득한 향설[93]이 휘두르는 말채찍에 지네.

초기에는 오히려 예를 좋아하였다. 그래서 사람들은 유희경이 예를 안다고 여기고 사대부 집에서 예를 갖추어 장례를 치르려 하는 자들은 그를 맞이하여 예를 물었다. 난리 이후로는 속간에서 예

93 향설(香雪): '향내 나는 눈'이란 뜻으로, '흰 꽃'을 눈에 비유하여 일컫는 말.

를 좋아하지 아니하여 서울에 사는 상을 당한 자들은 알건 모르건을 막론하고 유희경을 시켜 상복을 마름질하도록 시켰고 그는 천민이므로 사양하지 못했다. 나이 70에 상갓집 일꾼이 되어 굶주린 채 곡읍哭泣하는 자리에 달려가니, 식자들은 이를 애석해 하였다.

(79) 시의 풍교

시는 풍교風教와 관계되니 비단 물색만을 읊는 것이 아니다. 옛날에는 목탁木鐸[94]을 두드리는 자가 시를 채집하여 풍風과 아雅에 올렸으니 당대唐代에도 오히려 이러한 기풍이 남아 있었다. 다음과 같은 두보의 시가 있다.

채시[95]하는 발섭[96]은 게을리 했으나
붓을 들어 그래도 기록하였네.
높은 노래는 우주를 격발하니
온갖 일 실추하지 않도록 삼가하네.

94 목탁(木鐸): 추를 나무로 만든 큰 방울. 고대에 문사 및 법령에 관한 교령을 발할 때 쳤음. 세상 사람을 가르쳐 인도하는 사람. 세인을 지도할 만한 사람.

95 채시(采詩): 중국 주나라 때 정치의 자료로 삼으려고 민간에 유행하는 노래와 시를 모으던 일.

96 발섭(跋涉): 산을 넘고 물을 건너서 길을 감.

이 시에 주석을 단 자가 말하였다.

"공이 이르기를 채시 임무를 맡은 관리가 발섭하는 데 게을러 내 시를 채록하지 않았지만 나의 시는 사관이 역사 쓰는 것과 같아서 오히려 역사에서 실추한 것을 갖추어 놓을 수 있었다고 하였으니, 그렇다면 당나라 시대에도 시를 채집하는 관리가 여전히 있었던 것인가."

근자에 상국 민몽룡閔夢龍이 시인을 배척하며 말했다.

"시라는 것은 여러 가지 세상일을 풍자하니 혹은 백안시당하기도 하고 혹은 시안[97]의 화를 자초하기도 하니, 마땅히 배우지 말아야 한다."

그는 재주가 없는 것은 아니었지만 종신토록 한 구의 시도 짓지 않았다. 상서 정종영鄭宗榮 또한 자손들에게 시를 배우지 말라고 경계하였다. 두 사람이 비록 자신 몸을 위하는 꾀는 잘 세웠으나 다만 옛사람이 시 3백 편[98]을 남긴 뜻은 없었다고 나는 생각한다.

근세의 간신 김안로가 동호東湖에 정자를 지어 보락당保樂堂이라는 편액을 붙이고는 기재 신광한에게 시를 구하였다. 기재는 처음에는 거절했지만 결국은 밀리고 말아 다음과 같은 시를 써 주었다.

---

97 시안(詩案): 시로 인해서 죄를 얻는 안건.

98 시 3백 편: 『시경(詩經)』을 의미함.

화당華堂 새로 지었다는 말 들었노니
녹창綠窓과 붉은 난간 호숫가에 비친다네.
풍광 또한 도공陶工의 손에 들어갔으니
달밤의 피리는 도리어 비단 입은 자에게 적당하네.
나아가고 물러남에 오직 함께 즐길 것을 근심했으니
나서고 숨음에는 뜻 없고 나의 순수함 온전히 하네.
연파煙波에 오직 한가롭고 익숙함만 점검할 뿐
다시 누구와 함께 상객上客이 될까.

이 시에는 넌지시 풍자하는 뜻이 많이 함축되어 있다. '말 들었다'는 것은 스스로 가서 본 것이 아님을 밝힌 것이요, '풍광 또한 도공의 손에 들었다'는 것은 조정의 모든 정사와 강산 전토가 모두 다 도공의 손에 들어왔음을 밝힌 것이요, '달밤의 피리는 도리어 비단 입은 자에게 적당하네'라는 것은 번화한 일이 아름다운 자연(風月)에는 마땅하지 않고 부유한 귀인에게 마땅하다는 것을 밝힌 것이요, '나아가고 물러남에 오직 함께 즐길 것을 근심했으니'라는 것은 옛사람이 나아가고 물러남에 모두 '혼자서만 안락함을 보전하고 백성과 함께 공유하지 못할까' 근심하였음을 밝힌 것이요, '나서고 숨음에는 뜻 없고 나의 순수함 온전히 하네'는 나고 드는 것에는 뜻이 없고 그 절개를 온전히 하겠다는 것을 밝힌 것이요, '다시 누구와 함께 상객이 될까'라는 것은 나는 그 화당華

堂의 상객이 되고 싶지 않으니 세력에 아부하는 어떤 자가 그의 빈객이 될 것인가라는 것을 명백히 한 것이다. 이 시는 구구절절 심각한 의미를 지니고 있으니 천년 후라도 군자의 마음을 드러내 밝힐 수 있을 것이다. 김안로 또한 문장에 깊었으니 어찌 그 의미를 몰랐으리오마는 끝내 신광한을 해치지 않은 것은 당시의 현인들에게 구실이 될까 두려워하여 그 숨겨진 의미를 노출시키지 않은 것이다.

(80) 공북루 주연

유근柳根이 호서의 안찰사였을 때 여러 원님들이 공북루拱北樓에서 큰 잔치를 열고 밤새 술을 마시며 마음껏 즐겼다. 취흥이 바야흐로 무르녹고 있는데 문득 닭 우는 소리를 듣고, "이것이 무슨 소리냐?"라고 물었으니, 이는 밤이 이미 새벽으로 향해 가고 있는 것을 싫어한 때문이었다. 양대운陽臺雲이라는 기생이 일부러 대답하였다.

"이는 강변의 백로 소리이옵니다."

유근은 그녀의 대꾸가 자신의 뜻에 영합함을 기뻐하여 그녀의 재주와 재치를 칭찬하고 인하여 좌중에 앉게 하고 시를 지었다. 홍난상洪鸞祥은 문사이다. 이때 문의文義의 원님으로 그곳에 참석해 있었는데 먼저 한 구절을 입으로 읊었다.

술기운 한창인 높은 누대에는 화촉 밝은데
금성錦城의 관현악 진정 떠들썩하네.
아름다운 이는 풍류의 흥치 깨질까 두려워
닭 울음소리 백로 소리라 웃으며 말하네.

방백이 보고서 칭찬하여 상을 주었는데 이 시는 한때 회자되었다. 호서의 선비들은 말구를 시제로 삼아 시를 짓는 일이 많았다고 한다.

(81) 성호선과 유극신의 문장 비유

성호선成好善과 유극신柳克新은 말주변이 뛰어났다. 함께 문장을 논하는데 성호선이 말하였다.

"문장은 집을 이루는 것과 같소. 종루鐘樓처럼 높고 커도 사방에 벽이 없으면 그곳에 거처하는 사람은 반드시 추위로 병이 나고 말 것이요, 군대의 보루처럼 비록 작아도 사방의 담장이 잘 다스려져 있다면 그곳에 거처하는 사람은 추위에 상하는 법 없지요."

유극신이 말했다.

"당신은 어째서 추위에 상하는 것으로 말하시오. 더위를 피하는 것으로 말해 주시오."

당시의 모든 사람들이 명언이라고 여겼다.

(82) 민효열의 문장

문장이 대대로 오래도록 없어지지 아니하고 옛말이 지금에 이르러서도 아직 남아 있는 것은, 그 문장과 말이 잘 가다듬어져 후세의 모범이 될 만하기 때문이다. 또한 효성스럽고 자애로운 자손들이 대대로 집안에 전하며 진기하게 여기어 보존하기를 마치 제기祭器로 쓰이는 옛 그릇들이 파손되어 일상용 그릇으로 쓰기에 부적합할뿐더러 남이 보기에 별것 아니어도 그 집안에서는 열 겹으로 정성껏 싸 백 세까지 전하는 것처럼 하니 어찌 귀하지 않겠는가.

나의 이종 아우 민응시閔應時가 나에게 와서 주머니 속의 몇몇 종이를 보여 주는데 그것은 그의 현왕조고인 민효열閔孝悅과 고왕조고인 민반閔泮이 지은 시문이었다. 그 자손들은 비록 문장을 쓰지 않지만 천성이 순수하고 효성스러워 여러 대를 두고 집안에 보관해 왔던 것이다. 여러 차례 전쟁으로 인한 난리를 겪었어도 수백 년 동안 유실되지 않고 보존되었으니 세상에 드문 일이다.

나 또한 욕되게도 그분들의 외손으로 그 시문들을 보니 전아하여 세상에 전할 만하므로 아래에 기록해 둔다. 민효열은 문과에 급제하였고, 민반은 사마시에 장원으로 급제하였지만 이른 나이에 음직으로 임명되었으므로 정과[99]에는 합격하지 않았다. 모두 다 관직이 요직에 이르렀다.

「신루북헌기新樓北軒記」

신사년 여름 내가 새로 도임하여 연당[100]과 공해[101]가 퇴락한
것을 보고 슬픈 마음이 일어 중건하고자 하는 마음을 가졌다.
그런데 마침 국가에서 경장[102]에 힘써 양전量田, 호적戶籍,
호패號牌 등 지극히 많은 일을 조정의 관리에게 위임하였다.
그러자 주와 군에서는 앞다투어 일을 모아 밤낮으로 재촉하고
독려하며 몹시 성화하니 안팎의 관리들은 근심 속에서
오직 기한에 늦어 허물을 얻게 될까 두려워하였으니
무슨 겨를에 공해를 다시 수리할 수 있었을까.
재임한 지 몇 개월이 지나 아전과 백성들을 모아 편안한지의

99 정과(正科): 문과와 무과를 잡과에 상대하여 이르는 말.

100 연당(蓮堂): 연꽃을 구경하기 위해 연못가에 지은 정자.

101 공해(公廨): 관아의 건물. 협의로는 공무를 집행하는 청사만을, 광의로는 청사 이외의 부속 건물은 물론 관에서 건설한 창고·누정 등을 지칭함.

102 경장(更張): 사회적 · 정치적으로 묵은 제도 따위를 고치어 새롭게 함.

어부를 물으니 모두 응답하기를 꺼려 했고
혹간에는 흉보며 비웃는 자들도 있었다. 나는 여러 방법으로
끌어다 반복해서 비유하며 달래 이해 가을에 비로소 일에
착수했다. 이 땅은 편편하고 넓어 촌에서 나지 않는 것은 서울
밖으로 나누어 파견하여 조금씩 취하였다. 또 백성들의 힘을
귀중하게 여겨 다만 관속만을 일하도록 하여 실낱같은 지극함이
끊어지지 않도록 하여 해를 넘겨 집채가 완성되었다.
이에 이전에 꺼리고 비웃었던 자들도 모두 기뻐하며 달려와
일에 이르렀다. 이로부터 서헌西軒·향교재鄕校齋·공수청公須廳 등
퇴폐함이 지나치게 심했던 곳들이 점차 중수되기 시작하여
3년이 지나자 공해公廨가 조금 완비되기 시작하였지만 나 또한
임기가 다 되어 떠났으니 공사가 완결되지는 않았다. 그러나
누대와 못의 제도가 뛰어나게 장대하고 아름답진 못해도,
탁 트여 넓고 맑고 상쾌한 것은 번잡한 열기를 씻어 주어
편안히 일 보도록 하기에는 충분하다.
아아! 나의 마음 씀도 고달팠고 공사 일의 어려움도 심했다.
그러나 옛 누정의 퇴폐함을 보지 못한 자는 오늘의 공을 모를
것이고, 공사 일의 어려움을 겪지 못한 자는 전날의 수고로움을
모를 것이다. 이제부터 내 뒤를 이어 임명을 받은 자들이
이곳에 올라 조망하고, 이곳에서 잔치를 벌이고 즐기면서
과연 내가 수고롭게 마음 썼던 것과 어렵게 경영했던 것을

생각이나 할까. 아직 완성 보지 못한 일과 진척시키지 못했던 일을 마침내 완성시킬 수 있을까. 만약 관아의 장부나 문서에 피곤해서 혹은 술에 지나치게 빠져서, 기울어져 무너지는 것을 좌시한 채 마음 동하지 않는다면, 내가 아홉 길이나 들였던 공이 한 퇴기 흙의 모자람 때문에 무너져 버릴 것이니, 이것이 어찌 내가 오늘 기대하는 뜻이겠는가.

천순 7(1464)년 계미년 9월 초 길일.

부사府使 여강驪江 민효열閔孝悅이 기록하다.

동지同知 민반閔泮의 시이다.

촌 별장에 홀로 앉아 만단으로 헤아리니
처마의 비바람이 겨울날 추위를 보내네.
시름 잊는 데는 다만 석 잔의 술이 쓰일 뿐이니
어찌 아홉 솥(九鼎) 단약丹藥으로 환골換骨할까.
말 탄 몇 사람 서울 거리 달리나
창에 기댄 채 종일토록 푸른 산만 바라보네.
가엾게 여기는 옛 노인들 와 상대해 술 마시니
달은 동쪽 모퉁이에 뜨고 밤은 이미 깊었네.

(83) 자체의 변화

중국에는 반자체半字體와 변자체變字體가 많아 번거로움을 제거하고 간략한 것을 취하니 특별히 옛날 도인 것만은 아니다. 觀을 观으로 하고, 猶를 扰로 하고, 邊을 边으로 하고, 雜을 襍으로 하니 이 같은 글자들은 그 종류가 무척 많아 다 기록할 수 없을 정도이다. 우리나라 임금이 보시는 문자에 또한 '咨表木紙'가 있으니 '木' 자는 '休'의 반자로 버린 종이(棄紙)라는 뜻이다. 관안[103]정목[104]에 '모 월 일 力力'이라고 매달려 있는 것은, 動 자의 반자이니 정치가 굴러 움직임을 의미하는 것이다. 옛날에 서적은 극히 간단하여 글자체에는 과두[105]와 전주[106]가 있어 옻나무의 진액을 댓가지에 묻혀 편간編簡에 썼으니 글자 획마다 쓰는 것이 어렵고 막히므로 글자체가 이에 따라 간단하게 생략된 것이 당연하다. 후세에 문자가 방만해져 부득이 전자篆字가 나뉘었고,[107] 대전·소전이 변하여 예서가 되었으며, 예서가 변하여 초서가 되었으니 그 서체

---

103 관안(官案): 벼슬아치의 벼슬과 이름을 적은 책.

104 정목(政目): 관원들의 임명 해임, 그 밖의 중요한 사실을 기록한 문서.

105 과두(蝌蚪): 과두문자(蝌蚪文字). 전문(篆文) 이전에 사용된 최고(最古)의 글자. 글자의 획이 올챙이 모양 같으므로 이름.

106 전주(篆籀): 한자 서체인 전서(篆書)와 주서(籀書). 籀書는 대전(大篆)이라고도 하며, 주(周)의 태사 주(籀)가 만들었는데 번잡하고 수식을 주로 한 것이 특색이며, 篆書는 소전(小篆)으로 진(秦)의 이사(李斯)가 만들었다고 함.

107 대전(大篆) 소전(小篆)(대전을 조금 간략하게 만듦)으로 나뉜 것을 일컬음.

가 수레 굴대 구르듯이 연하여 번잡하게 나와 대들보와 벽에 들여 채워도 그 많음을 이길 수 없었다. 중세에는 해서를 버리고 초서를 취한지라 문자에 오류가 많았다. 대명大明 고황제高皇帝가 그 와전된 것을 개변시키고자 하여 공문에 초서를 쓰는 자는 불경하다고 논하였다. 그러므로 중국의 근래 서체는 초서에 혼쭐이 나고 반자체[108]로 변하였다. 대개 급작스럽게 나와 부득이하였으나 또한 세상의 변화를 볼 수 있다.

(84) 변화 가능한 시의 품격

성현成俔은 고운 비단 옷을 입고 자랐는데 성품이 책읽기를 좋아하였다. 그래서 고금의 서적 가운데 구하여 얻어 보지 않은 책이 없었으며 거처하는 곳에서 책을 베개 삼아 잠을 잤다. 평생 몸에 이가 많아 이를 잡아 책 사이에 끼어 놓았으므로 후대 사람들이 그의 자손에게 책을 빌려 보면 늘 말라비틀어진 이가 책 사이에 있었다. 성현이 늘 사람들에게 말하였다.

"평생 동안 문장을 간절하게 좋아하여 남보다 배는 공력을 들였지만 본분本分에 이르러서는 타고난 성품보다 끝내 조금도 더

108 반자체(半字體): 한문 글자의 획수가 많은 것을 줄여서 쉽게 쓰는 글자.

하여진 것이 없으니 공부로 늘리고 줄이는 것은 불가능하다."

내 생각으로는 그렇지 않다. 기질을 변화시키는 것 또한 어려운 일이 아닌데 학문 문장이라고 뭐가 다르겠는가. 내가 어렸을 적 우리 형이 곱고 아름다운 시편들로 가르치니 시문을 짓는 데 대부분 곱고 아름다운 것을 숭상하였다. 간의 홍천민은 내 누이의 남편이다. 내가 지은 시를 보고 칭찬하였는데 다만 시어가 화미한 것을 숭상하여 깊은 뜻 잃은 것을 애석해 하였다. 내가 늘 그 말을 마음에 품고서 스스로 만족하지 못하다가 50여 운으로 된 설시雪詩를 짓는데 거친 말과 과장적인 말을 사용하여 아름답게 꾸미지 않았더니 홍천민이 보고서 좋다고 칭찬하고서 말하였다.

"이제부터는 의당 이 시를 본받으시오."

이때부터 나의 시문은 환하지도 맑지도 않아 어릴 때와 크게 변하게 되었으니, 이는 사실 홍천민의 가르침에서 말미암은 것이다.

(85) 조선에서 숭상하던 서체 및 서적

고려 충선왕忠宣王이 원元나라에 가 있을 때 중국에 만권당萬卷堂을 지어 당시의 학자들을 모았는데, 조맹부[109]가 그 가운데 끼어

109 조맹부(趙孟頫): 원(元)나라의 문인. 본래 송(宋)나라의 종실(宗室). 자는 자앙(子昻), 호는 송설(松雪). 서·화·시문에 크게 뛰어나 후세에 미친 영향이 큼.

있어 왕과 친하게 지냈다. 왕이 귀국할 때 조맹부의 글씨를 무척 많이 얻어와 동방에 대대적으로 알려지니 서체를 배우는 자들이 모두 조맹부체를 배우게 되었다. 중국에서 조맹부의 글씨를 구하면 지극히 드물다. 그 까닭은 이 서체가 살지고 약하여 종왕[110]의 잘고 야무지며 시원하고 간출한 서법을 거의 잃었기 때문이다. 우리나라의 글씨가 대강 익혀서 늘어지고 약한 나머지 위진魏晉의 서체를 전하지 못하니 이는 다 조맹부가 그르친 때문이다.

또 우리나라의 어린아이들이 배움에 있어 모두 『십구사략十九史略』과 『고문진보古文眞寶』를 입문서로 삼는다. 내가 일찍이 세 차례 중국에 들어갔지만 이른바 진보와 사략은 중국에서는 조맹부의 글씨만큼이나 극히 드물었다.

위 세 가지 것은 중국에서는 천하게 보아 버리는 바인데 오직 우리나라의 배우는 자들만이 그것을 공부하는 것 아닌가. 옛날 권련權璉이 여러 차례 과장에서 일등으로 합격하니 김일손金馹孫이 물었다.

"무슨 책을 읽기에 이 같을 수 있소?"

권련이 대답하였다.

"제가 익힌 바는 보잘것없는 『통감通鑑』일 뿐입니다."

김일손이 맥이 풀려 몸져 누웠다. 저 김일손은 다만 한유의 문

---

110 종왕(鍾王): 위(魏)나라의 종요(鍾繇)와 진(晉)나라의 왕희지(王羲之). 모두 서도의 대가임.

장만 읽어 번번이 오만하게 스스로를 똑똑하다고 여겼던 것이다. 우리나라에서 받드는 것이 이처럼 수준 낮고 보잘것없었으니 인재가 중국에 미칠 수 없는 것은 당연하다.

(86) 유몽인의 고조와 현조

고조의 휘는 호지好池인데 용력이 남달리 뛰어났다. 나이 16, 17세에 남이南怡와 서로 겨루며 약속하였다.

"큰 나무를 화살촉으로 사용해서 발아래를 쏘아 만약 손가락 하나라도 움직이지 않는다면 갑甲이지만 움직이면 을乙이다."

발을 뻗어 조그마한 창에 올려놓고 밖에서 활을 당겨 맞추니 남이는 마치 나무인형처럼 발을 움직이지 않았는데 고조는 손가락 하나를 조금 움직였다. 그래서 갑을이 갈리게 되었다.

현조玄祖의 휘는 지漬이며 사람을 잘 알아보는 감식안이 있었다. 남이南怡의 종말이 좋지 않으리라는 것을 남몰래 살피고 고조를 데리고 홍양興陽에 있는 농장으로 내려가 있다가 남이가 죽자 서울로 돌아왔으니, 고조는 재차 무과에 급제하였다. 현조께서 진도군珍島郡에서 원님을 지낼 때 그곳에 요괴가 있어 백성들을 병들게 하니 석조 상을 세워 그 요괴를 진압하였다. 그 이후로 읍 안이 맑고 편안하게 되었으니 그의 신기로운 꾀를 헤아릴 수 없었다. 군 가운데 깎아지른 낭떠러지가 있어 몹시 험하였는데 현조께서는 늘 말을 채찍질하며 그 깎아지른 비탈을 달렸으니 위아래로 나는 듯하였다. 지금도 그가 격구擊毬하던 옛터가 진도의 험한 산비탈에 있다.

(87) 손순효의 귓속말

연산군이 세자가 되었을 때 거칠고 패륜적인 징조가 이미 드러나니, 손순효孫舜孝가 성종대왕의 어탑에 올라가 귀에 대고 간절하게 간하는 것이었다.

"이 왕좌가 딱하고 가엾습니다. 원하옵건대 일찍 계책을 내십시오."

군신들이 깜짝 놀라며 모두 말하였다.

"순효, 말하는 바를 공공연하게 하시오. 그대가 어찌 감히 어탑에 올라 귓속말을 한단 말이오. 그를 벌 주시기 청하옵나이다."

임금이 웃으면서 말했다.

"노령의 신하가 내가 주색 가까이하는 것을 걱정하여 은밀히 말했을 뿐이오."

그러나 왕은 끝내 손순효의 말을 따르지 않았다.

(88) 박원종의 종말

박원종朴元宗은 더할 수 없을 정도로 높은 공을 세워 임금도 떨게 할 만큼 위엄이 있었다. 중종대왕이 인견하여 일을 마치고 나갈 때면 왕은 반드시 용상에서 내려와 기다리고 서 있다가 박원종이 차비문差備門[111]을 나간 뒤에야 용상에 올랐다. 박원종이 이에 관해서 들은 이후로는 일을 끝내고 나갈 때면 반드시 아랫도리를 걷고 허둥지둥 질주하여 숨이 목까지 찬 후에야 그치며 말했다.

"신하가 이같이 특별한 예우를 받고서 어찌 그 종말을 잘 누릴 수 있겠는가."

이로부터 부인을 자주 가까이하고 전국술(醇酒)을 마셔 댔으므로 마침내 등에 등창이 나고 말았다. 시중드는 계집종을 시켜 손톱을 세워 긁게 하면서도 주색을 금하지 않았으므로 부스럼이 날로 더욱 심해져 끝내 구제될 수 없었다고 한다. 서른여섯에 영상이 되었는데 마흔셋에 죽었다.

111 차비문(差備門): 궁전 편전의 앞문.

(89) 유몽인 누이의 박학선견

지금 임금님(광해) 초기에 임해군이 이미 죽자 사친私親[112]을 받들 곳이 없어 임시로 효경전孝敬殿 곁채에 안치해 두니 예조의 관원들도 오히려 감히 못할 바라고 여겼다. 이때 나의 조카 유혁이 예조정랑으로 그 일에 관해 여러 대신들에게 자문하여 의논하고 나의 누이 홍 대간(홍천민) 부인에게 찾아가 그 일을 말하니 부인이 말하였다.

"예부터 제왕 중에 사친私親을 정위正位에 봉封하지 않음이 없었다. 한나라 문제가 박태후薄太后를 봉함으로부터 한漢나라 소제昭帝는 구태부인鉤太夫人을 봉하였으며, 한나라 애제哀帝는 공황공후恭皇恭后를 봉하였고, 송宋나라 인제仁帝는 신비宸妃를 봉하여 현호顯號를 추상追上[113]하지 않음이 없었으나 유독 한나라 선제宣帝만이 사친을 봉하지 아니하니 이전 역사에서 이를 아름답게 여긴 것이다. 이제 만약 봉함이 옳다고 주장한다면 이는 아첨하는 것에 가깝고, 막아 배척한다면 틀림없이 사단師丹[114]의 화가 있을 것

112 사친(私親): 종실(宗室)로서 들어가 대통을 이은 임금의 생가(生家) 어버이. 또는 빈(嬪)으로서 임금의 생(生) 어머니.

113 추상(追上): 돌아간 임금이나 왕비들에게 존호를 올림.

114 사단(師丹): 한(漢)나라 거무인(車武人). 자는 중공(仲公). 여러 차례 태사공(太司公)을 지내고 고악후(高樂侯)에 봉해졌는데, 후에 간절하게 간언을 올리다 애제에게 거슬려 책면(策免)되었음. 평제(平帝)가 즉위하자 그의 충성을 가상히 여겨 다시 의양후(義陽侯)로 봉하였음.

이다. 하물며 이 별채에서 받드는 것조차 옳지 않다고 말한다면 그 종말이 어찌 좋겠느냐. 신중히 하거라."

그 후 과연 성릉成陵으로 추봉하여 대비 호를 주자고 임금에게 아뢰어 청하였으니 부인의 말과 똑같았던 것이다.

이에 앞서 선조대왕이 반궁泮宮에서 선비들에게 시험을 보이는데 '鄭衆謝拜軍司馬'로 시제를 삼은 적이 있었다. 시험 치른 1천여 사람 중 태반이 환관 정중鄭衆이라고 여겨 뜻을 잃었고, 다른 유학자 정중과 환관 정중이 구별된다는 사실을 아는 자는 백에 한둘도 안 되었는데, 그들은 모두 역사서를 보고 안 것이었다. 시험이 끝나고 나의 조카 유광柳洸이 부인에게 들러 절하니 부인이 시제가 무엇이었냐고 묻고는 인하여 말하였다.

"후한에 두 정중鄭衆[115]이 있었는데 유학자를 말하는가? 틀림없이 유학자 정중일 거야."

유광이 놀라 말했다.

"부인이 시험장 1천여 명의 사람들도 몰랐던 것을 오히려 알다니. 진실로 부끄러워할 일이다."

이때에 온 조정의 공경대부들이 모두 한나라에 사단師丹이 있

115 (1) 동한(東漢) 사람. 자는 중사(仲師). 역(易)과 시(詩)로 세상에 이름남. 장제(章帝) 때 대사농(大司農)이 됨. 경학가(經學家)에서는 정사농(鄭司農)이라 칭하고, 그 후의 정현(鄭玄)과 구별하여 선정(先鄭)이라 칭함.
(2) 동한(東漢) 사람. 주인(犨人). 자는 계산(季産), 환자(宦者). 중관(中官)이 용권(用權)함은 이로부터 시작됨.

었다는 사실을 몰랐으니 어찌 가소롭지 않을 수 있는가.

또 지금 임금의 초기에 중국 사신으로 웅화熊化가 오니 어떤 자가 우리나라에 화재가 나지 않을까 걱정하였다. 그 말을 들은 자들이 그 말뜻을 몰랐는데 부인이 듣고서는 말하였다.

"그 일은 『시인옥설』[116]에 보이니 능화能火[117]의 뜻을 취한 것이다."

얼마 안 있어 송도의 4천여 집과 평양의 1천여 집이 열흘 동안 모두 불탔으니, 그녀의 박학함과 선견지명이 이같았다. 다만 돌아가신 아버님께서 문자 저술하는 것을 엄하게 금하여 못하도록 하였기 때문에 평생 한 구절도 세상에 전하지 않았으니, 슬프도다.

(90) 들 막사의 호랑이 우환

배천白川의 백성이 바야흐로 가을을 당하여 벼를 베어내 교외에 쌓고는 그곳에 막사를 짓고 밤에 지켰다. 그런데 문득 올빼미가 지붕에서 우는 것이었다. 그 백성은 가슴이 두근거려 마침내 막사를 떠나 볏단 더미 속에 묻혀 밤늦도록 잠들지 못하고 있었다. 그러자 어떤 큰 호랑이가 막사 밑에서 몰래 살펴보다가 막사를

116 『시인옥설(詩人玉屑)』: 중국(中國) 송(宋)나라의 위경지(魏慶之)가 편찬(編纂)한 시화집(詩話集).

117 능화(能火): 웅(熊)의 파자(破字)임.

움켜쥐었으나 안이 텅 비어 아무도 없었다. 호랑이는 결국 화가 나 막사를 부수고 떠났다.

근래에 인천의 백성이 또 들 막사에서 벼를 지키고 있는데 함께 있는 사람이 우레 같은 소리를 내면서 코를 골며 자는 것이었다. 그 사람은 호랑이가 그 소리를 듣고 올까 두려워 홀로 빠져나와 볏단더미 속에 있었더니 과연 호랑이가 코고는 소리를 듣고 와 막사 안에 있는 사람을 잡아갔다. 사람들이 우환을 막는 데 있어서 중요한 것은 미연에 방지하는 것이다. 시골의 농부 또한 그러한데 하물며 이치에 달통한 선비야 더 말할 나위 있겠는가. 경계할지어다. 기미를 보아 대처하지 않음이여!

(91) 유둣날 각서

우리나라 사람들은 수단[118]으로 각서[119]를 만들어 유둣날 먹는데 몇 백 년 동안 유전되었어도 다른 이름이 없었다. 내가 춘방[120]의 학사로 경략經略 송응창宋應昌을 종군할 때 아문衙門 통판通判 왕군

118 수단(水團): 흰떡을 젓가락만큼씩 하게 비벼서 한 푼 반 길이로 썰어 마르기 전에 꿀물에 넣어 실백을 띄운 음식.

119 각서(角黍): 찹쌀가루에 대추를 이겨 섞어서 꿀에 반죽하여 팥소나 깨소를 넣고 송편과 같게 빚어서 기름에 지진 떡.

120 춘방(春坊): 세자시강원의 별칭.

영王君榮이 나에게 각서를 주어 먹게 하였는데 모양이 소뿔 같았고 찰벼 밥과 대추와 꿀로 덩어리를 만든 것이었다. 먹고 나서 차를 마시고 그 만드는 법을 물으니 대답하였다. 나무로 소뿔 모양의 통을 만들어 그 비어 있는 속에 찰벼 밥을 찌고 대추와 꿀을 목통에 넣어 덩이를 만드는 것이었으니, 우리나라 정월 15일에 세속에서 먹는 약밥과 똑같다.

(92) 대식가들

찬성贊成 정응두丁應斗는 먹는 양이 가장 컸다. 일찍이 농장에서 한가하게 있는데 촌노인이 홍시 2백 개 담은 큰 고리와 술 두 병 및 여러 안주를 찬성에게 올리는 것이었다. 찬성은 술 두 병과 안주를 다 먹어 그릇을 비우고는 앉아 한가하게 이야기를 나누면서 홍시를 집어 꼭지를 따 입에다 던져 넣어 잠깐 사이에 다 비우고 빈 고리를 촌 노인에게 던져 주는 것이었다. 노인이 절하며 사죄하였다.

"제가 애초 이것을 올릴 때에는 여러 날 드실 거리를 바치고자 했던 것입니다. 이 자리에서 저를 대한 채 다 드시리라고는 생각도 못했습죠."

그 마을에 이충위李忠衛라는 자가 있었는데 집안에 사철 제사가 있어 제사가 끝나면 찬성을 맞이하여 먹이면서 한 신위神位에게 진설한 것을 모두 찬성에게 들였다. 제기는 몹시 커서 주연 때 사용하는 그릇의 세 배는 되었고, 과일 예닐곱 그릇, 유밀계油蜜桂 두세 그릇의 높이는 모두 한 자였고, 떡과 구운 고기의 높이도 한 자였다. 국수 한 그릇, 어육탕 예닐곱 그릇, 기타 물과 뭍에서 나는 음식 약간 그릇, 심지어는 밥술에 이르기까지 양껏 들였는데 매번 그릇을 비워 내는 것이었다. 그 집안 사람들이 찬성이 대단히 많이 먹는다는 것을 알고 지극히 풍부하게 하는 것에 힘썼으니 세상에 드문 장관이었다.

우리 마을에 사는 김응사金應泗라는 자는 의관[121]이다. 배의 크기가 열 아름이었고 먹는 양 또한 대단히 컸다. 간의 홍천민이 유생이었을 때 위병을 앓아 김응사와 함께 산사에서 지내면서 치료하였다. 김응사를 위해 두부 한 가마솥, 밥 다섯 말, 탁주 큰 동이 하나를 갖추어 먹였는데, 그가 단 한번에 그 많은 음식을 모두 비우고 뒷짐을 지고 어슬렁거리면서 하늘을 우러러보며 슬퍼하는 것이었다.

"요즈음 내 비위가 몹시 약해지고 말았어!"

---

121 의관(醫官): 조선조 때, 내의원에 딸려 의술에 종사하던 사람.

(93) 송생의 노비

송생宋生이라는 자가 있었다. 집에서 부릴 종이 없으므로 타향에서 한 노비를 얻었는데 열일곱 아니면 열여덟 나이였다. 잘하는 일이 무엇이냐고 물으니 나무하는 일만 잘한다고 대답하였다. 집안 사람에게 경하여 새벽밥을 지어 먹이게 하고 가서 나무해 오라고 하였는데, 노비는 밥을 앞에 놓고도 먹지 않았다. 그 까닭을 물으니 대답하였다.

"저는 한 끼니에 한 말 밥을 먹습니다요."

송생이 장하게 여겨 한 말 밥을 짓도록 명하여 국 한 동이에 수저를 갖추어 주었다. 노비는 수저를 던져 버리고 한 주발을 숟가락 삼더니 한번에 모두 먹어 치웠다. 노비가 동아줄을 구하여서 끈 하나를 찾아 주니 큰 동아줄 50~60개를 달라 청하였다. 그래서 이웃마을에 있는 것까지 모아 주었다. 노비는 성城을 나서 산에 올라 손으로 큰 나무의 뿌리와 줄기를 뽑았다. 좌우에 있는 것을 모두 뽑는데 마치 봄나물을 캐듯 하는 것이었다. 뽑은 나무를 쌓으니 언덕만 하였다. 그것을 50~60개의 동아줄로 묶어 등에 지고 돌아오는데, 성문이 좁아 성 밖에 쌓아 놓고는 집으로 날랐다. 그러나 거리가 무척 비좁아 행인들이 지나다닐 수 없었고 고관대작들이 앞서가는 졸개들에게 경계하였지만 결국 길을 비키게 하지 못하고 말을 돌려 되돌아가야 했다. 송생이 그의 아내에게 말하였다.

"이 하인이 비록 힘은 좋지만 먹이는 것도 어려울뿐더러 통제하기는 더욱 어렵소. 갈 곳이 있으면 가라고 합시다."

(94) 탐식가의 오식

서울에 한 탐식가가 있었다. 일이 있어 남양南陽 개펄에 갔는데 남양에는 굴 조개젓이 많다고 본디 들었으므로 그것을 맛보고자 마음먹었다. 그런데 마침 주인집의 죽통에 굴 조개젓이 가득 차 있는 것을 보고, 그것은 가지와 먹는 것이 제격이라고 여겨 가지를 찾아 보았으나 얻을 수 없었다. 그러다 처마 밑에 가지 반절이 있는 것을 보았다. 탐식가는 죽통의 굴 조개젓을 가져다 가지에 얹어 먹었다. 그런데 얼마 지나지 않아 기침과 천식이 심한 주인집 노인이 한참 기침을 하다가 가래를 뱉으려고 죽통을 찾으니 없는 것이었다. 또 아이가 설사를 앓다가 항문이 빠져 그 모친이 가지를 반으로 잘라 그것으로 항문을 밀어 넣곤 했는데, 이때 그 가지를 찾았으나 간 곳이 없는 것이었다. 그러니 식탐 많은 객은 노인의 가래를 굴 조개젓으로 여기고 그것을 빠진 항문을 밀어 넣었던 가지에 얹어서 먹은 것이었다.

아! 세상에서 이익과 현달함을 구하고 탐하여 구차하게 먹는 자는 죽통을 뒤져 가지를 먹었던 자와 무엇이 다르겠는가.

(95) 고려 속악

『고려악지高麗樂志』에서 말하였다.

"고려 속악은 여러 악보樂譜에 실려 있다. 그중 「동동곡動動曲」과 「서경곡西京曲」 이하 24편은 모두 속된 말을 사용하였기 때문에 역사서에 싣지 않는다."

「장생포곡長生浦曲」도 그 가운데 끼어 있는데, 그 서문에 다음과 같이 말하였다.

"시중侍中 유탁柳濯이 전라도 진鎭에 나가 은혜와 위엄이 있으니 군사들이 그를 사랑하면서도 두려워하였다. 왜적이 순천부順川府 장생포를 침범하자 유탁이 그곳에 가 원조해 주니 왜적이 멀리서 바라만 보고도 두려워하며 즉시 군대를 이끌고 돌아갔다. 군사들이 크게 기뻐하여 이 노래를 지었는데 서문만 전할 뿐 가사는 존재하지 않는다."

유탁은 나의 선조이다. 그 본전本傳에 이르기를, "장생포 등을 직접 지었는데 곡이 악부樂府에 전한다."라고 하였다.

근래에 유극신柳克新은 「동동곡」을 지어 당시의 정치를 조롱하고 모멸하였는데, 동동이라는 것은 북소리이다. 유극신은 뜻 있는 선비이니, 그 또한 말하는 바가 있었다.

(96) 임제의 때 아닌 통곡

임제가 젊었을 적에 송도 만월대에서 놀았는데 송도 유수留守가 술과 피리를 보냈다. 술잔이 몇 차례 돌고 피리 소리가 몹시 높아지니 임제가 피리 부는 자에게 말했다.

"이 만월대의 주인은 나의 친척도 아니며 나의 옛 친구도 아니지만, 왕년에 집안 건물들이 무척 넓고 기구가 잘 정비되어 있었다. 그런데 하루아침에 죄다 매몰되고 말았으니 슬프지 아니한가."

마침내 방성대곡하니 눈물이 떨어져 속눈썹에 맺혔다.

군자가 이 말을 듣고 말했다.

"옛날 숙叔[122]이 일식에 곡을 하니 소자昭子[123]가 '숙이 장차 죽으려는가' 말하더니, 이제 자순[124] 또한 곡할 곳이 아닌데도 곡하였으니 그의 요절함도 마땅하지 아니한가."

---

122 숙(叔): 노(魯)나라 환공(桓公)의 아들 숙궁(叔弓)의 후예이다.

123 소자(昭子): 춘추시대 노나라 숙손착(叔孫婼)의 시호.

124 자순(子順): 임제의 자.

(97) 사간공의 활솜씨

돌아가신 사간공司諫公 할아버지께서는 활을 잘 쏘아 종일토록 과녁을 쏘아도 한 개의 화살도 땅에 떨어지지 않았다. 그가 금산錦山에 있었을 때 제비보다도 작은 어떤 청조青鳥가 지붕 위에 와 앉았는데 그 읍의 무사들이 모두 말하였다.

"이 새는 화살을 쏘면 급히 일어났다가 화살이 배 아래로 지나면 다시 그 자리에 돌아와 앉습니다. 종일토록 쏘아도 맞힐 수 없지요. 그래서 '도전복倒箭箙'[125]이라 부르는데, 화살통 안에 있는 화살을 모두 써도 맞힐 수 없다는 의미입죠."

할아버지께서 한번 쏘자 그 새는 과연 화살 위로 재빨리 일어났다가 다시 돌아와 그 자리에 앉았다. 두 번째 화살을 쏘자 새는 급히 날아올랐으나 '획' 하고 날아가는 화살에 맞아 떨어지는 것이었다. 사람들이 모두 이상하게 여기고 그 비법을 물으니 대답했다.

"날아가는 새를 쏘는 법은 그 물체를 겨냥하는 것이 아니라 바로 앞선 빈 곳을 겨냥하는 법이네. 그래서 맞춘 것이지."

사람들이 모두 탄복하였다. 할아버지는 활을 잘 쏘았기 때문에 품질 좋은 화살대를 남쪽 지방에서 구하였다. 화살대는 모두 둘도 없이 좋은 품질이었는데 다락에 갈마 둔 지가 7, 8년이 지났

125 도전복(倒箭箙): 화살통의 활을 다 비우게 한다.

다. 오래 묵은 대나무로 만든 기구가 더욱 좋은 법이다. 돌아가신 모친께서는 일찍 과부가 되셨다. 우리 형들이 아무도 무예를 숭상하지 않아서 그 대나무들이 혹 필대로 쓰이기도 하고 혹 여자가 베 짜는 기구로 공급되기도 하면서 모두 흩어져 없어졌다. 우리 마을의 무사 가운데 그 활대를 얻은 자는 모두 무과에 합격하였다. 때문에 앞다투어 계집종에게 후한 뇌물을 주기도 하고 혹은 권세를 개입시키기도 하면서 몰래 훔쳐다 화살을 만들었다. 훈련원訓鍊院에서 그 화살을 쏘면 순풍이건 역풍이건을 막론하고 모두 남소문동南小門洞을 지나거나 혹은 곧바로 남산에 이르기도 한다. 우리 마을에서 무사들이 끊이지 않고 좋은 성적으로 무과에 합격했던 것도 모두 이 화살 덕분인데, 우리 집안에서만 그 사실을 몰랐다. 초문楚文[126]이 화살을 얻은 것, 지장知莊이 화살을 뽑은 것은 모두 활 쏘는 데 구애되지 않았으니 '도구는 그 재료의 품질이 귀중하다'는 것이 진실로 빈말이 아니다.

(98) 이몽린의 활 솜씨

이몽린李夢麟은 활을 잘 쏘았으니 활을 당겨 명중시키는 솜씨는

126 초문(楚文): 초나라 문왕(文王)의 시호.

당세에 그와 겨룰 자가 없었다. 어떤 글하는 선비가 활 쏘는 시험을 보는데 이몽린으로 하여금 팔찌[127]를 묶게 하고 깍지[128]를 끼어 주게 하고 손바닥에 갑을 씌우게 하여 사청射廳[129]으로 들어가, 깍지로 방향을 잡고 팔찌로 활을 당기니 같은 반열에 있던 자들이 모두 웃었다. 그러자 선비가 말하였다.

"왜들 웃는가. 이것은 이몽린이 묶어 준 것일세."

선비는 이몽린이 활을 잘 쏜다는 사실만을 알았지 좌우로 활 쏘는 법이 다르다는 것을 몰랐으니 진실로 배를 움켜쥐고 웃을 만하다.

이몽린이 노쇠하자 힘이 드는 방법을 감당하지 못하게 되어 가는 나뭇가지로 활을 만들고 바늘로 활촉을 만들어 벽에 앉은 파리를 쏘면 백발백중하였다.

(99) 준마를 길들인 중 천연

중 천연天然이 나이 80세에 송화松禾 현감을 알현하였다. 현감은

127 팔찌: 활쏠 때 왼팔 소매를 걷어매는 띠.

128 깍지: 활쏠 때 오른손 엄지손가락에 끼는 기구.

129 사청(射廳): 조선조 때 무과의 시험장으로 쓰던 대청. 서울에서는 훈련원의 대청을 일컫는 말.

새로 준마를 구입하였는데 아직 길들여지지 않아 사람을 보면 발로 차고 입으로 무는 것이 무척 심하였다. 그래서 마구간에 넣어 두고 사면에 목책을 세워 막고 사람 정강이 둘레만한 동아줄로 좌우를 묶고는 목책 틈으로 꼴과 콩을 던져 주었는데, 그때마다 성내어 눈을 부릅뜨고 콧김을 내쉬니 사람들이 두려운 마음에 감히 접근하지 못했다. 천연이 그 말을 보자마자 감탄하고 칭찬하며 말했다.

"이 말은 준마입니다. 이처럼 겁내면서 기르면 끝내 뛰어난 자질을 펴지 못하리니 애석합니다. 제가 비록 늙었지만 공을 위해서 잠깐만 길들여 볼까 하는데 허락해 주시겠습니까?"

그러더니 나열한 목책을 뽑아 없애고 동아줄을 풀어 주었으며 제어할 굴레만 남겨 놓았다. 그리고는 큰 몽둥이를 구하니 어떤 자가 한 움큼 되는 몽둥이를 가져다주었으나 물리치고 아름드리 몽둥이를 가져다주자 비로소 받았다. 천연은 마침내 크게 소리 지르며 그 몽둥이를 들고 굴레를 붙잡고 마당 한가운데로 말을 끌어냈다. 그러자 말은 포효하며 마치 호랑이와 용처럼 날뛰어 올랐다. 천연은 한번에 말 위에 올라타더니 몸을 구부리고 마지막 남은 굴레마저 풀어 주었다. 말은 앞으로 뛰고 뒤로 솟구치며 삼심三尋의 높이는 뛰더니 좌측으로 누웠다가 우측으로 굴러 사람으로 하여금 등에 붙어 있지 못하게 하였다. 천연은 그래도 두 다리로 말의 갈비와 허리를 꽉 끼고 따라 구르고 따라 넘어지면서도 끝내 등에서는 떨어지지 않았다. 말은 마음대로 달리면서 험한 길, 평탄한 길, 덤불 길, 진펄의 깊고 얕음을 가리지 않고 큰 들을 몇 바퀴 돌았다. 그러고 나서야 말은 비로소 두려워 떨면서 쓰러져 땀을 흘리더니, 서라면 서고 앉으라면 앉아 지시하여 시키는 대로 했다. 그래서 마구간으로 돌아갔는데 해가 아직 지지 않은 때였다. 이로부터 안장을 채우고 채찍을 가하여 동자로 하여금 끌게 하여도 머리를 숙이고 귀를 늘어뜨리고는 감히 거역하는 기세로 바라보는 법이 없었다. 그래서 끝내는 바람처럼 빠른 준마가 되었다.

(100) 서법의 연원

고전古篆[130]에는 과두科斗, 수로,[131] 기자,[132] 유엽,[133] 도해倒薤, 곡두鵠頭 등의 서체가 있으니 각각 다른 서체이다. 상고시대에는 먹과 붓이 없어 옻칠을 사용하고 대를 사용하여 글자를 이루었다. 옻칠은 끈끈한 물질이다. 매 획에 머리는 크게 하고 꼬리는 뾰쪽하

130 고전(古篆): 옛날의 전자(篆字).

131 수로(垂露): 서법에서 듣는 이슬과 같이 내리치는 획의 끝을 삐치지 않고 붓을 눌러서 그치는 법.

132 기자(奇字): 육서체의 하나로 소전(小篆)과 조금 다른 글씨체.

133 유엽(柳葉): 전서(篆書)의 일종. 진(晋)나라 위관(衛瓘)의 쓴 바임. 필적이 버들잎 같아 얻어진 명칭임. 이하의 서체도 다 같은 방식으로 이름 붙여진 전서의 일종임.

게 하여 올챙이처럼 만들기도 하고, 점과 획을 끌어당겨 끊으면 그 끝은 반드시 맺힌 이슬처럼 된다. 획이 교차하는 곳에 모호한 빛이 나게 하면 기자奇字가 된다. 끝 획을 깎으면 도해倒薤가 된다. 점으로 머리를 그으면 곡두鵠頭가 된다. 끝맺음 획을 칠 때 모두 칠하고 나서 희미하게 하여 마치 벼이삭 그림처럼 하면 수서穗書가 된다. 애초에는 물체를 본뜨려 하지 않았지만 혹 저절로 사물 형상과 비슷하게 된 것이다. 후에 모방하려는 자들이 미루어 부연하고 억지 이유를 끌어대 거북, 용, 새, 짐승, 구름, 이삭의 형태를 만들었으니 모두 다 옛것은 아니다.

상국 정유길의 서법은 머리는 크고 꼬리는 뾰족하여 마치 과두문자 같았다. 애초에 정鼎 성을 가진 자가 있어 이 서체를 만들었는데 고전古篆 과두문자를 더욱 본받아 체법이 무척 고풍스러웠다. 봄철 지렁이, 가을철 뱀이 마음대로 가는 것 같은 말세 서체와는 다르니, 옛사람들이 마음 쓴 것이 무엇인지 알 수 있다.

(101) 김구의 서법

승지 김구金絿는 절개와 지조가 있었다. 문장에 능하였고 초서와 예서를 잘 썼다. 일찍이 사마시의 진사과와 생원과에 모두 장원으로 합격하였는데 고관이 그의 시에 비점을 주면서 말했다.

"시는 이백 같고 부는 사마상여 같으며 문은 사마천 같고 필체는 왕희지 같구먼."

그 재주가 당세에 중하게 여겨진 것이 이와 같았다. 병풍에 글씨를 쓸 때면 늘 의자에 앉아 검무를 추고 긴 휘파람을 불어 신기가 격양되기를 기다렸다가 문득 의자에서 내려가 붓을 휘둘러 썼다. 처음에는 조자앙趙子昂의 적벽부赤壁賦로 임서[134]했다가 뒤에는 장여필張汝弼로 임서했다. 그래서 그의 초서는 적벽부의 글자체로 장여필의 머뭇거리며 위축된 태도를 삼았다. 적벽부는 조맹부가 고려 충선왕忠宣王을 위하여 쓴 것이다. 중국에는 이 본이 없지만 오직 우리나라만이 전하여 새긴 것이다. 김구가 초서를 씀에 사람들이 원숙하다고 칭찬하면 반드시 화를 냈고, 어설프다고 말하면 희색을 띠었으니 이는 장래에 발전할 여지가 있을 것이기 때문이었다. 김구는 늘 사람들에게 말하였다.

"내가 변변치 못한 재주를 조금 가지고 있어 문장과 글씨는 후세에 전해지겠지만 만약 약한 몸이 의당함을 잃으면 반드시 후세에 악취를 남길 것이다. 그러니 삼가 갈고 닦아 평생 동안 불선한 일을 하지 않아야 할 것이다."

마침내 기묘己卯 현인들과 출처를 같이하여 김식金湜·김정金淨·기준奇遵이 화를 입을 때 김구 또한 사현四賢 가운데 있었으니

134 임서(臨書): 글씨 본을 보면서 글씨를 씀.

당시 사람들이 애석해 하였다.

(102) 화법

옛날에 뛰어난 그림을 중국에서 산 자가 있었다. 키 큰 소나무 아래에서 어떤 사람이 얼굴을 쳐들고 소나무를 바라보는 그림이었다. 훌륭한 풍채가 마치 살아 있는 것 같아 세상 사람들이 천하의 기화奇畵라고 여겼다. 그런데 처사 안견安堅이 말했다.

"이 그림이 정묘하긴 하지만 사람이 얼굴을 쳐들면 목뒤에 주름이 반드시 생기는 법인데 이 그림에는 없으니 의미가 크게 손상되었소."

이로부터 그 그림은 결국 버려진 물건이 되었다.

또 옛 그림이 있었는데 묘필妙筆이라고 칭해졌다. 노인이 손자 아이를 껴안고 밥을 먹이는 그림이었는데 훌륭한 풍채가 마치 살아 있는 듯했다. 그런데 성종대왕이 보고 말했다.

"이 그림이 비록 좋지만 사람이 아이에게 밥 먹일 때는 스스로도 입을 벌리는 법인데 이 그림의 사람은 입을 다물고 있으니 화법을 크게 손상시켰다."

이로부터 마침내 버려진 그림이 되었다. 그림과 글이 무엇이 다르리오. 일단 본 의미를 잃으면 비록 아름답게 꾸민 글이라 할지라도 식자는 취하지 않는 법이다. 안식을 갖춘 자만이 이를 알 수 있을 것이다.

(103) 이항복과 김지

오성부원군 이항복이 젊었을 적에 그림을 잘 그렸다. 그림 그리는 법을 김지金禔에게 배우고자 하여 산수화, 짐승 그림, 인물화 약간을 그려 소매 속에 감추고는 김지와 가까운 자의 편지를 구하여 김지를 찾아가 그 편지를 보아 달라고 청하였다. 그러나 김지는 사양하고 통하지 않는 것이었다. 뵙기를 청한다고 범박하게 말을 했지 그림을 배우려 한다고 구체적으로 말을 하지 않았기 때문에 김지는 글이나 그림을 구하러 온 자이리라고 여기고는 귀찮은 기색을 밖으로 드러냈다. 오성은 그림 때문에 치욕당한 것을 한스럽게 여겼다. 그래서 그림이라는 것은 천한 기예로 배우기에 족하지 않다는 사실을 깨닫고 마침내 소매 속에서 그림을 내놓지도 않았다. 조금 있으니 선비 이맹연李孟衍이 이르더니 오성을 무척 다정스럽게 대하였다. 이를 본 김지는 이 자가 비록 어리지만 선비들이 공경하는구나 여기고 조금 예모를 갖추었다. 오성은 그러한 기색을 살피고는 더욱 비루하게 여겨 끝내 한마디 말도 그림도 꺼내지 않고서 하직하고 나왔다. 이로부터 다시는 그림을 그리려 하지 않았다.

(104) 경락과 도덕문장

일찍이 태의[135]에게 들으니 경락[136]이라는 것은 살결이 모이는 곳으로 몸의 살갗에 있는 빈틈이다. 침을 놓아도 피가 나지 않고 침을 비록 깊이 찔러도 아프지 않다. 벼룩, 이, 거머리는 사람의 살갗을 빨아 늘 피와 살을 찾으나 경락을 침범하지는 않는다. 파리와 모기가 사람의 드러난 몸을 보면 윙윙거리며 날아와 모이지만 경락에는 앉지 않으니 그곳에는 피가 없다는 사실을 알기 때문이다.

도덕문장道德文章은 천지의 경락으로 피도 없고 살도 없는 곳이니, 세상의 벼룩·이·모기·파리 등이 와서 모이지 않는 것이 당연하다.

---

135 태의(太醫): 내의원(內醫院)의 의관. 내의원이란 조선조 때 궁중의 의약을 맡아 보던 관청.

136 경락(經絡): 몸 안의 정기가 순환하는 길. 오장육부와 관계가 있어, 적당한 자리에 침이나 뜸 따위로 자극을 주면 그에 따르는 병이 낫는다.

(105) 믿을 수 없는 점쟁이와 의원

성균관동成均館洞에 한 여자가 있었는데 나이는 47세였으나 자녀가 없었다. 점쟁이를 찾아가 물어보면 모두 평생 자녀가 없을 것이라고 말하므로 자못 믿었다. 금년 4월에 배가 크게 불러 배 속에 동물이 있는 것 같았다. 의사를 찾아가 물어보니 모두 다 벌레독이라고 말하였다. 그리고는 여 의원에게 시켜 약을 주게 하니, 여 의원은 임신한 것이 아닐까 두려워 약을 주지 않았다. 침술에 뛰어나다는 어떤 한 의원이 한 자 되는 은침을 가지고 물체가 움직이는 틈을 타 찔렀지만 적중하지 못하자, 뱀과 거북이가 배 속에 숨어 그 침봉을 피하는 것이라고 이르고는, 드디어 침이 다 들어가도록 마구 찔러 대 침이 온통 구부러졌다. 그러자 여자는 통증을 이기지 못하고 밤낮으로 비명을 지르며 배를 갈라 벌레를 꺼내 달라고 애걸하다가 죽었다. 그런 지 얼마 지나지 않아 피가 흘러 웃옷을 온통 적시더니 남자아이가 바닥에 떨어져 우는데 온몸에 아무런 상처가 없었다.

아아! 점쟁이와 의원의 믿을 수 없음이 이 같도다. 천명이 있는 곳에는 사람이 죽이려 해도 죽일 수 없는 법이다. 기이하지 아니한가. 때는 만력 을묘년(1615)이었다.

(106) 장수하는 방법들

옛날에 특별히 오래 사는 사례가 셋 있었으니, 하나는 추한 아내에게 장가든 경우요, 또 하나는 먹는 양을 조절하여 먹는 것이요, 마지막 하나는 밤에 잘 때 머리를 덮지 않는 것이다. 비단 남자만이 색을 좋아하는 것은 아니요, 용모가 아리따운 여자 또한 틀림없이 두 배는 음탕하리니, 몸을 건강하게 하려는 자는 반드시 먼저 아름다운 여자를 멀리해야 한다. 그러므로 양생서養生書에서, "상사上士는 방을 따로 쓰고, 중사中士는 침상을 따로 쓰며, 하사下士는 자리를 따로 쓴다."고 말하였으니, 옛사람들 또한 이를 경계하고 두려워했던 것이다.

근세에 송찬宋贊은 한평생 누린 나이가 90세였는데 아내와 동침하지 않았다. 중년 이후로는 밤에는 그 길이가 다리를 넘는 잠옷을 입고 조각 직물로 잠방이를 만들어 아래를 싸고 잤다. 먹는 바도 정한 한도가 있었으며 밥을 먹은 후에는 과녁에 활을 당겼는데 이러한 습관을 80, 90이 되도록 바꾸지 않았으니 이는 힘살과 뼈대를 강하게 하고 음식을 소화시키기 위한 방법이었다. 여러 벗들을 비교해 보면 색을 좋아하고 술을 즐겨 마시며 한량없이 먹는 자들은 끝내 장수하지 못한다. 손꼽히는 술패들로 계를 만들어 술 마시는 것을 숭배하는 자들은 10년도 못되어 서로 뒤를 이어 목숨을 잃는 것을 분명하게 볼 수 있다.

나는 본디 위병을 앓아서 신시申時 이후에 밥을 먹을 수 없었다. 대사헌 남근南瑾이 말했다.

"그대처럼 먹지 않는 것이 옳소. 나도 기운이 잠시 긴장되거나 편치 않으면 그때마다 굶고 먹지 않소. 사람의 병은 늘 음식으로 말미암지요. 하루 이틀 굶는다고 결코 죽지 않소. 그러니 잠시 기운이 편안해지기를 기다렸다가 먹는 것이 좋소. 일생 동안 알맞게 조절하여 먹었으므로 병 없이 지금의 70까지 이른 것이오."

나 또한 그의 말을 옳다고 여겨 늦은 시간에는 먹지 않았다. 근세에도 첨지 박정립朴廷立이라는 자가 있었는데 평생 동안 먹는 것을 조절하여 오이도 세 조각을 내어 그중 하나를 먹었고 다른 음식도 이와 마찬가지였다. 83세까지 살았다. 또 첨지 유조인柳祖認이라는 자가 있었는데 나이 70세였다. 엄동설한에도 머리를 감싸는 털모자를 쓰지 않았다. 그 연유를 물으니 대답하였다.

"어렸을 적부터 머리를 싸매 남보다 두 배는 두터운 털 비단 모자를 썼는데 두풍[137]에 심하게 시달렸소. 그런데 꿈에 어떤 신인이 나타나 '너의 비단 모자와 털 두건을 벗어 머리를 얼리면 병이 즉시 나을 것이다'라고 말하는 것이었소. 이로부터 동뇌법凍腦法을 배워 머리를 고양이 굴에 향하게 하고 잤으며 낮이면 귀와 머리를 싸지 않았지요."

137 두풍(頭風): 머리가 늘 아프거나 자주 부스럼이나 헌데가 나는 병.

찬성贊成 최황崔滉이 말했다.

"추위를 견디며 정수리를 드러내면 오히려 주름이 지지 않겠소?"

"서시[138]와 옥진[139]은 연유처럼 부드럽고 흰 얼굴이었지만 아교를 부러트릴 만한 추위라 할지라도 얼굴과 눈을 가려 본 적 없었으니 어렸을 적부터 익혀 습성이 되었기 때문이지요. 어르신께서는 어느 것을 택하시겠습니까. 나 또한 일상적인 습성이 된 것이지 기이한 술수는 아닙니다."

내 나이 30세에 안질을 앓기도 하고 혹 이롱[140]을 앓기도 하니 어르신 현적복玄積福이 말씀하였다.

"모두 두풍으로 인하여 생긴 것이오. 날마다 천 번 빗질할 것이며 절대로 머리를 싸매지 말고 얼리면 즉시 효력이 있을 것이오. 나 또한 두루 겪었던 것이오. 지금 나이 70이지만 아직도 모피로 머리를 보호하지 않지요."

나는 그의 말을 좇아 날마다 천 번 넘게 빗질했으며 털이나 비단으로 머리털을 싸지 않았다. 만약 다시 싸매기라도 하면 이전 증세가 또 다시 일어나는 것이었다. 지금도 머리를 싸매지 않음으로 인해 눈물 콧물이 흘러도 사람들을 따라 내 습성을 바꾸지

138 서시(西施): 오(吳)나라 임금 부차(夫差)의 총희(寵姬)였던 월(越)나라의 미인.

139 옥진(玉眞): 선인(仙人)을 일컬음.

140 이롱(耳聾): 귀가 먹어 들리지 아니함.

는 않는다.

전날 대부인께서 내가 겨울철에도 모관毛冠을 쓰지 않는 것을 보시고 처음에는 걱정하시다가 끝내는 걱정하지 않으시며 말했다.

"이 아이가 처음 급제하였을 때 눈 내리는 겨울날이 무척 추웠는데 털모자를 벗고서 서교西郊에서 행하는 배표례[141]에 이르렀지. 이때 온 조정 사람들이 모두 갔는데 오직 송찬과 내 아이만이 머리를 보호하지 않았거든. 그 후 송찬이 90세가 된지라 나도 걱정하지 않게 되었네."

지금은 조반[142] 신하들 중 털로 귀를 가리지 않는 자가 간혹 있으니 대부분 내가 하는 것을 배운 것이라고 한다. 머리는 양陽이 모이는 곳이니 비록 싸매지 않는다 해도 춥지 않다. 옛날 향산香山에 찬 샘이 있었는데 백낙천白樂天이 날마다 와서 머리를 감고 시를 지었는데 낙천은 86세까지 살다 죽었다.

(107) 신희남이 겪은 장수한 선비

신희남愼喜男이 생원이었을 때 성균관에 거처하였는데 하재[143] 선

141 배표례(拜表禮): 중국 황제에게 보내는 표문을 살펴보고 봉하는 예를 말함.

142 조반(朝班): 조회 때에 벼슬아치가 벌여 서던 차례.

143 하재(下齋): 성균관의 동서 양재의 각 맨 아래쪽 두 간. 사학 승보생인 유학 스무

비와 잘 지냈다. 선비는 그때 나이 70여 세였다. 그 50년 후에 신희남이 강원도 감사가 되어 정선旌善에 들르니 그 선비가 명함을 들이고 뵙기를 청하는 것이었다. 나이를 물으니 120여 세였다. 신희남은 무척 기이하게 여기고 그의 집을 찾아가 사례하였다. 그가 거처하고 있는 방은 동쪽으로는 조그마한 창이 있어 빛을 취하였고 그 맞은편 벽에 출입하는 문 하나가 있을 뿐이었는데, 무척 따뜻하고 고요했으며 바람이 없었다. 수양하는 방법을 물었으나 이상한 곳이라고는 전혀 없는 사람이었다고 한다.

(108) 쇳물과 장수

나주 목사에게 백발에 홍안을 한 친한 객이 있었다. 그가 일이 있어 나주에 들르니 목사가 그를 묵게 하고 교방에게 명령을 내려 꽃다운 어린 기생을 뽑아 잠자리를 모시라고 하였다. 객이 10일을 머물다 떠나려 하니 기녀가 이별에 임하여 차마 헤어지지 못하고 눈물을 흘려 적삼을 적시니 여러 기녀들이 그녀를 조롱하며 말했다.

"너는 일찍이 많은 호남아들과 이별하면서도 이 정도로까지 헤

명이 거처하였다 함.

어짐을 마음 아파한 적 없었는데 지금은 일개 백발노인 때문에 어쩌면 이다지도 많은 눈물을 흘리느냐."

목사가 그 말을 듣고 괴이하게 여겨 그 까닭을 힐문하니 기녀가 말하였다.

"객이 비록 연로하시어 70세가 넘었지만 마시고 먹는 것과 행동거지는 젊고 씩씩한 사람들과 다름이 없습니다. 달리 복이[144] 하는 것도 아닙니다. 다만 허리춤의 푸른 주머니 속에 어린아이 주먹만 한 네모진 쇠 하나를 넣어 두고 매일 저녁 그것을 한 그릇의 물에 담갔다가 맑은 새벽에 그 물을 맛보고 그 쇠를 다시 거두어 주머니 속에 넣어 둘 뿐입지요. 이 같은 일을 하루도 그친 적이 없습지요. 그런데 여자를 능란하게 다루는 것이 평인과는 달리 젊고 씩씩하답니다."

근세에 장생불사약을 복용하여 몸을 건강하게 유지하려는 자들 가운데는 쇠로 만든 그릇에다 밤이면 물을 부어 두었다가 아침이면 마시는 사례가 있는데 그들 중 혹자는 눈썹이 새도록 살기도 한다.

재상 홍연洪淵이라는 자가 이 같은 것을 사모하여 그 또한 쇳물을 마셨는데 끝내는 천식병을 앓다가 죽었다. 또 이욱李郁이라는 자가 있었는데 음관으로 봉산군鳳山郡에서 여러 해 태수로 살았

144 복이(服餌): 도가에서 장생불사의 약을 먹는 일. 널리 약을 먹는 뜻으로 쓰임.

다. 군에는 철의 산출이 많아 물속에 쇠의 기운이 많았다. 우물물을 길어 통에 담아 두고 시간이 경과하여 보면 통의 밑바닥에 쇠찌꺼기가 생겼다. 주민들이 대부분 풍담風痰, 천수喘嗽, 전궐顚厥병을 앓는지라 이욱이 이를 근심하여 큰 자석 한 덩어리 작은 자석 두 덩어리를 찾아서 모아 둔 큰솥의 물속에 담가 관가의 술과 음식, 차, 탕 등에 모두 그 물을 사용하였다. 그런 지 몇 년이 지났는데 외국으로 나가는 사신이 그 군에 들러 자석을 구하여 약제에 충당하려고 하였다. 이욱은 집안 사람에게 솥 밑에서 자석 세 개를 찾아 가장 작은 것을 진상하도록 시켰다. 솥의 물을 걸렀어도 자석이 보이지 않았다. 재차 찾아보도록 명령하여도 두 개의 자석은 보이지 않고 한 개의 자석만을 취해 왔을 뿐이었다. 자석은 마치 벌집처럼 구멍이 나 손만 대도 부서졌다. 큰 것은 다 녹아서 한 움큼도 되지 않았고 작은 것 두 개는 다 녹아 남음이 없었으니, 자석이 쇳물에 먹혀 그랬던 것이다. 이욱은 관직을 버리고 돌아갔는데 곧 죽을병을 얻어 해포 만에 일어나지 못하고 결국 죽었다.

아아! 쇠의 독이 어찌 사람을 장수하게 만들기도 하고 혹 사람을 병들게 만들기도 하는가. 복용하는 법이 좋고 나쁜 차이 아닐까. 또 들으니 개천价川에 쇠 액이 많아 우물물을 마시는 자는 병이 들어 일찍 죽는다 하였다. 이춘란李春蘭이라는 자가 있어 아들 다섯을 낳아 시냇가에 집을 짓고 살게 하여 흐르는 냇물만 마시게 하고 우물물은 먹지 못하게 하였더니 홀로 사질[145]을 면하였다 한다.

(109) 한응인의 농사

상국 한응인韓應寅이 신천信川 땅에서 상중에 있었는데 이때 왜적이 나라에 가득하여 대대로의 집안이 모두 편안할 수 없었다. 상국은 그 집안 사람들을 명농明農으로 데리고 가 계집종으로 하여금 무논에서 열심히 일하도록 시켰다. 4월과 5월이 교차할 무렵 재차 벼 김매기를 끝내 이미 이랑 가득 창운蒼雲이 이루어졌다. 상국이 지팡이를 짚고서 밭두둑을 살펴보고는 기뻐하며 돌아와 여러 노농老農들에게 자랑하였다.

“우리 집 농사는 재차 김을 매 이미 창운을 이루었소. 무척 즐겁소.”

나이 든 농군들이 가서 보니 벼가 아니요 모두 강아지풀이었다. 이는 일을 맡아서 한 계집종이 서울에서 태어나고 그곳에서 자라 전원이라곤 본 적도 없으며 일삼은 바는 오직 비단옷을 입고 거문고를 타며 노래하고 춤추는 일 뿐이었는데 하루아침에 남쪽 밭이랑에 들어가게 되니 아름다운 벼는 호미로 김매 제거하고

145 사질(邪疾): 악열(惡熱)이 나는 병.

가꾸고 심은 것은 모두 강아지풀이었던 것이다. 그런데도 온 집안 사람들은 세상일에 어두워 깨닫지 못했던 것이다. 이를 안 신천 사람들은 그를 비웃으며 잘못한 일을 볼 때마다 매번 '한 상국의 농사'라고 말하였다. 아아! 말세에 사람을 쓰는 방식이 이와 비슷하다.

(110) 나무 심는 법

나무를 잘 심는 어떤 객이 나에게 와서 말했다.

"나무 심는 법은 매년 2월 초에서 중순 사이에 가지를 잘라서 그 끝을 불살라 기를 약하게 만들어 토란 열매 및 무 뿌리에 꽂았다가 땅에다 심으면 모두 살아나지요. 또 다른 한 방법이 있습니다. 좋은 나무의 가지에는 큰 가지 가운데 가로질러 난 작은 가지를 가진 것이 있으니 작은 가지들이 위아래로 모두 수척은 되지요. 그 큰 가지를 잘라 양쪽 끝을 불로 태워 큰 가지를 횡으로 땅에 묻고 작은 가지를 세워 땅 위로 나오게 하면 큰 가지는 뿌리가 되고 작은 가지는 줄기가 되어 반드시 살아납니다. 또 한 방법이 있습니다. 오디를 모아 썩혀서 씨를 꺼내어 거름 밭에 심으면 1년 만에 자라 무성해집니다. 다른 곳에도 흩어 심으면 능히 만 그루는 이룰 수 있지요. 뽕나무는 3, 4년이면 충분합니다. 뜰에 정자를 새로 조성하려 하는 자는 반드시 이 법을 배워야 할 것입니다."

(111) 사지에서의 잠의 유혹

만력 갑인년(1614)에 동해바다에서 어부 20명이 같은 배를 타고 바다 가운데 동떨어진 먼 곳에 들어가 농어를 낚다가 맹렬한 폭풍을 만나 푸른 바다 가운데서 배가 뒤집혔다. 바다 끝이어서 갈 수 있는 섬이 없어 20명의 사람들이 모두 헤엄쳐 마치 갈매기처럼 둥둥 떠서 바람을 따라 파도 위를 오락가락 오르내리면서 혹 물결을 치기도 하고 멈추기도 하며 팔과 다리를 쉬지 않고 움직였다. 굶주리면 작은 생선을 잡아먹어 배를 채울 수 있었다. 다만 밤낮으로 파도 위에 있으면서도 모두 졸음의 유혹을 못 이겨 물밑에 빠졌다가 깜짝 놀라 파도를 차고 위로 떠오르기도 했다. 6, 7일이 지나자 죽은 자는 열넷이요 여섯 사람만이 살았는데 문득 고기잡이배를 만나 기어올랐다. 심하도다! 졸음이 사람을 유혹함이여. 왜적을 피해 산에 들어갔는데 왜적을 보고도 우레처럼 코를 골고 자다니!

(112) 점후占候

옛날 선비가 말하기를, "선도善道를 따르면 길하게 되고 거꾸로 좇으면 흉하게 된다는 사실만 알 뿐이지, 오늘은 맑더라도 내일 비 내릴 것이라는 사실을 어찌 알겠는가."라고 했는데, 이는 융통성 없는 선비의 말임을 면치 못한다. 만약 바람 불고 비 내릴 조짐을 미리 알지 못한다면 공자는 틀림없이 뗏목을 타고 바다를 건너지 못했을 것이요, 제갈공명은 적벽에서 승전할 수 없었을 것이다. 대명大明 태조太祖는 진우량陳友諒을 황하에서 섬멸하지 못했을 것이며, 범려[146]는 틀림없이 계연[147]의 술책을 정부와 백성에게 사용할 수 없었을 것이다. 백규白圭는 풍년과 흉년, 홍수와 가뭄을 미연에 점칠 수 없었을 것이고, 땅강아지와 개미는 틀림없이 길바닥 괸 물에 휩쓸렸을 것이며, 까마귀와 까치는 들창과 문에 모였을 것이고, 원거[148]는 노나라 성문에 그치지 않았을 것이며, 희희譆譆는 정나라 읍에서 울지 않았을 것이다.

---

146 범려(范蠡): 춘추시대의 초(楚)나라 사람으로, 월왕(越王) 구천(句踐)을 도와서 오나라를 멸망시켜 회계(會稽)의 치욕을 씻어 주었음. 그 후엔 벼슬을 버리고 도(陶)에 숨어살면서 큰 부호가 되매 세인이 도주공(陶朱公)이라 불렀음.

147 계연(計然): 전하는 바에 따르면, 춘추(春秋) 월나라 채구(蔡丘) 복상(濮上) 사람. 성은 신(辛)씨. 자는 문자(文子). 범려(范蠡)의 스승. 저서에 『만물록(萬物錄)』이 있는데 월(越)나라 왕 구천(句踐)이 그 계책을 사용하여 패국(覇國)을 이룸.

148 원거(鶢鶋): 노(魯)나라 장무중(臧武仲)이 제사 지낸 일종의 해조(海鳥). 모양이 봉새 비슷하다 함.

내가 옛날 노강老江을 건너는데 대낮에 배 안에서 구름을 점치는 어떤 자가 말했다.

"내일 이맘때면 틀림없이 큰바람이 일 것이오."

내가 몹시 기이하게 여기며 그 까닭을 물으니 뱃사람이 대답하였다.

"낮게 날아 남쪽으로 가는 검은 구름은 오늘의 바람이요, 높이 날아 북쪽으로 가는 흰 구름은 내일의 바람입니다. 흰 구름이 마치 찢어진 솜처럼 휩쓸려 북으로 가고 있으니 내일 이맘때면 틀림없이 구름 향하는 방향으로 바람이 불 것입니다."

내가 묵묵히 기억해 두었는데 다음 날 오시에 이르자 과연 큰 바람이 일었다.

만력 신묘년(1591) 여름과 가을이 교차하는 때에 푸른 구름이 산처럼 흩어 펴져 있었는데 산 위에는 모두 송백처럼 생긴 나무 형상이 있었다. 7월에 큰 바람이 불어 조운에 쓰이는 선박들이 이루 다 기억할 수 없을 정도로 침몰하였으며, 해안 일대의 돛배도 모두 표류하다 부서져 일본에 들어갔는데, 이듬해에 왜적이 대거 침략하여 팔도를 어육魚肉으로 만들었다.

경신년(1620) 여름과 가을 사이에 운기雲氣가 신묘년 같았다. 나는 그때의 심각했던 징후를 생각하고 근심했는데 열흘도 채 안되어 지붕이 날아가고 바다 배들이 모두 표류하여 국가에서는 조세 1만여 가마니를 잃었다. 이해에 만력萬曆과 태창泰昌 두 황제가 붕어崩御하였고, 이듬해에 누루하치(奴酋)가 재차 발호하여 요동을 함몰시켰으니, 하늘이 보여 준 징후가 과연 헛된 것이 아니었다.

내가 예전 상중에 있을 때 검은 구름이 뭉게뭉게 하늘에 흩어지는 것을 보고 말했다.

"내일 오후면 반드시 대풍이 있을 것이오."

객들이 모두 의아해하며 힐문하였는데, 다음 날 깜빡 잊고서 60리 떨어진 밖에서 농사일을 살피다가 중도에 큰바람을 만났다. 그래서 추위로 병이 들고 말아 며칠 동안 앓았다.

내가 또 함경도의 고원高原에 피해 살면서 바닷물로 제염하였는데 이때 가물면서도 비 내릴 전조가 있어 일을 맡아 하는 자에게 말했다.

"며칠 지나지 않아 비가 내리리니 신중하여 조심하시오."

과연 큰비가 내려 열흘 동안 들인 공력이 하룻밤 사이에 모두 무너져 버렸다. 내가 모르는 것 아니면서도 미리 방비하지 못했던 것은, 아는 것이 모두 숙련되었기 때문이었다. 나의 형 몽표씨夢彪氏는 하늘에 구름 한 점 없는 것을 보고도 3일 내에 반드시 비가 내리리라는 것을 알고 동자를 불러 급히 꽃나무를 옮기라고 하였다. 객이 비웃으면서 "이처럼 하늘이 맑고 해가 빛나는데 꽃나무를 옮기다가 말라죽으면 어쩌려고 그러시오."라고 하니 형이 웃으면서, "반드시 비가 오리니 잘 기억해 두시오."라고 대답하였다. 그다음 날 과연 비가 오니 객이 기이하게 여겼다.

나와 친척 간인 정신鄭愼 어르신이 천문역법天文曆法에 제법 밝았다. 달이 필畢[149]을 범하자 상국 이산해에게, '아무 날 틀림없이 비가 내릴 것이다'라고 말했는데, 그날이 되자 과연 비가 내린지라 아들 경백慶伯을 보내 도롱이와 갓으로 치사하였다. 내가 『여씨춘추呂氏春秋』를 살펴보니 옛날에는 영대靈臺에 올라가 구름의 상태를 바라보고 길흉화복의 조짐을 앞서 알았다. 그러므로 『서경』에 말하기를, "별에는 호풍好風, 호우好雨가 있다." 했으니, 이전의 문서를 고찰해 보면 증거로 삼을 수 있다. 아래에 모두 기록해 둔다.

은하수에 별이 성하면 많은 비가 내리고 별이 적으면 많이 가문다. 수성[150]이 바다에 들면 큰비가 내리고 오성[151]이 동남쪽에서 밝게 반짝이면 많은 비가 내릴 것이요, 토성이 은하에 역입하면 홍수가 날 것이다.

은하수 내에 돼지·뱀 형상의 검은 구름이 중도에 끊어졌다가 다시 이어지면 지속적으로 비가 있을 것이요, 검은 구름이 은하를 지나가면 어떤 형상이건을 막론하고 모두 다 많은 비가 내릴 전조이다.

---

149 필(畢): 이십팔수(二十八宿)의 하나. 서방에 있음.

150 수성(水星): 혹성 중에서 가장 작으며 태양에 가장 가까운 별.

151 오성(五星): 오행의 정(精)이라고 일컫는 다섯 별. 목성(木星), 화성(火星), 금성(金星), 수성(水星), 토성(土星).

낮에는 햇빛이 자색이고 밤에는 달빛이 백색이면 모두 비 내릴 전조이다.

12월에 해당하는 절기 및 날 중 붉은 운기雲氣가 있으면 한 달 안에 많은 비가 내린다. 해와 달에 있는 기운이 위 아래로 널리 퍼지면 3일 내로 큰바람이 불고 큰비가 내린다.

밤에 북두北斗와 괴두魁斗 사이에 검은색 구름이 주변에 있으면 당일 밤비가 내린다. 북두가 젖어 있으면 그날 밤 혹은 당일 밤 틀림없이 큰비가 내린다(두보의 시에서, '바람이 불어오면 북두가 어두워지네'라고 하였다). 흑색, 백색, 황색으로 물든 구름이 길이 20길 남짓 북두성을 두루 가린 채 흩어지지 않으면 3일 내로 반드시 비가 내릴 것이요, 만약 비가 오지 않으면 사람들이 조금 안온할 것이다. 북두성 사방 아래로 모두 구름이 없으나 오직 북두성만을 어둠침침하게 가리고 있거나 위아래로 덮고 있으면 닷새 이내로 틀림없이 비가 내릴 것이다.

밤에 북두성을 점치고 아침에 해를 점쳐 위아래로 오색 구름 기운이 있고 또 전광 같은 형체가 얇게 덮고 있으면 하루 이내로 반드시 비 내릴 것이며 이에 응한 비는 한번만 내리고 그치지는 않을 것이다. 운기雲氣가 북두성을 가릴 경우 푸른색이면 큰비가 내릴 것이요, 흑색이면 많은 비가 내릴 것이다. 북두성과 해의 위 아래에 어룡 및 비늘 껍데기 형상의 기운이 있으면 그날 밤 틀림없이 큰비가 내리거나 아니면 급속한 폭우가 있을 것이다. 유성이 동쪽에서 서쪽으로 향하면 내일 비 올 것이요, 북쪽에서 남쪽으로 향하면 내일은 주로 흐리지만 비는 내리지 않을 것이요, 서에서 남으로 향하면 그해에 장마와 가뭄으로 농작물이 해를 입을 것이요, 북에서 동으로 행하면 연일 그치지 않고 비가 내릴 것이요, 북에서 서로 향하면 주로 밭의 벼를 가릴 것이요, 어둡게 행하면 강과 내의 물이 불어 넘칠 것이요, 검은 불꽃이 있으면 연내에 큰 물난리가 날 것이다. 운기雲氣가 만약 인묘방寅卯方에 백색 혹은 흑색을 띠고 있으면 갑을일에 반드시 비가 온다. 혹 진사시辰巳時에 혹방에서 나타나면 병정일에 비가 온다. 오미방午未方에 혹시 와서 해를 가리면 무기戊己일에 비가 내릴 것이다. 곤신방坤申方에 어쩌다가 나타나면 경신일庚申日에 비 내린다. 유술방酉戌方에 어쩌다 나타나면 임계일壬癸日에 비 내린다. 왕상旺相[152]의 날에 비 오면 장생長生할 것이고, 휴수休囚의 날에 비 오면 만물이 타마를 것임을 또한 증명할 수 있다.

속담에 이른다.

"구름이 동으로 가면 즐겁지 않을 것이요, 구름이 서로 흐르면 진흙 비를 뿌릴 것이요, 구름이 남으로 흐르면 물이 못에 넘쳐흐를 것이요, 구름이 북으로 흐르면 비가 곧 족하게 내릴 것이다."

---

152 왕상(旺相): 명리술어(命理述語)임. 성명가(星命家)는 오행(五行)으로 사계(四季)를 나누는데, 매 계절 중 오행의 성쇠를 旺·相·囚·休·死로 표시한다. … 속어에서는 득시(得時)를 왕상(旺相)이라 하고 실시(失時)를 휴수(休囚)라 한다.

또 말했다.

"구름이 동으로 들면 말(馬)과 통할 것이요, 구름이 서로 들면 찬비가 쓸쓸하게 내릴 것이요, 구름이 남으로 들면 새가 재잘거릴 것이요(비가 개고 해가 나오며 새가 우는 것을 말한다), 구름이 북으로 들면 말의 굴레가 빠질 것이요, 하늘에 구름이 없으면 3일 비 내릴 것이다. 밤에 비 내리다 밤에 개면 다음 날 반드시 재차 비 내릴 것이요, 석양에 붉게 달아오른 기운이 서남쪽에 가득하면 오래지 않아 남풍이 불고 비 내릴 것이다." (내가 서강西江에 있을 때 촌 노인이 손가락으로 가리키며 말해 주었는데 과연 징험되었다.)

갑자순甲子旬

묘초卯初[153] 검은 구름이 많지 않음을 보면 오시午時에 틀림없이 서풍西風이 이른다. 붉은 구름이 많지 않으면 갑시甲時에 반드시 남풍이 이를 것이다. 검은 구름이 햇빛을 가리면 사시巳時에 반드시 비가 서북방으로부터 온다. 청운靑雲 한 가닥이 길면 미시未時에 비가 동방으로부터 온다. 흰 구름이 해를 가리면 진시辰時에 비가 서방에서 온다.

153 묘초(卯初): 하루를 열두 시로 나눈 때의 묘시(卯時)의 처음. 곧 오전 5시가 지난 바로 뒤.

갑인순甲寅旬

검은 구름이 해를 가리면 사시에 반드시 남풍이 이른다. 검은 구름이 엷어 해를 가리지 못하면 오시午時에 서풍이 이른다. 붉은 구름이 덩이를 이루면 미시未時에 동풍이 이른다. 황색 구름이 조각조각 떠 있으면 유시酉時에 북풍이 이른다. 황색 구름이 사방에서 일어나면 오시午時에 비가 서방에서 온다. 검은빛 엷은 구름이 해 가에서 약간 일어나면 진시辰時에 비가 남방에서 온다. 청색 구름이 가닥을 이루면 미시未時에 비가 동방에서 온다.

갑진순甲辰旬

엷은 구름이 조각조각 이어지지 않으면 사시巳時에 북풍이 이를 것이다. 청색 구름이 조각조각 떠 있으면 오시에 남풍이 이를 것이다. 황색 구름이 하늘 가득하면 신시에 큰바람이 동으로 이를 것이다. 적색 구름이 사방에서 일면 진시에 남풍이 이른다. 검은 구름이 국자(斗) 같으면 진시에 큰비가 북방에서 올 것이다. 흰 구름이 가닥을 이루면 유시에 비가 동방에서 올 것이다.

갑오순甲午旬

청색 구름이 사방에서 일면 미시에 남풍이 이른다. 흰 구름이 조각을 이루면 오시에 북풍이 이른다. 황색 구름이 덩이를 이루면 신시에 서풍이 이른다. 적색 구름이 해를 가리면 오시에 비가 북방에서 온다. 청색 놀이 이어지지 않으면 신시에 비가 동방에서 온다.

갑신순甲申旬

검은색 엷은 구름이 하늘 가득하면 진시에 북풍이 있다. 홍색 구름이 모이면 오시에 남풍이 이른다. 흰 구름이 갈라진 솜 같으면 유시에 서풍이 이른다. 황색 구름이 덩이를 이루면 신시에 바람이 이른다. 흑색 구름 한 가닥이 해를 가리면 진시에 가랑비가 서방으로부터 온다. 산봉우리처럼 생긴 흰 구름이 해 가까이서 일면 오시에 비가 남방에서 온다.

갑술순甲戌旬

청색 구름이 해를 꿰뚫으면 진시에 서풍이 이른다. 갈라진 솜 같은 검은 구름이 일면 오시에 대풍이 북방으로부터 온다. 황색 구름 가닥이 길게 이어져 끊어지지 않으면 신시에 동풍이 이른다. 흰 구름이 조각조각 해를 에워 두르면 미시에 서풍이 이른다. 흑색 구름이 짙으면서도 부서져 이어지지 않으면 사시에 비바람이 북방에서 온다. 덩이덩이 뭉친 적색 구름이 움직이지 않으면 신시에 비가 서방으로부터 온다. 높은 구름이 있으면 다음 날은 바람이 불고, 구름이 낮으면 오늘 바람이 분다. 찢어진 솜 같은 높은 구름이 길면 다음 날 종일 큰바람이 구름이 가는 방향으로 불 것이다. 흐린 때 구름 빛에 젖은 기운이 있으면 곧 비가 내린다.

별이 물속에 있는 것처럼 물기를 머금으면 오래지 않아 큰 장마가 진다.

유대정兪大禎이 일찍이 눈으로 보아 징험한 것이다.

(113) 점占

옛날에 점을 잘 치는 자가 있었다. 비단 사람의 수요壽夭,[154] 영고성쇠, 길흉, 회한뿐만 아니라 초목의 심음과 그릇의 만듦에 이르기까지 그 시종을 미루어 연대가 오래된 것까지도 딱 들어맞추었다.

옛날에 와침瓦枕[155]을 구입한 자가 있어 그 베개를 늘 책상에 두고 지냈다. 그런데 홀연 어떤 객이 찾아와 뵙기를 청하여서 곁방에 맞이하여 고금의 일에 관해 토론하였는데, 박식하여 막힌 데 없고 재빠르고 슬기로운 것이 비할 데 없었다. 그래서 요괴일 것이라 생각하고 잡으려 하니, 그는 놀라 달아나면서 쥐로 변하여 숲으로 가 버렸다. 주인은 결국 와침을 들어 던졌으나 맞히지 못하고 와침만 가운데가 깨졌는데 거기에 다음과 같은 글이 있었다.

"모년 모일 모시에 이객異客을 만나면 깨질 것이다."

---

154 수요(壽夭): 오래 삶과 일찍 죽음.

155 와침(瓦枕): 질그릇으로 만든 베개.

고려 왕이 중국에 들어갔다가 그곳에서 죽었는데 관을 만들 목재가 없었다. 그런데 혹자가 말하였다.

"아무 절의 잣나무 대들보가 관을 만들기에 적합합니다."

다른 목재로 바꿔치기하고 그 대들보를 빼내니 거기에 다음과 같은 글이 있었다.

"모년 모월 모일 모시에 고려 왕의 관이 될 것이다."

허암虛庵 정희량鄭希良이 전라도에서 노닐 때 아침 일찍 벗 집에 찾아가 서실에 앉아 이야기를 나누고 있는데 대숲 가운데 장죽長竹 세 개가 바람이 불지 않는데도 저절로 떨리는 것을 문득 보게 되었다. 주인이 괴이하게 여기고 정희량에게 물으니 그가 대답하였다.

"오시午時에 틀림없이 한 관인이 와서 이 대를 잘라 갈 것이오."

오시가 되자 과연 관리가 와서 뵙기를 청하므로, 그 까닭을 물으니 대답하였다.

"관가에서 쓸 일이 있어 장대를 찾고 있으니 허락해 주시기 바랍니다."

주인이 그 관리에게 대숲 가운데서 알아서 가려 가져가라고 시키니, 스스로 세 개의 장대를 가려 베는데 그날 아침 저절로 떨리던 대였다.

한억령韓億齡은 점을 잘 치는 소경이다. 어떤 한 인가에서 암소가 새끼를 낳았는데 그 연월일시를 뽑아 사람의 사주라고 속이고 한억령에게 점을 치도록 하니 그가 말하였다.

"이 명은 4세 때 오형[156]을 다 당하고 죽을 것입니다. 사람이고서는 아무리 악하다 해도 4세에 오형을 범하겠습니까. 틀림없이 육축[157]일 것입니다."

객이 크게 놀라며 탄복하였다. 그런 지 4년 후에 집안에 혼사가 있어 그 소를 잡아 음식으로 충당하였다.

또 어떤 한 사람이 집안 종으로 하여금 박씨를 심게 하여 두 개의 껍질이 땅에 싹을 내는 것을 보고 그날 연월일시로 오조五條를 갖추어 김효명金孝命에게 물었다. 김효명은 소경 가운데 이름난 점쟁이였다. 그가 말했다.

"이 박은 모년 모월 모일 모시에 죽어 미처 씨를 맺지 못할 것이오."

이 말을 들은 박의 주인은 웃으며 믿지 않고서 상자 가운데 기록해 두었다. 여름 달이 되자 박 넝쿨이 자랐다. 그런데 마침 비가 내려 지붕이 새는지라 종놈에게 시켜 지붕에 올라가 기와를 바꿔 끼라고 하였다. 그런데 종놈이 실수하여 한 기왓장을 넝쿨에 떨어트려 한가운데가 잘렸다. 객은 깜짝 놀라 상자 속에 기록해 두었던 것을 보니 과연 그날이었다.

---

156 오형(五刑): 고려조나 조선조 때 일반적으로 범죄자를 처벌하는 다섯 가지 종류의 형벌. 태형(笞刑), 장형(杖刑), 도형(徒刑), 유형(流刑), 사형(死刑).

157 육축(六畜): 여섯 가지 가축. 곧 소, 말, 돼지, 양, 닭, 개.

군자가 말한다.

"이 어찌 꼭 점치는 자가 능력이 있어서이겠는가. 일이 형체를 드러내기 이전부터 정해져 있는 것은 천명이니 사람이 일마다 힘써 경영할 수 있겠는가. 한밤중에 걱정하는 것 또한 부질없는 일 아니겠는가."

(114) 땅속에서 나온 흑벽돌의 예언

양주楊州 송산리松山里에는 횡금산橫琴山이 있다. 산 아래에는 인가의 옛터가 있는데 옛 노인들이 혹 "평난장자平難長者의 옛 집인데 얼마나 되었는지 기억할 수 없다."라고 말하기도 하였다. 주춧돌과 섬돌의 길이는 모두 수십 자였다. 서얼 최연崔衍이라는 자가 있는데 옛 대간 최철견崔鐵堅의 아들로 죽은 나의 사위 최아崔衙의 서제庶弟[158]이며, 이제는 나의 조카 유축의 사위이다. 그가 상중에 송산에서 시묘侍墓하다가 그곳의 땅에 집을 지으려 하였는데 꿈에 어떤 신인神人이 나타나 말하였다.

"이곳 땅속에 은이 있는데 어찌 파내지 않는고!"

잠에서 깨어나 기이하게 여기고는 땅을 파 보니 은은 보이지

158 서제(庶弟): 서모에게서 난 아우.

않고 긴 다리와 긴 더듬이를 지닌 몹시 모질게 생긴 한 이상한 벌레만 있을 뿐이었다. 최연은 두려워 도로 덮어 버렸는데 그날 밤 꿈에 또 신인이 나타나 말하였다.

"어째서 깊이 파 보지 않는고!"

더욱 이상하게 여긴 최연은 몇 자 깊이로 파내려 가니 벌레는 보이지 않고 흑벽돌을 얻었는데 양각된 글자로 다음과 같이 새겨 있었다.

"부귀를 뽐내지 마라. 양羊해에 태어난 주인이 빼앗아 거할 것이니, 양해로부터 비로소 그 여자 옥玉에게 전해질 것이다."

옥玉 자 아래에 한 글자가 마모되었는데 초두(艹) 변이 남아 있었다. 최연에게는 을미乙未생인 한 딸이 있는데 처음 지어 주었던 이름이 운영雲英이었다. 나의 손녀 또한 어린아이인데 일찍이 장난치며 노는 중에 말하였다.

"너의 이름 운영雲英은 소리가 낮으니 마땅히 옥영玉英으로 고치자."

그 집안 사람들이 좋다고 하여 운영이라고 부르기도 하고 옥영이라고 부르기도 하였으니, 초두 밑을 가진 글자는 아마도 영英자일 것이다. 또 '덕원년德元年'이 있고 위에 한 글자 빠져 있었는데 틀림없이 정덕正德[159]일 것이다. 지금은 백 년이 지난 기미월己

159 정덕(正德): 중국 명나라 무종 때의 연호(1506-1521).

未月 미일未日이다. 장자莊子가 말하였다.

"자식을 뽐내지 마라. 영공靈公이 빼앗아 살 것이다."

옛날의 이객異客이 천년 전에 흥폐를 미리 추정하여 부절처럼 들어맞았으니, 신이하도다!

(115) 구의강의 점

이시경李蓍慶이 일찍이 구의강具義剛과 함께 앉아 이야기를 나누다 점치는 일이 화제에 올랐다. 구의강이 이시경으로 하여금 자신의 운세를 시험 삼아 점쳐 보라고 하였다. 이시경이 즉시 자리 밑에서 한 물건을 얻어 주먹 속에 쥐고는 물었다.

"내 손안에 있는 것이 무슨 물건이오?"

자획을 계산하여 태괘兌卦를 얻자 의강이 말하였다.

"당신 손바닥 안에는 귀 떨어진 바늘이 있군요."

애초에 이시경이 바늘을 얻었을 때 귀 떨어진 사실은 몰랐는데 꺼내어 보니 과연 귀가 떨어져 있었다. 태兌라는 것은 작은 쇠(小金)이다. 손바닥 안에 들 수 있는 쇠라면 바늘뿐이다. 태괘의 형상(☱)은 이지러진 입이다. 그래서 그 뜻을 취했던 것이다. 구의강이 점친 것이 한갓 우연하게 들어맞은 것만은 아니었다. 구의강은 마침내 기뻐 날뛰며 스스로를 소강절邵康節에 비교하였다 한다.

(116) 박순의 점

상국 사암思菴 박순朴淳은 풍채가 맑고 시원하여 선왕께서 "수월水月[160] 같은 정신이요 빙옥氷玉[161] 같은 마음속"이라고 칭찬하였다. 그의 시 또한 티 없이 맑고 아름다워 사랑할 만하다. 성품이 여색을 좋아하여 객청客廳 곁방에 늘 시중드는 계집종을 데리고 있었다. 상국과 간의 홍천민이 서로 마주보고 있는데 상국은 창을 등지고 앉았으며 계집종은 창 안에 있었다. 그녀가 바느질을 할 때마다 은가락지 낀 옥 같은 손가락이 창밖으로 나오곤 했다. 상국은 보지 못했으나 홍 간의는 부지불식중 웃음을 터트리고 말았다.

박순이 남의 죄에 연루되어 파직당하자 영평永平의 우두牛頭 시냇가에서 한가롭게 지냈다. 병이 들어 계집종을 베고 누웠다가 문득 놀라 두려워하며 말했다.

"옛날 내가 중국 조정에 갔을 때 점쟁이에게 물으니 점쟁이의 점괘풀이에 '봉鳳을 베고 누워 갈 것이다'라고 했는데 지금 무릎을 베고 누운 계집종의 이름이 봉이니 내가 병에서 회복되지 못하리라."

병이 위독해지자 침방 앞에서 호랑이가 개를 잡아먹으니 상국

160 수월(水月): 물에 비친 달.

161 빙옥(氷玉): 맑고 깨끗하여 아무 티가 없는 것.

이 점쳐 말했다.

"내 개(盧)를 잡아갔으니 앞으로 오는 인寅[162]에 그 징조가 나타나리라."

인일寅日에 과연 죽었다. 그가 죽을 즈음에 꿀을 먹고 싶어 찾았으나 가계가 워낙 빈한하여 먹지 못하고 죽었으니 이 말을 들은 사람들이 슬퍼하였다.

(117) 득실이 다른 점

흥양興陽 사람 유충신柳忠信이 일을 결단하려 할 때면 점치던 방서方書를 나의 큰형에게 주면서 말했다.

"내가 옛날 이 책 때문에 남에게 곤욕을 치른 것이 만만치 않소. 다시는 이 점을 치지 않으려 하오. 그래서 드리는 것이오."

그 까닭을 물어보니 웃으며 대답하지 않았으나, 강요하자 말했다.

"젊었을 적에 향선생[163]에게 이 점을 배웠지요. 이 책을 가지고 상경하다가 가는 길에 있는 점사에서 묵었는데 주인의 아내가 아름다웠소. 마음이 끌려 눈짓으로 통하고는 이 책을 꺼내어 점쳐

162 인(寅): 12지(支)에서 호랑이를 나타냄.

163 향선생(鄉先生): 벼슬을 그만두고 향리에 돌아가 그 향학의 선생이 된 사람.

보니 옥녀玉女와 상봉할 것이라는 괘 풀이를 얻었소. 몹시 기뻤지요. 그래서 밤을 틈타 몰래 유혹하였는데 주인 아내는 높은 소리로 크게 불러 대는 것이었소. 주인옹이 몽둥이를 들고 뒤쫓아 오기에 행장을 모두 버린 채 달아났지요. 이로부터 다시는 이 점책을 사용하지 않았지요."

큰형이 이 책을 얻고서 마음으로 그를 비웃었다.

상을 당해 서산에서 시묘하였는데 제를 지내는 노비 허약대許若大가 언문을 조금 해독할 줄 아는지라 마침내 그 점책으로 점보는 법을 가르쳐 주었더니, 마을 사람들이 일에 대해서 물으면 미리 맞추는 일이 많았다. 명성이 온 마을에 퍼졌으므로 수백 리 안에 사는 사람들이 술과 쌀을 가지고 날마다 이르러 약대에게 먹였다. 점은 한 가지인데 얻고 잃음이 같지 않으니 가소롭도다.

(118) 과거 급제의 고풍

박광우朴光祐는 2등으로 급제하였는데 대궐 안에서 한 선생을 만나니 신래[164]라 부르며 이름을 들이라 하거늘 박광우가 이름을 거꾸로 말하였다.

164 신래(新來): 과거에 새로 급제한 사람.

"우광박입니다."

그러자 선생이 말하였다.

"2등으로 급제한 것을 한스럽게 여기지 말게나. 소동파蘇東坡도 2등으로 급제하였고, 남곤南袞도 2등으로 급제하였지."

말을 마치고 들라 하였다. 박광우가 하인에게 선생이 누구시냐고 물어보니 수찬 김일손이었다.

내가 새로 급제하여 유가삼일[165]할 때 선생 박홍로朴弘老를 만나니 그가 말하였다.

"노老 신래 어디 갔다가 이제야 급제했소."

내가 대답하였다.

"전에 2등으로 급제할까 두려워 참고 있다 이제야 온 것이오."

박홍로가 크게 웃으며 등자를 박차고 가면서 말했다.

"잡 방기放氣를 제거하라. 신래新來 나오신다."

박홍로는 나와 동방同榜 진사로 일찍 제2등으로 급제하였으나 나는 이때 나이 31세로 장원급제하였던 것이다. 이름자를 거꾸로 하여 이름을 들이는 것, 물리는 것을 들인다고 하는 것, 잡언雜言을 방기放氣라고 하는 것은 모두 고풍[166]이다. 훗날 홍로弘老는 개명하여 홍구弘耈라 하였다.

---

165 유가삼일(遊街三日): 과거 급제자가 방방(放榜) 후 사흘 동안 광대를 앞세우고 풍악을 잡히면서 거리를 돌며, 좌주(座主)·선진자(先進者)·친척들을 찾아보는 일.

166 고풍(古風): 옛 풍속.

(119) 남응운의 문무

옛날 명종대왕이 서총대瑞葱臺에 친히 임하여 문무관에게 기사騎射와 제술製述을 시험하였다. 임금이 타는 말을 장전帳殿[167]에 매어 두고 장원한 자에게 상으로 주려 했는데, 문관과 무관에게 각각 한 필이 해당되었다. 이때 문관 남응운南應雲이 문무에 모두 뛰어나지 않았음에도 불구하고 양 시험에서 모두 1등 하여 두 마리 말을 상가 받게 되었다. 왼손 오른손에 각각 한 마리 말을 끌고 나가면서 조정 사람들에게 자랑하였다.

"현재 문장으로는 정사룡鄭士龍·신광한申光漢이요, 활쏘기로는 이몽린李夢鱗으로 그들은 비단 제일이라고 칭해질 뿐만 아니라 세상에 드물어 비할 자 없다 하였소. 그런데 오늘 모두 나에게 양보하고 말았으니 문무에 온전한 내 재주가 어떻소."

온 조정 사람들이 기이한 일이라고 여겼다.

(120) 김온의 바람

김온金韞은 젊었을 적에 재주와 명망이 있었으나 여러 차례 과거

167 장전(帳殿): 임시로 꾸며 만든 임금의 자리. 구름 차일을 치고 휘장으로 사방을 둘러 막고 바닥을 높이고 자리를 편 위에다 꾸민다.

시험에 낙방하였다. 45세가 되자 서글프게 탄식하였다.

"젊었을 적에 늘 과거 급제한 후 괴원槐院[168]을 경유하여 한림원에 들어가 승정원承政院 주서注書를 역임하고, 차례로 홍문관 남상南床[169]을 지내리라 마음먹었다. 그런 까닭에 불행히도 장원으로 급제해 낮은 청직淸職에는 참여하지 못하는 것 아닐까 두려워하였는데, 이제 나이가 들어서도 여전히 어정거리며 여러 차례 시험을 보았으나 합격하지 못했으니 비록 장원을 준다 하여도 사양하지 않을 것이다."

후에 급제하여 병조좌랑으로 마쳤다.

(121) 향기로운 미끼

상국 홍섬洪暹이 신진이었을 때 사화士禍에 걸려 형벌을 받았다. 전정殿庭[170]에서 150대의 곤장을 맞고 남쪽 변방으로 유배 가는데 공주公州 금강錦江에 이르자, 아침 일찍 과거에 응시하기 위해 서울로 가는 유생들이 길에서 홍섬이 강가에 이르렀다는 말을 듣고

168 괴원(槐院): 승문원의 별칭.

169 남상(南床): 홍문관 관원들의 좌차(座次)에 정자(正字)가 남쪽 상(床)에 자리잡게 된 데서 온 말로서 정자(正字)를 달리 이르는 말.

170 전정(殿庭): 궁전의 뜰.

모두 모여 구경하였다. 그 가운데 남쪽에서 온 한 유생이 있었는데 붉은 옷소매를 반쯤 걷어붙인 질탕한 자였다. 와서 보더니 눈물을 흘리며 말하였다.

"서울에 홍섬이라는 자가 있어 당대 이름난 품행 단정한 선비라고 들었는데, 무슨 죄를 져 이 지경에 이르렀을까. 이 어찌 군자가 과거에 응할 때이겠는가."

마침내 말머리를 되돌려 시험에 다다르지 않고 되돌아갔는데, 그자의 이름을 물으니 임형수였다.

아아! 사람이 명예와 이익을 사모하는 것은 물고기가 냄새 좋은 미끼를 사모하는 것과 같다. 낚시꾼이 미끼를 던지면 물고기들은 놀라 모두 흩어진다. 처음에는 결연히 갔던 놈들도 끝내는 갑자기 와 낚시에 걸림을 면하지 못하니, 여기에는 다른 이유가 없다. 그 미끼의 향내를 탐내기 때문이다. 홍섬은 삼가지 않고 끝내 재상을 취했으며 임형수 또한 삼가지 않고 과거에 응시하여 흉악한 재앙을 입고 말았으니 명예와 이익에 사람이 속는 것이 물고기가 냄새 좋은 미끼에 속는 것과 무엇이 다르리오.

(122) 황여헌의 귀양생활

황여헌黃汝憲은 대수롭지 않은 예절에 구애받지 않고 호협하게 기세부리기를 좋아하다가 좌장[171]으로 멀리 떨어진 변방에 귀양가게 되었다. 떠날 날이 임박했는데도 행장을 전혀 다스리지 않으므로 집안 사람들과 친척들이 그를 위하여 여러 물품들을 싸주니 황여헌이 못하게 저지하면서 말했다.

"그렇게 할 필요 없소. 길 떠날 차비를 차려줄 자가 본디 있소."

한 자루의 쌀이나 한 벌의 옷도 가지지 않은 채 출발하였는데 길에 오르자 어떤 한 사대부가 장막과 거마 종 및 가는 길에 묵어갈 자료 등을 준비해 와 공급해 주었고 변방에서 살아가는 데 필요한 도구는 빠짐없이 다 갖추어 주었다. 유배지에 도착해서도 큰 집을 경영하여 산업을 충당해 주어 그 부유하기가 서울에서의 집과 한결같았는데 친구들 또한 그 연유를 알지 못했다.

(123) 여의주를 얻어 치부한 이화종

이화종李華宗은 중국 말을 잘하는 뛰어난 역관이었다. 일찍이 연경에 갔다가 반산盤山에 이르니 때는 여름이었는데 푸른색 점토가 뜰에 가득하였고 맑은 물 한 줄기가 푸른색 점토 가운데서 가느다랗게 흘러나오는 것이었다. 마침내 그 점토를 누르고 휘저어

171 좌장(坐贓): 벼슬아치가 아무 까닭 없이 백성에게 재물을 거두어 받는 것.

물을 떠 마신 뒤 들 가득한 탁한 물 가운데 이처럼 맑은 물이 어떻게 있을 수 있을까 괴이하게 여기고는 그 원류를 찾다가 팔뚝 같은 큰 뼈를 얻었다. 그것을 씻어 전대에 넣고 북경에 이르렀다. 저자를 여는 날에 그 뼈를 자리 앞에 놓아 두니 뭇 장사치들이 모두 모여 바라보았다. 그중 한 나이 지긋한 장사치가 말하였다.

"값이 얼마요?"

화종이 답하였다.

"3만 금입니다."

장사치가 노하여 말했다.

"장난하지 말고 곧이곧대로 말해 보시오."

화종이 말했다.

"5만 금이올시다."

상인들이 오히려 냉소하였다. 화종은 그때야 비로소 그것이 지극히 귀한 물건임을 알고 거짓으로 말했다.

"어찌 값이 있겠소. 성을 다 기울여 와 보시오."

마침내 10만 금을 받고 팔았다. 그것을 산 장사치가 기뻐하면서 가자 화종이 뒤쫓아 가 물었다.

"나는 그것이 귀한 것인 줄만 알지 어느 곳에 쓰는지는 모르오. 말해 주시오."

장사치는 마침내 도끼로 그 위아래를 자르더니 중간 마디를 취하여 쪼개 크기가 밤톨만 한 크기의 붉은 구슬을 꺼냈는데 눈부

신 광채가 온 뜰을 비췄다. 지극히 고르게 둥글어 평판에 놓아도 종일 구르며 멈추지 않았다. 장사치가 말하였다.

"이 구슬은 화룡[172]의 뼈마디 속에 갈마 있던 것이오. 일전에 황후께서 예복을 막 만드시고는 끈에 달 둥근 구슬이 없어 50만 금을 걸고 천하를 대대적으로 뒤졌어도 여의주를 얻을 수 없었지요. 이제야 비로소 진짜를 얻게 되었소."

화종은 그 10만 금을 얻어 갑부가 되었는데 그의 자손은 지금 거족이 되었다.

(124) 뱀 뿔을 얻어 치부한 신석산

신석산申石山이라는 자는 서울에 사는 천인이다. 표문表文을 받들고 가는 사신을 따라 연경을 갔는데 집이 가난했으므로 맨손으로 갔다. 요동에 이르러 밤중에 밖에 나가 똥을 누는데, 어두운 가운데 어떤 물체가 반짝반짝 빛을 내는 것이었다. 뒤를 닦고서 나뭇가지로 모래를 헤쳐 보니 마치 뿔처럼 생긴 몇 자 길이의 어떤 물체가 있었다. 기이하게 여기고 가져다 전대 가운데 숨겨 두었다. 옥하관玉河館에 이르러 대들보 위에 그것을 매달아 두니 어떤 한

172 화룡(火龍): 온몸에 불을 진 신룡(神龍).

관부館夫가 그것을 익히 바라보고 몰래 서로 귀엣말을 나누었다. 그 후로 많은 장사치들을 끌어들여 나고 드는데 서로 바라보면서 모두들 놀라는 것이었다. 석산은 그것이 무슨 물건인지 몰랐지만 값을 높여 백만 금을 불렀다. 장사치가 그 값을 낮추어 10만 금을 주고 샀는데 오히려 희색이 얼굴에 넘쳐흘렀다. 석산이 팔고 나서 관부館夫에게 물었다.

"처음부터 그것이 보배인 줄은 알았지만 귀한 까닭은 모르오."

"이는 뱀 뿔이지요. 황후께서 아들이 없어 태의에게 물어보니 뱀 뿔 한 쌍을 얻어 차는 것이 실로 아들을 많이 낳는 제일가는 비법이라 하였소. 대궐 안에서 그 하나는 얻었지만 한 쌍을 다 구하지는 못했지요. 그래서 백만 금의 현상금을 걸고 사들이려 했어도 응답하는 자가 없었는데 이제야 그대 손에서 얻게 되었구려."

신석산은 그 말을 듣고 낮은 값으로 판 것을 후회하였다. 10만 금으로 채색비단을 샀는데 무거워 다 운반할 수 없었다. 그래서 마침내 계약서를 만들어 사신 다녀오는 편을 통해 운반했는데 4, 5년이 지나도록 끊어지지 않았다. 그래서 서울의 제일가는 갑부가 되었다. 그 자손 가운데 관직이 절도사까지 이른 자가 있다.

(125) 황금을 얻어 치부한 민산

민산閔山이라는 자는 나의 외가 쪽 서얼이다. 저잣거리에 살면서 늘 종로 거리에서 한가하게 노닐었다. 어떤 한 사람이 망가진 초립을 쓰고 등에는 한 자루를 지고 더덕더덕 기운 낡은 솜옷을 입고서 행장을 종루 주춧돌에 내려놓고 쉬고 있었다. 하늘에서는 바야흐로 이슬비가 내리므로 사람들이 적었다. 민산은 그가 지고 있는 짐이 무척 무거워 숨을 급히 몰아쉬는 것을 보고 몰래 살펴보니 자루에 가득 들어 있는 것이 모두 황금이었다. 이에 다른 곳으로 옮겨가지 말라고 굳게 약속을 하고 또한 그를 집으로 데려가지도 않고서 저자를 두루 돌아다녀 만 필의 베를 빌려와 노상에서 서로 교환하고 떠나갔다.

민산은 이로 인하여 장안의 제일가는 부자가 되었으며 더불어 혼인하는 집안이 모두 종실 사대부가였고 자손들은 모두 현달한 관리가 되었다. 지금 종루가에서 난시[173]를 금하는 것도 이 때문에 비롯되었다. 혹자는, "해진 옷과 부서진 갓을 착용했던 자는 신이지 인간이 아니다."라고 말한다.

173 난시(亂市): 난전(亂廛). 조선조 때 전안(廛案)에 등록되어 있지 않거나 허가된 상품 이외의 것을 몰래 파는 가게.

(126) 빛을 잃은 환혼석

아산현牙山縣 촌마을의 큰 나무에 학이 둥지를 틀고 깃들어 있었다. 알을 아직 쪼지 않고 품고 있었는데 마을 아이가 그 알을 가져가 놀다가 쪼개니 깃털이 이미 생겨나 있었다. 촌 노인이 아이를 꾸짖으며 둥지에 도로 가져다 놓게 했으나 새끼는 이미 죽은 상태였다. 암수 학은 알이 깨지고 새끼가 죽어 있는 것을 보고 슬피 울기를 마지않으면서 한결같이 둥지를 지켰다. 한번은 멀리 나가 3, 4일 만에 돌아왔는데, 한참 지나자 새끼가 다시 살아나 알에서 나와 일제히 울었다. 이를 기이하게 여긴 마을 노인이 둥지에 가 살펴보니, 안에 푸른 돌이 있는데 밝게 빛나는 것이 소중하게 여겨져 그것을 가져다 상자 안에 넣어 두었다. 마을 노인의 아들은 무사이다. 종사관으로 뽑혀 연경에 갔는데, 그 돌을 저자에 가 자랑하니 오랑캐 장사치가 만지작거리면서 기이해 하며 말했다.

"어디에서 얻었소."

"학 둥지에서 얻었습죠."

오랑캐 장사치는 천금에 팔라고 청하고는, 금이 마련되지 않아 저자에 가서 구해 올 것이니 열 겹 싸서 깊이 감춰 두고 기다리라고 부탁하였다. 무사는 크게 기뻤다. 그래서 맑은 물을 가져다 깨끗이 씻고 묵은 때를 모래로 갈아 윤을 내는데 마치 구관조 눈처럼 생긴 볼록한 자국이 있어 도석悼石으로 문질러 제거하였다. 그리고 채색 비단으로 보자기를 만들어 거듭 싸고 문채 나는 상자를 만들어 넣고 봉함하여 자물쇠를 채우고는 오랑캐 장사치가 오기를 기다렸다. 오랑캐 장사치가 돈을 준비해 왔으므로 꺼내어 보이니 장사치가 크게 놀라며 말하였다.

"이 돌이 수일 동안에 광채를 잃고 말아 이제는 쓸데없이 되고 말았으니 일개 조각 벽돌과 무엇이 다르겠소."

무사가 말했다.

"무슨 말입니까?"

"이 돌은 서해 유사[174] 지역에서 나는 것으로 환혼석還魂石이라 이름하지요. 이를 죽은 사람의 품에 놓아 두면 곧 소생한답니다. 그런데 모래로 문질러 그 눈을 제거하여 정신이 상해 버렸으니 어디에 쓰겠소. 애석합니다. 그러나 멀리 떨어진 지역의 보배로 인력으로는 이룰 수 있는 것이 아니니, 쓸모없는 놀이개로나 삼고자 합니다."

마침내 10금을 주었다. 무사는 며칠 사이에 천금을 잃게 된 것을 슬프고 애달파하면서 단 10금에 팔고 돌아왔다.

174 유사(流沙): 중국 서방에 있는 큰 사막.

(127) 황인의 의지

황인黃璘은 판서 황림黃琳의 형이다. 시험장에서 논책論策을 잘 지었는데 끝내는 중서[175]로 억울한 죄를 입었다. 양주楊州에 일이 있어 뜰에 작은 정자를 짓고 손수 잣나무를 심었는데 그때 나이 54세였다. 마을 사람들이 모두 저지하며 말하였다.

"잣나무는 느리게 성장하니 수십 년 가지고는 안 되는데 연로하신 나이에 손수 심으시다뇨."

황인이 말했다.

"타사陀師는 절구를 갈았고,[176] 우공愚公은 산을 옮겼으니,[177] 모두 늙어서도 뜻을 바꾸지 않았지요. 사람 일이란 기필하기 어렵소. 그러니 늙었다고 해서 스스로 그만두는 것은 옳지 않소. 게다가 나에게 미치지 못한다 하여도 훗날 내 자손을 위한 계책은 될 것이니 나쁜 일은 아니오."

80세에 죽었는데, 잣나무의 크기가 이미 아름드리로 가을이면

175 중서(中書): 궁중에서 천자(天子)의 조명(詔命) 등을 맡은 벼슬. 후세에는 대정(大政)을 총리하는 내각이 되었음.

176 마저성침(磨杵成針): 쇠 절굿공이를 숫돌에 갈아서 바늘을 만듦. 일심으로 학업에만 전념함을 비유함.

177 우공이산(愚公移山): 우공(愚公)이 나이 90이 가까워 집 앞에 있는 태행산(太行山)과 왕옥산(王屋山)이 출입에 방해되므로 오랜 세월을 두고 열심히 딴 곳으로 옮기려 노력하여 결국 이루었다는 고사. 무슨 일이든지 꾸준히 노력하면 성공한다는 비유로 쓰임.

열매를 먹기 시작한 지가 몇 년 되었다. 지금 사람들은 미처 늙기도 전에 의지와 기개가 먼저 무너지니, 그 세력이 오래 유지되지 않을 뿐만이 아니라 일을 하는 데 오래 견딜 수 있는 도가 결코 아니니, 또한 세인의 게으름을 경계한다.

(128) 정협과 이수준의 절의

대사헌 정협鄭協은 젊었을 적 신혼에 새 옷을 지어 입고 벗들과 함께 운곡서원雲谷書院에서 거주하였다. 망루望樓에 이르러 거지아이가 파리한 몸에 추워 떨면서 거의 죽어 가고 있는 것을 본 정협은 명주비단 새 웃옷을 벗어 그 거지아이에게 입혀 주고 종에게 집에 데려가 키우라고 명했다. 이를 본 사람들이 혹 비웃기도 하고 혹 기특하게 여기기도 하였다. 훗날 그 아이는 정협의 집에 8년간 살다가 죽었다.

임진란에 서산西山에서 왜적을 피하였는데 왜적이 날로 침범하여 들어오자 바다 가운데 있는 섬에 들어가 근심을 덜고자 했다. 나루에 다다르니 배는 작은데 타려고 다투는 자는 많았다. 신흠申欽·이수준李壽俊 등 여러 사족 백여 명은 모두 건넜지만 정협은 온 집안 식구가 다 탈 수 없으리라고 스스로 헤아리고 죽은 아우의 처자식을 먼저 태워 보내고 자신과 처자만이 나룻가에 머물렀다. 적진과의 거리가 지척이었으나 다행히도 잘 피해 벗어나자 사람들이 그를 등백도鄧伯道[178]로 비유하였다.

이수준은 갑오년에 온 나라에서 사람들이 굶어죽을 때 백미 50여 가마니를 모아 죽은 형의 처자 및 여러 아우의 가솔들에게 주니 백에 이르는 많은 가족들이 함께 밥을 지어 먹으면서 모두 다 이수준이 연명해 주기를 앙망하였다. 그가 죽음에 외아들도 굶주림으로 병이 들어 죽었다.

아아! 선비는 궁해야 절의를 드러내니 정협과 이수준은 어찌 평범한 사람이겠는가. 모두 나의 젊었을 적 벗이다. 수준은 관직이 통정대부에 이르렀고 스스로 지범志范으로 호를 삼았으니 범중엄范仲淹[179]의 의롭고 장한 일을 사모했기 때문이다.

(129) 최운우 가족의 구사일생

만력 연간에 관인官人 최운우崔雲雨라는 자가 강릉에 살았는데 늦

178 등백도(鄧伯道): 등유(鄧攸)의 자(字). 진(晉)나라 양양(襄陽) 사람. 벼슬이 상서좌복야(尙書左僕射)에 이르렀음. 석륵(石勒)의 병란을 당하여 가족을 데리고 피난할 적에 아들을 버리고 조카를 살려내니 사람들이 슬퍼하여 "천도가 무지하여 등백도로 하여금 아이를 없게 하였다."라고 했음.

179 범중엄(范仲淹): 송(宋)나라 인종 때의 명재상. 자는 희문(希文). 벼슬이 참지정사(參知政事)에 이르렀음.

봄에 꽃과 버들이 아름답고 바람과 볕이 화창했으므로 온 집안 사람들이 양양襄陽의 우암도牛岩島에서 놀았다. 장막을 펼치고 술잔과 음식 그릇을 나열하고 생황과 노래를 함께 연주하였다. 술기운이 약간 오르자 그 흥취를 이기지 못하고 마침내 바다에 배를 띄우고 섬 아래를 빙 돌았다. 섬은 기암괴석들이 뒤섞여 맞서 있었고 낚싯줄은 바람에 날리는데 금빛 모래, 은빛 자갈이 천 길의 밑바닥까지 맑게 들여다보여 즐거웠다. 그런데 얼마 안 있어 홀연 일진광풍이 물밑부터 솟아 일어나 무섭게 밀려오는 큰 물결이 하늘까지 닿고 돛대와 노가 기우니 배 가득 탔던 사람들이 모두 풍이[180] 굴속으로 떨어지고 말았다. 최씨의 한 아들만이 홀로 섬 위에 남아 있었으니 기운이 편치 않아 함께 배를 타지 않았던 것이었다. 부모 형제 누이와 매형이 모두 물밑으로 빠지는 것을 그는 섬 위에서 멀리 바라보며 가슴을 두드리며 울부짖었다. 하의를 걷어붙이고 바다에 뛰어들려 하자 선비인 어떤 한 객이 만류하면서 말했다.

"수영을 배운 적이 없으니 죽기 밖에 무슨 이익이 있겠소. 내 마땅히 구원해 주리다."

마침내 옷을 벗더니 바다에 뛰어들어 부친을 붙잡아 꺼내고 모친을 이끌어내고 또 그 형과 아우를 구해 내 한참 후에 모두 살려

180 풍이(馮夷): 바다의 신 하백(河伯)의 이름.

낼 수 있었다. 최후로 누이와 매제를 찾아보았으나 간 곳을 알 수 없었다. 이로부터 최생은 그 객을 마치 천지 부모처럼 대했는데, 오직 매제 집에서만은 아직 모습이 남아 있던 위급하고 어려운 때 우선 빨리 구해 주지 않았다고 여기며 원망하였다. 이 말을 들은 자들이 그르다고 여기면서 말하였다.

"사람이 알 수 없는 것이라면 하늘에 맡기는 것이 옳다."

(130) 사인사의 고풍

기재企齋 신광한申光漢은 문재가 일찍 이루어졌다. 총각이었을 때 시를 지어 선각자에게 질정을 구하러 사인사舍人司에 들이니 사인舍人이 바야흐로 응향각凝香閣에서 아름다운 기녀와 더불어 붉은 난간에 기대어 쟁반의 옥 모래를 연못에 있는 두 마리 채색 오리에게 던지며 맞히기 놀이를 하고 있었다. 이때 아전이 신광한의 시를 들이자 사인이 비웃으며 말했다.

"이처럼 재미있는 놀이를 하는데 자네 시 봐 주는 것은 불가능하네."

기재가 마음으로 자못 염모하며 마음속으로 평생 사인이 되어야겠다고 맹세하였다.

기재가 훗날 과거에 급제함에 그때 마침 신용개申用漑가 승상이었는데 그는 기재의 당숙부였다. 그래서 법률상 마땅히 피해야 했으므로 신기재는 끝내 사인이 되지 못하고 말았으니 그는 그것을 평생 큰 한으로 여겼다.

사인사舍人司 고풍古風에 전임자가 아니면 잔치에 참여하는 것을 허락하지 않았다. 그래서 혹 선생이 아니면서도 무릅쓰고 들어오는 자가 있으면 아전이 길을 막고 들이지 않았다. 판서 이상의李尙毅가 교외에서 객을 전별할 때 사인과 선생들이 자리에 열지어 술을 들고 있었다. 이상의가 그 앞을 말을 타고 지나가니 사인이 아전을 보내어 맞이하니 이상의가 사람을 시켜 사양하였다.

"제가 기운이 편치 않으니 아들놈으로 대신하기를 청합니다."

이상의 자신은 이 관직을 지낸 적 없으나 그의 아들 지완志完이 이미 선생을 지냈기 때문에 이처럼 말했던 것이다. 당시 사람들이 이상의가 도리에 맞는 말을 하였다고 여겼다.

(131) 김홍도의 의기

기묘사화 이후에 선비들이 모두 구속받는 것을 꺼리고 방일한 것을 으뜸으로 삼았으니 그 의도가 화를 피하고자 하는 데 있었다. 김홍도金弘度가 아직 과거에 급제하지 않았을 적 강가에 있는 정자에 나가 머물러 살면서 과거공부를 하였는데 햇볕이 한창 뜨거

위 의관을 벗고 알몸으로 나무 위에 올라가 앉아 있었다. 때는 동호東湖 독서당이 휴가 날이어서 문사들이 독서당으로부터 배를 나란히 하여 기녀를 싣고 풍악을 울리면서 떠내려와서 강가의 정자로 김홍도를 찾아왔다가 나체로 나무 위에 올라가 있는 자를 보고 누구냐고 물으니 김홍도인 것이었다. 이에 김홍도를 불러 배에 오르게 하고는 관대를 가져다 김홍도의 알몸 위에 덮어 주었으나 그는 옷을 입지 않으니 사람들이 "관대를 폐하는 것이 옳지 않다."라고 말했다. 배 안에 있던 사람들이 차마 바라보지 못했으나 김홍도는 방약무인하였다.

과거에 급제하자 그 또한 선발되어 독서당에 들어갔는데 그가 일과日課로 지은 바 대책對策의 직언과 곧은 말은 모두 당시에 지극히 기휘하는 것을 저촉하였다. 동호 독서당에서 함께 휴가를 받은 벼슬아치가 김홍도에게 술을 권하여 그가 취하여 쓰러진 틈을 타 그의 직론을 모두 삭제했는데도 유전流傳하는 책편策篇에서 끝 열 조목은 사람들로 하여금 모발이 모두 서게 만드니 그 사람의 의기意氣를 가히 상상할 수 있을 것이다.

홍도가 막 태어났을 때 신인이 꿈에 나타나 말했다.

"이 아이가 태어나면 이름을 귀갑歸甲이라 하라."

그가 갑산甲山에 유배 가 죽자, 귀갑이라는 것이 '갑산에 가 죽는다'는 의미였음을 비로소 알게 되었다. 아아! 슬프도다.

(132) 관인 체면의 추락

우리나라가 비록 가난하지만 평시에 관인들은 각자 기마의 시종을 소유하였다. 그런데 난리를 겪은 후로는 공적으로건 사적으로건 체모를 갖추지 못하게 되었다. 근자에 이조에서 차제[181]하면 대부분 병을 핑계 대고 그 선발에 응하지 않았으므로 늘 사람이 모자라 걱정이었다. 그래서 으레 기한에 임박해서야 명첩名帖을 반포하였다. 어떤 습독관[182]이 능향陵享 집사執事로 차출되었으나 날이 늦도록 오지 않았는데 마침 하늘에서는 큰비가 내리므로 재랑[183]이 수복[184]을 시켜 산길에서 기다리도록 했다. 종일토록 기다렸으나 관인이 오는 것이 보이지 않더니, 날이 어스레해질 무렵 도롱이를 입고 갓을 쓴 자가 등에 한 보자기를 짊어지고 오는 것이었다. 하인이 물었다.

"제관이 지금껏 오지 않는데 오는 길에 오고 있는 관인이 없습디까."

그 사람이 말했다.

"오늘 안으로는 올 것이니 기다리지 마오."

---

181 차제(差祭): 나라 제사 때 제관으로 뽑히던 일.

182 습독관(習讀官): 조선조 때 훈련원의 종9품 무관직.

183 재랑(齋郞): 묘(廟), 사(社), 전(殿), 궁(宮) 등의 참봉(參奉)을 통칭하는 말.

184 수복(守僕): 묘(廟), 사(社), 릉(陵), 원(園), 서원(書院) 등의 제사에 관한 일을 맡아보는 구실아치.

홍살문 앞에 이르니 그 사람이 도롱이를 벗고 짐을 내려놓고 보자기를 풀어헤치고 단령과 사모, 가죽신, 띠를 꺼내어 용모를 고치고 들어오니 그가 바로 기다리던 관인이었다. 그리고는 말하는 것이었다.

"이조에서 차출하는 명첩이 오늘 아침에야 이르렀소. 나는 먼 시골구석 출신 무관으로 서울에서 나그네로 관직생활하며 한 마리의 말 한 명의 노복만 지니고 있는데 어제 꼴과 땔나무를 하러 가 아직 돌아오지 않았소. 그러나 제를 지내지 않아 죄를 얻느니 보다는 차라리 몸소 짐을 짊어지고 걸어가는 것이 낫다고 생각했소."

이 말을 들은 사람들이 모두 측은하게 여겼다.

우리 고려조의 냉관[185]들이 대부분 조정 관리의 조복朝服을 입고 길을 걸어 다닌 것과 두자미가 준마를 빌려 타고 천자를 뵙던 것 또한 사치스러운 것이니, 황차 우리나라 습독관이야 더 말할 나위 있겠는가. 가난한 사람이 타관에서 벼슬살이하는 고초는 진실로 가련하도다.

185 냉관(冷官): 보수가 적고 지위도 낮아 보잘것없는 벼슬.

(133) 무인의 불학

내가 황해도 관찰사가 되었을 때 다스리는 포구에 만호[186]가 있었는데 태학사太學士 이정구의 족속이었다. 이정구는 그를 위해 은근하게 치사[187]하였다. 내가 시찰하다 그가 있는 진에 이르러 시험 삼아 병서兵書를 강론하다 '吳子軍中夜驚喧譁'[188] 대목에 이르러 '훤화喧譁'라는 것이 무엇이냐고 물었다. 재삼 물었는데도 만호는 대답하지 못하고 얼굴이 땀으로 뒤범벅이 되어 의관을 떨고 있었다. 곁에 있던 심약[189]이 가련하게 여겨 몰래 말하였다.

"이번 행차에 장차 하인의 소리를 발하는 것이 어떻겠습니까?"

이때 내가 장차 행하려 하면서 각[190]을 세 번 불라고 명했다. 만호가 그때야 비로소 땀을 닦고 옷깃을 여미면서 대답하였다.

"사신 행차에 각을 세 번 분다는 뜻입니다."

무인들의 배우지 못함이 이 같았으니 가소롭도다.

---

186 만호(萬戶): 무관직의 하나. 조선조 초에 각 도의 여러 진(鎭)에 딸린 종4품의 군직임.

187 치사(致辭): 문자나 말을 사용하여 사상·감정을 다른 사람에게 전달하는 것.

188 吳子軍中夜驚喧譁: '오자(吳子, 전국시대 衛나라 사람 吳起의 경칭)의 군중이 밤에 놀라 떠들썩하다.'

189 심약(審藥): 궁중에 헌납하는 약재를 심사 감독하기 위하여 각 도에 배치하는 관원. 전의감(典醫監) 혜민서(惠民署)의 의원 중에서 선임함.

190 각(角): 군중에서 사용하는 악기의 한 가지.

(134) 춘추 의리를 지킨 김성일

김성일金誠一이 나주 목사였는데 암행어사가 나주 임식林植의 집에서 묵으니, 임식이 몰래 관부에 알려주었다. 김성일은 관대를 바르게 하고 객사 대청에서 망을 보며 음식을 성대하게 갖추어 임식에게 대접하게 시키면서 사찬私饌이라고 거짓으로 칭하였다. 그리고는 사람을 시켜 끊임없이 말을 전하게 시켜 어사가 잠이 들었다는 것을 탐지하고는 비로소 관대를 풀고 사실私室로 들어갔다. 김성일은 강직하여 남에게 굽히지 않기로는 제일이었으니 그의 이 같은 행동은 어사를 두려워한 것이 아니다. 다만 신하된 도리로 임금의 명을 받들고 온 사람을 공경하여 예우함이 마땅히 이 같아야 했기 때문이다.

김여물金汝岉이 또 순무어사[191]로서 선문[192]을 놓고 행차하여 나주로 들어가니 김성일이 종일토록 객사를 망보았다. 김여물이 길을 가다가 친족 집에 들어가 술을 마시며 즐기다 밤 통행금지를 어기고 나주에 들어섰다. 김성일이 말했다.

"어사는 왕의 명령을 먼저 선포하고 사사로운 일을 하는 것이 옳다. 어찌 감히 임금의 명을 초야草野에 버려둔단 말인고. 나는

191 순무어사(巡撫御史): 조선조 때에 나라에 변란이나 재해가 있을 때 왕명으로 두루 돌아다니며 사건을 진정시키고 백성들을 위로하여 평안하게 하는 특사.

192 선문(先文): 벼슬아치가 지방에 출장할 때에 이를 날짜를 그곳에 미리 알리는 공문.

변방의 신하로 날이 저물었으니 성문을 열어 둘 수 없도다."

아전에게 성문을 닫고 도랑의 다리를 제거하고 기다리라고 알렸다. 어사가 밤에 들어와 문이 잠기고 도랑의 다리가 제거된 것을 보고는 크게 놀랐다. 관문을 지키는 아전이 관사에게서 열쇠를 받아와 관문을 열고 도랑 다리를 내린 후에 들어갔다. 김여물이 들어와 관아를 점거하고서 예부·병부의 아전들을 모두 형벌로 다스렸다.

혹자가 말했다.

"옛날 주나라 아대부亞大夫가 천자를 들이지 않았으니 김성일이 물려받은 바가 있는 것이다."

또 혹자는 말하였다.

"임금의 사신이 하읍에 왔으니 신하 된 예의상 감히 이 같을 수는 없는 것이다."

내 생각으로는 김성일이 옳았고 김여물이 그른 것 같다. 『좌씨전左氏傳』에서 다음과 같이 말하였다.

"임금의 명을 받들고 강역을 넘어 간 사신이 심부름을 다 마치지 않은 채 사사로이 술 마시는 것은 불경한 처사이다."

김성일은 『춘추』의 의리를 알았던 것이다.

(135) 신말주와 신응담의 용력

신말주申末舟는 신숙주申叔舟의 아우로 돌아가신 아버님의 외선조外先祖이다. 그는 과거에 급제한 후에 청반직清班職을 두루 지냈다. 신숙주가 세조대왕을 도와 수훈에 봉해지자 신말주는 병을 핑계 대고 순창으로 돌아가 그 머무른 곳을 귀래歸來라 이름하고 죽을 때까지 그곳에서 살았다.

신말주는 젊었을 적에 비할 데 없이 날래고 용맹스러웠다. 아홉 자 되는 높은 병풍으로 몸을 둘러싸 팔다리와 몸만을 간신히 들이게 하고 단 한번에 그 병풍을 뛰어넘었다. 그의 노비 가운데 사작乍作이라는 자가 있었는데 그 또한 병풍 밖에서 병풍 안으로 뛰어 들어가니 사람들이 모두 깜짝 놀라 눈을 휘둥그레지게 떴다. 당시에 용감하다고 이름난 사람 중에 아무도 그보다 능하지 못하였다.

그의 현손 신응담申應澹 또한 용감하여 짝할 자 드물었다. 8척 신장인 사람 머리에 한 척 남짓한 높은 관을 씌우고 그 관 위에 또한 한 척 남짓한 횡목을 올려놓고 신응담은 우뚝 서 움직이지 않다가 단 한번에 그 나무를 뛰어넘었으니 온 세상이 용감하다고 칭하는 사람들 중 그 누구라도 이에 미칠 수 없었다.

신응담이 젊었을 적에 서대문 밖 모화관[193]에서 기우제를 지내

193 모화관(慕華館): 중국 사신을 영접하기 위한 처소.

니 장안의 무녀들 중 젊은 자들을 뽑아 성대하게 단장시키고 높은 누각에 결채[194]를 걸어 꾸미고 부대를 나누어 일을 행하니 많은 도성 사람들이 가서 구경했다. 용감하고 힘 좋으며 날렵하고 총기있는 협객 수십 명이 창기들을 모아놓고 큰 못가에서 큰 잔치를 열고 있다가 신응담의 용기가 견줄 데 없이 뛰어나다는 말을 듣고 예를 다하여 그를 맞이하였다. 신응담이 이르자 높은 소반에 큰 술잔을 들어 맛있는 안주를 곁들여 맛 좋은 술을 권하였다. 각자 뛰어오르는 재주를 겨루는데 혹자는 그 거리가 몇 길에 해당하는 두 개의 돌 항아리를 뛰어넘고 혹자는 세 마리 또는 다섯 마리 소를 뛰어넘기도 하는데 마치 나는 듯하여 매우 빨랐다. 신응담에게 청하여 말했다.

"당신은 몇 마리 소를 뛰어넘을 수 있습니까?"

"여덟 마리는 할 수 있소."

이에 여덟 마리 소를 나란히 세워놓고 몸을 한 번 솟구쳐 뛰어올라 일곱 마리 소를 뛰어넘고 여덟 번째 있는 소를 발로 차니 소의 척추가 부러져 엎어져 버리고 말았다. 이를 지켜본 많은 협객들은 눈빛이 변하였고 마침내는 늘어서서 절을 올리고 맞이하여 앉히고 생김새가 뛰어나게 아름다운 창기 두 명을 골라 올리고는 인하여 유숙하라고 청하였다. 장차 밤놀이를 하려 하자 신응담이

194 결채(結綵): 색실·색헝겊·색종이 등을 지붕이나 문 위에 내걸어 아름답게 장식하는 일. 임금의 행차나 중국의 칙사(勅使)를 맞이할 때 환영하기 위해 만듦.

말하였다.

"우리가 여기 온 것은 원래 너희들 때문이 아니었다."

마침내 몽땅 취하여 옷깃을 떨치고 두 창기를 끼고서 말을 타고 가 버렸다. 이틀 후 조보朝報에 "불량배들이 남의 이층집을 넘어와 미인을 훔쳤다가 대장에게 잡혔다."고 나왔는데 신응담은 연루되어 있지 않았다. 그는 경학을 공부하여 사서삼경을 모두 외웠으나 이를 버리고 무업으로 과거에 급제하여 지금은 4품 벼슬에 이르렀다.

(136) 용맹함의 대가들

조막종趙莫從이라는 자는 장안의 협객으로 비길 데 없이 용맹하였다. 겨우 곰 하나만을 들일 만큼 협소한 창이 높이 10여 길에 이르는 인가 이층집에 있었는데, 조막종은 바깥에서 뛰어올라 마치 화살이 정곡을 꿰뚫는 것처럼 옆으로 누워 창문 안으로 들어가는 것이었다.

한적韓績이라는 자는 우리 마을 사람이다. 숭례문 남쪽의 기와 수십 수백 계단 위에 홍살문을 세웠는데 한적은 아래에서 뛰어 문안으로 들어왔다. 남대문 안쪽 돌담에 돌로 만든 조그마한 두꺼비 머리가 밖으로 돌출되어 있어 문루門樓의 해자와 통했는데

발 반쪽 정도나 겨우 디딜 수 있을 정도였다. 그 위로는 벽돌로 한 길 남짓 쌓은 높은 담이었고 아래로는 수십 길 높이의 돌로 쌓은 성이 깎아지른 듯했다. 한적은 그 두꺼비 머리를 딛고 몸을 늘어뜨린 채 길가는 사람에게 "저 좀 살려 주세요, 살려 주세요."라고 소리치니, 나무하는 아이가 그 아래 땔나무를 쌓아 두고 그가 떨어지기를 기다렸다. 그런데 한적은 고성을 지르더니 몸을 솟구쳐 누대 안으로 날아 들어가는 것이었다. 길 가던 사람들이 모여 구경하다가 감탄하며 혀를 내둘렀다.

또 가정(1522-1566) 연간에 안경무安景務라는 자가 있었는데 세상에 보기 드문 용기의 소유자였으나 사람들에게는 대략 작은 용기만 보였을 뿐 큰 용기는 많은 사람들 앞에서는 자랑하지 않았다. 일찍이 객과 대천大川 가에서 노는데 객이 바둑을 두다가 내 가운데 물결 위로 솟아 있는 조그마한 바위를 가리키며 농담하였다.

"세상에서 당신더러 매우 용감하다고 칭찬하던데 저 바위 위로 뛰어올라 앉을 수 있겠소?"

그 바위는 그들이 앉아 있는 곳과의 거리가 수십 길이어서 지나치거나 미치지 못한다면 모두 깊은 물속으로 빠질 것이었다. 안경무가 웃으면서 말했다.

"내가 날개가 달린 것도 아닌데 어찌 감히 그 바위 위에 앉으려 하겠소."

객이 바둑 내기를 마치고 안경무가 간 곳이 없이 사라지자 돌아보니 이미 그 바위 위에 앉아 있는 것이었다.

또 그 깊이를 헤아릴 수 없는 깊은 못가에 서 내려다보고 있는 누대가 있었다. 그 못은 검푸르렀는데 누대 서까래에 어디선가 날아와 꽂힌 화살이 있었다. 사람들이 그것을 안경무에게 뽑으라 하니 그는 누대 안 방석에 앉아 있다가 위로 뛰어 그 서까래를 올라타더니 화살을 뽑아들고 다시 누대 안으로 몸을 던지는데 마치 나는 새처럼 날랬다. 이를 지켜본 사람들이 모두 다 전율하였다.

그 당시에 큰 눈이 내렸는데 어떤 사람들이 새벽에 종루 거리를 지나다가 사람 발자국 몇 개가 소광통교小廣通橋에 있으나 중간에 끊겨 간 곳이 없는 것을 보았다. 또 대광통교에 이르자 몇 개의 발자국이 있다가 중간에 끊겨 간 곳이 없는데 종루의 용마루에 사람이 앉았던 흔적이 있음을 볼 수 있을 뿐이었다. 당시 사람들이 모두 안경무의 흔적이라고 말하면서도 그가 누구인지는 몰랐다. 대광통교와 소광통교 간의 거리는 수백 보였고, 종루의 높이는 수십 길이다.

(137) 권절의 완력

권절權節이 태어났을 때 양손의 여덟 손가락이 모두 합쳐져 있었다. 부모는 네 개 손가락의 가운데를 각각 갈라 둘 둘씩 합쳐지도록 만들었다. 조금 자라자 그는 완력이 비길 데 없이 뛰어났다. 두 개의 맷돌을 들어 마치 공을 던지듯이 열 지어 있는 독 사이로 마구 던졌는데 모두 열 길의 높이까지 올라갔다. 언뜻 날아 올라갔다가 내려와 사라지는 것이 마치 나는 듯했지만 독은 깨지지 않았다. 늘 개암, 잣, 호두를 먹었는데 모두 두 손바닥을 사용하여 갈아서 부스러뜨려 그 알맹이를 취하였다.

일찍이 산사에서 노니는데 중이 부엌에 앉아 나무를 때면서 두 손으로 땔나무를 당겨 자르는데 잘라진 곳이 마치 칼로 자른 듯하였다. 권절이 자신의 관冠을 가져다 한 손으로는 집의 기둥을 들고 다른 한 손으로는 그 관을 주춧돌에 끼워놓았다. 중이 두 손으로 기둥을 들려 하였지만 들 수 없어 관을 꺼낼 수 없었으므로 분하여 우니 권절이 다시 한 손으로 기둥을 들고 다른 한 손으로는 그 관을 꺼내어 중에게 주었다.

권절이 아직 장가들지 않았을 때 어떤 친족이 예쁜 계집아이를 시켜 대부인에게 문안인사를 드리도록 하였는데 권절이 집의 기둥을 들어 그녀의 치맛자락을 끼워 놓으니 여자가 무척 근심하였다. 권절에게는 누이동생이 있었는데 그녀 또한 완력이 대단해 서로 대등하였다. 이를 본 누이동생이 기둥을 들어 치맛자락을 꺼내 주었다.

권절이 늙자 사기그릇을 열 겹쯤 쌓아놓고 한 손가락으로 튕

기니 손가락에서 피가 흐를 뿐 사기그릇을 부수지 못하자 탄식하였다.

"나도 이제 늙었구나! 젊었을 적에는 한 손가락으로만 튕겨도 온전한 그릇이 없더니 이제는 주발 귀퉁이를 깨트리기도 전에 내 손가락에서 피부터 나는구나."

문과에 급제하여 관직이 홍문관 교리에까지 올랐다. 세조가 잠저[195] 시 큰 뜻이 있어 하루는 그의 집에 찾아왔는데 권절은 미친 척하여 자신의 의지를 보여 주었다.

(138) 신현의 완력

신현申俔은 자는 경磬으로 완력이 대단했다. 그의 선조 중에 서생이 있었는데 그의 완력도 비길 데 없이 뛰어났었다. 30리 밖에 있는 사랑하는 기생을 늘 신시申時에 밥을 먹고 난 후 찾아가서 묵었다. 그가 길을 가다가 들 가운데 앉아 일을 보고 있는데 어떤 큰 호랑이가 등 위로 발을 짚는 것이었다. 서생이 천천히 말했다.

"늙은이가 내 등 뒤에서 무얼 할까."

손을 뒤로 돌려 호랑이의 꼬리를 잡아 머리 위로 거꾸로 올려

195 잠저(潛邸): 천자가 아직 즉위하지 않던 때에 살던 집.

던지니 호랑이는 땅에 떨어져 즉사했다.

신현은 재주가 무뎌 글도 못하고 또 무업도 할 수 없었으나 함께 노는 자들은 모두 이름난 선비였다. 개암 잣을 먹는데 손가락으로 부스러뜨려 각질을 제거하였지 입으로, 이빨로 깨트린 적이 없었다. 이각李覺이 비대하여 체중이 수백 근이었는데 신현은 그를 한 손바닥에 앉혀놓고 기와 조각 가지고 노는 듯이 했다. 친구 집의 담 밖에 큰 재목 백여 기둥을 쌓아 두고 담 안으로 들이고자 했으나 한 기둥당 대여섯 사람의 힘이 필요하므로 여러 이웃들에게 힘을 청하고자 하니 신현이 말했다.

"내 자네를 위해 날라 주겠네."

드디어 담 밖에서 목재를 들어 담 안으로 던지는데 마치 활에서 화살 당기듯 하였다. 목재의 머리가 뜰에 찧어 구덩이를 이루었는데 모두 여러 자였다. 조정에서는 그가 용맹스럽다는 말을 듣고 선전관宣傳官으로 삼았다. 대가[196]의 의장儀仗 가운데 용틀임 문양의 큰 깃발이 있었다. 반드시 힘 좋은 말과 한 역사力士를 선택하여 말을 타고 그 깃발을 받들도록 하였는데, 여섯 면을 모두 긴 노끈을 사용하여 당겨야 할 정도로 무게는 백 근이 넘었고 길이는 백여 자였으나, 신현이 한 손으로 흔드니 깃발에서 바람이 생겨났다.

---

196 대가(大駕): 임금이 타는 수레.

(139) 군사가 알아야 할 법

우리나라 사람은 외떨어진 나라에서 태어나 비록 전적에 의거하여 글의 뜻은 조금 안다 할지라도 한단지보[197] 및 요동지시[198]와 더불어 무엇이 다르겠는가.

『좌전左傳』에, "화살이 내 손과 팔꿈치를 꿰뚫어 내가 부러트리고 말을 달렸다."라는 대목이 나온다. 나는 이를 '화살을 뽑아 그 화살을 부러트렸다'는 의미로 억측하였다. 임진란에 명나라 병사 한 사람을 만났는데 그가 자신의 얼굴에 나 있는 상처 자국을 가리키면서 말했다.

"평양 싸움에서 화살이 얼굴을 관통하였지요. 뽑아서 버리려 했는데 피가 화살 구멍으로 쏟아져 나와 곧 현기증이 나 쓰러지는 거예요. 그래서 화살의 반절은 잘라 버리고 나머지 반절은 얼굴에 도로 남겨 둔 채 죽기를 작정하고 싸워 왜적의 머리 두 개를 베었지요. 진에 돌아와 그 화살촉을 뽑아 약으로 상처 구멍을 막

197 한단지보(邯鄲之步): 한단학보(邯鄲學步). 연(燕)나라의 소년이 조(趙)나라의 서울 한단에 가서 그곳 사람들의 한가롭고 단정한 걸음걸이를 배우다가 아직 익숙하기 전에 고향으로 돌아갔으므로 서울 사람들의 걸음걸이도 제대로 배우지 못하고 그전의 걸음걸이도 잊었다는 고사. 본분을 잃고 남을 흉내 내다 둘 다 잃음을 비유.

198 요동지시(遼東之豕): 옛날 요동에 사는 돼지가 흰 머리의 새끼를 낳고 기이하게 여겨 바치려고 가다가 하동(河東)에 이르러 흰 돼지 무리를 보고 부끄러워 돌아왔다는 고사. 지식이 천박하고 견식이 적은 것을 비유한다.

아 죽지 않을 수 있었습니다."

대개 전투하는 군사의 법은 자고로 이런 것이다. 전쟁터에 나서 싸우는 자들은 불가불 알아두어야 할 것이다. 내가 처음에 이 말을 듣고 기이하게 여겼는데 『좌전』의 기록이 속임이 아님을 알 수 있도다.

(140) 적수의 상생상극

예부터 글하는 선비들은 같은 시대에 태어나 살면서 명성을 다퉈 서로 알력이 있는 자들은 남을 제치고 윗자리로 오르려 하거나 헐뜯고 비방하는 우환이 있었으니 이는 문장에만 한정된 것이 아니다. 도학자들 또한 서로 오만하게 굴었으니 그 폐해는 더욱 심각하였다. 한퇴지韓退之의 「송맹동야서送孟東野序」에 고금의 문장가들을 낱낱이 열거했는데, 당시의 사람으로는 이고李翺와 장적張籍의 시문만을 칭찬했을 뿐 유종원柳宗原을 언급하지는 않았으니, 이고와 장적의 시문이 과연 유종원의 것보다 우수해서였겠는가! 한유가 한 말의 불공평함이 이와 같았다.

소동파는 온 세상을 독보하여 세상에서 자신과 충돌할 자 없었지만 오직 정자程子의 의리학義理學만이 자신과 더불어 문하門下를 나누어 천하의 논의가 반절은 그곳으로 돌아갔으니, 소동파가 정자를 배척했던 것은 유독 오만해서가 아니라 사실은 꺼려함에서 나왔던 것이다. 그런데 후대에 정자를 주자朱子와 대등한 정도로까지 평가하는 사람들이 소동파를 배척함에 힘을 남김없이 썼으니 또한 유독 어떤 마음에서일까. 소동파의 방달함이 비록 표준이 되는 원칙을 넘긴 했지만 신불해申不害·한비자韓非子보다 심한 자라고까지 말하는 것은 억울하지 아니한가.

근세 명나라의 하대복[199]·이공동,[200] 우리나라의 호음 정사룡·기재 신광한은 같은 시대에 함께 살면서 재주와 명성이 서로 대등하다. 만약 동야東野의 용이 물리치는 구름처럼 상하사방 할 것 없이 서로 화합한다면 어찌 당세를 가히 즐길 만하지 않겠는가. 그 서로 용납하지 않으면서 시새움하며 이기려 하고 헐뜯으며 후세의 공론을 기다리지 않는 것은 어찌된 일인가. 오직 엄주弇州 왕세정과 창명滄溟 이반룡만이 이를 징계하여 서로 힘을 얻도록 돕고 서로 바꿔 가며 기렸으며, 큰 허물을 드러내 말한 것도 공정한 마음에서 벗어나지 않았다. 비록 저 사람이 이 사람보다 낫다 말한들 어찌 후세의 정론이 없겠는가. 퇴계 이황과 남명 조

---

199 하대복(何大復): 하경명(何景明). 명대(明代)의 시인. 자는 중묵(仲黙). 벼슬이 합서제학부사(陜西提學副使)에 이름. 시·고문을 잘하여 이몽양(李夢陽)과 함께 복고(復古)의 학을 제창하여 하이(何李)로 병칭되었음. 저서에 『대복집(大復集)』이 있음.

200 이공동(李空同): 이몽양(李夢陽). 명대의 문학자. 자는 헌길(獻吉). 시와 고문을 잘하여 명나라 10재자(才子)의 으뜸이라 칭해짐. 저서에 『이공동집(李空同集)』이 있음.

식 같은 이들은 모두 동국 유학의 조종으로 도학과 절의에 있어 만고를 가로지르며 함께 태학에 배향되어 있다. 누군들 그르다고 말할까마는 모순된 의론들이 많은 입에서 제기되고 있으니 이른바 양가의 자제 중 재주와 지혜가 열등한 자 아니겠는가.

(141) 최립의 거만한 자부

동고東皐 최립崔岦은 문에 있어서는 조금 인정해 줄 만하다. 일찍이 질정관으로 북경에 가게 되니, 율곡 이이와 송강 정철이 말고삐를 나란히 하고 함께 찾아왔으며 시인인 이달李達 또한 술을 가지고 왔다. 모여 앉아 담소를 나누는데 이달이 율곡을 바라보며 말하였다.

"공께서 별장[201]을 짓지 않으시려는지요."

율곡이 소매 속에서 시를 꺼내어 보여 주었는데 다음과 같았다.

마음 깊이 문득 슬퍼지노니
가을바람 먼 숲에서 생겨나네.
어찌 길 가는 홍취 품을 수 있으리
다시 지음인과의 이별이 닥쳤는데.

---

201 별장(別章): 이별을 읊은 시문.

길은 멀어 내와 들 광활하고
하늘은 높아 비이슬 심하네.
돌아오는 길 특별한 은혜 알린다면
나라의 경사로 임금의 마음 움직이리.

최립이 한번 흘깃 보아 넘기고 자리 옆에 물려 두니 정철이 말하였다.

"숙헌[202]의 시가 어떠하오."

최립이 말하였다.

"일전에 노盧 재상이 책문策文을 잘하여 임금의 물음에 우러러 답했던 것이니 이는 그가 책문에 뛰어났기 때문이었지요."

정철이 말하였다.

"이 영공의 글은 성리학에 근본하였으니 어찌 쉽겠소."

최립이 웃으면서 말했다.

"학력이야 내 모르겠지만, 사한詞翰으로 말할 것 같으면 어찌 우리 담장 안을 바라볼 수 있겠습니까."

그가 교만하게 혼자 잘난 척하며 자부하는 것이 이와 같았다.

202 숙헌(叔獻): 이이(李珥)의 자.

(142) 사또 자제의 오만

한 가난한 선비로 세상에 이름이 드러나지 않은 자가 있었는데 홍주洪州 목사牧使의 아들이었다. 그의 부친이 많은 주와 군을 두루 돌아다니며 벼슬하였기 때문에 그 선비는 어려서부터 배우지를 못했으며, 지방장관으로 대접받는 것을 자주 누렸기 때문에 날로 교만해지고 어그러졌으며 늘 아랫사람을 꾸짖어 스스로 보양하는 계책에 익숙해져 있었다. 홍주에 새로 도임하자 수륙에서 나는 음식으로 방장[203]이 넘쳐 나도록 차려왔는데도 관아의 아전을 붙잡아 데려다 뜰에 앉히고 신문하는 것이었다.

"이 밥상머리 음식을 보건대 대체 나더러 어떤 음식을 먹으라는 것인고!"

아전이 대답하였다.

"이 밖에는 별 다른 산물이 없습니다. 물에서 나는 것으로는 물고기와 새우 등 온갖 것이 다 있고 산에서 나는 것으로는 노루·사슴·산돼지·꿩 등 갖추지 않은 것이 없습죠. 소인이 어찌 감히 신관사또의 자제 분을 업신여기고 찬품을 주선하겠습니까."

서생은 그 말을 듣지 않고 곤장 50대를 치도록 명했다.

그 후 부친이 죽자 영락하여 의지할 곳 없이 가난하고 천하게

203 방장(方丈): 사방 한 길의 음식상을 지칭하는 것으로 음식을 성대하게 차린 것을 극도로 표현한 것이다.

되었다. 떨어진 옷에 피로한 말을 타고 한 어린 동자를 거느리고 먼 곳에 가는데 마침 비가 내려 길이 질척질척하였다. 그런데 말이 진흙탕 속에 빠졌다. 말을 끌던 동자는 힘이 약하여 지탱하지 못하고 누런 웅덩이로 막 떨어지려는데 길 가던 한 사람이 문득 고삐를 잡아 빼어내 주었다. 서생은 마음으로 그 덕에 감사하며 얼굴을 살펴보니 전날 홍주 관아 뜰에서 매를 맞았던 아전이었다. 서생은 사례하고 싶었지만 마음과 얼굴이 모두 부끄러워 거짓으로 모르는 체하며 감사하다는 말도 못하고 그곳을 떠났다.

아아! 자기 스스로 힘쓰지 않고 부형의 세력을 빙자하여 스스로 거드름 피우는 자치고 마침내 진창 가운데 빠지지 않은 자 드물다. 경계할지어다.

(143) 무적의 중을 제압한 나약한 유생

정읍井邑·용안龍安·함열咸悅 세 읍 사이에 광장이 있었다. 매년 중원일[204]이면 호남 온 도에서 완력 있는 자들이 먹을거리를 싸들고 모여 씨름시합을 하였다. 어떤 한 중이 비길 데 없이 힘이 좋아 호남 사람들이 모두 굴복하여 종일토록 겨뤘지만 대적할 자

204 중원일(中元日): 7월 보름인 백중날.

가 없어서 마침내는 그 광장을 휩쓸고 끝났다. 어떤 서울 서생이 이를 보고 장하게 여겨 함께 즐기고는 가는 곳을 물으니 장차 서울로 간다는 것이었다. 서생은 그와 동행하여 예기치 못할 일에 대비하고자 하였다. 길이 갈라지는 곳에 이르자 한쪽 길은 서울로 향하고 한쪽 길은 경상도로 향했다. 수척하고 피곤에 지친 섬약한 어떤 유생이 삼척동자 한 사람만 데리고 경상도 길을 향하여 갔고 서생과 중은 서울로 가는 길을 택하여 북상하는데, 유생이 말을 멈추고 소리쳤다.

"중, 이리 좀 오게나!"

중은 그를 업신여기고 대꾸도 않고 갔다. 유생은 더욱 화를 내며 말했다.

"중놈이, 불러도 감히 오지 않다니!"

동자에게 귀를 잡아 끌고 오라 시켰다. 중이 석장으로 동자의 양 넓적다리 사이를 치니 한 길쯤은 뛰어오르다 떨어져 소리를 내 울부짖었다. 중은 드디어 크게 소리를 지르며 달려 나갔다. 서생은 이 중이 틀림없이 저 썩은 선비를 콩가루로 만들겠거니 여기고는 힘써 화해시켜야겠다고 생각하고 있었다. 중이 유생과 맞닥뜨리자 유생이 획연히 중을 낚더니 땅바닥에 넘어트리고 발로 목을 밟고서 중의 석장을 빼앗아 마음대로 내리쳤으나 중은 손 하나 발 한 짝 감히 어찌하지 못하고 다만 땅을 움켜쥐고 얼굴을 조아리고 있을 뿐이었다. 서생은 급히 달려가 그 어지러운 상황을 수습하려 하면서 말했다.

“이 중과 며칠 동안 동행하였는데 마음씀이 무척 좋았습니다. 우연히 어른에게 실례하였나 봅니다. 저를 위해서라도 너그럽게 용서해 주십시오. 애걸합니다.”

유생이 말했다.

“처음에는 너를 죽이려 했으나 어진 벗을 위해서 용서해 살려주는 것이니 이제부터는 삼가 힘을 믿고서 남을 업신여기지 말아라.”

중이 정신을 가다듬고 달아나면서 말했다.

“내 평생 적수를 만나지 못했는데 오늘 일개 약한 유생에게 끝내 곤욕을 치르리라고는 생각하지 못했습니다. 조대措大님 아니었으면 길가에서 마른 해골이 될 뻔했습니다. 자고로 싸움은 교만 때문에 패하고 근심은 소홀한 데서 생겨난다 했습니다. 제가 잘못했습니다. 제가 잘못했습니다.”

(144) 오만 부리다 참패당한 중

귀성龜城 굴암사窟岩寺에 한 중이 있었는데 완력이 제법 좋았다. 씨름을 잘하여 ‘아무도 나를 당할 자 없다’고 스스로 자부하였다. 어떤 객이 북도北道에서 힘 좋은 말에 미역을 싣고 그 절에 들러 투숙하였는데, 남루한 옷에 얼굴빛은 검었다. 중이 그를 바라보더니 오만하게 말했다.

"나와 씨름으로 겨룰 수 있겠소? 내가 지면 객에게 베 열다섯 단을 줄 것이요, 객이 지면 나에게 말에 싣고 있는 미역을 주시오."

객이 말했다.

"내가 씨름이라면 사양하지 않지만 길을 오느라 피곤하고 굶주렸는데 무슨 흥이 있어 힘을 겨루겠습니까."

중은 그래도 도전하기를 마지않았는데 객은 끝내 응하지 않았다. 다음 날 아침 객이 말을 몰아 문을 나서 가는데, 중이 낮은 담장에 기대어 객을 가리키며 말했다.

"겁장이 나그네, 내가 무서워 감히 씨름을 못하는 거지. 물에 빠진다 해도 문드러져 죽을 나그네."

객이 노하여 말을 나무에 묶어 두고 다시 들어와 말했다.

"내가 스님과 더불어 힘을 겨루고 싶지 않았소만 스님께서 저더러 문드러져 죽는다 물에 빠진다 하시니 가만 있을 수 없소. 나와 승부를 겨루자 청하시는데, 스님께서는 내 안다리를 걸겠소? 밖다리를 걸겠소? 등지겠소? 마주 겨루겠소? 당신이 잘할 수 있는 것으로 하시오."

그러더니 마침내 한 손으로 중의 배를 들어 올리고 한 손으로는 등을 끌어올려 어깨 위로 가로로 들어 올리니 중은 마치 사지를 뻗은 두꺼비 같았다. 객이 말했다.

"이제 당신을 땅에 내칠 것인데, 잠깐 사이에 죽게 할까, 몇 개월 동안 아파 신음하다 죽게 할까, 당신이 원하는 대로 하겠소."

중이 답하지 못하니, 객이 말했다.

"내 너그럽게 봐줘 잠깐 사이에 죽는 것을 면하게 하고 몇 개월간 고생하다가 죽게 하는 것이 옳겠지."

마침내 주춧돌에 던져 중의 어깨뼈가 반절은 나갔는데 객은 소매를 떨치고 가면서 말했다.

"내 분풀이를 했을 뿐이지 너의 베 열다섯 필을 욕심 낸 것은 아니다."

인하여 말을 몰아 떠났는데, 중은 수개월 후에 죽었다.

(145) 이숙남의 잔인함

이숙남李叔男은 이름난 장수로 지조 있고 청렴결백하여 관직에 있으면서 터럭만큼도 범하지 않았다. 다만 성품이 몹시 포악하여 노비가 죄를 지으면 그 즉시 화살을 쏘았다. 노비가 말을 부리는데 말 등에 종기가 있으니 즉시 칼을 가져다 노비 등의 피부를 말 등에 난 종기 크기만큼 벗겨내며 말하였다.

"말과 사람이 뭐 다를 것 있느냐."

하루는 준치를 먹는데 뼈가 많았고, 특히 등골뼈가 더욱 단단하였다. 이숙남은 잘게 씹어 먹지 않고 삼키다가 등뼈가 목구멍에 가로 걸리고 말았다. 그러자 즉시 활시위를 가져다 그 줄을 초에 담근 뒤 손으로 한 끝을 잡고 다른 한 끝은 목구멍에 삼킨 뒤 손으로 잡아당겼다. 그러자 고기 등뼈가 시위 줄에 걸려 나오는데 살점이 조각조각 찢어져 붉은 피가 퍼붓는 듯 쏟아졌다. 이숙남은 물을 가져다 양치질을 하는데 얼굴색 하나 변하지 않았으며 곧바로 다시 그 고기를 다 먹어 치웠다.

(146) 득녕의 수확

보성寶城 사람으로 서울에 온 자가 있었다. 스스로 반어泮漁라고 자랑하면서 저자에서 금전을 빌리려 하였으나 먼 곳에서 온지라 아는 자가 드물어 빌려주려 하지 않았다. 그는 저자 중에 재화를 비축해 둔 자가 있다는 말을 듣고 찾아가 달마다 이자를 배로 계산하여 갚겠다고 청하여 계약서를 만들면서 약속하였다.

"내가 사는 곳에는 득녕得寧 벌판이 있는데 수전水田이 몹시 기름져 2백 섬은 경작해 낼 수 있습니다. 이 땅으로 전당잡힐 것이니 무명 천 필만 빌려 주십시오. 모월에 2천 필로 갚겠습니다. 이 때를 넘기면 관가에 송사하여 법률로 바로 잡으십시오."

저자 사람이 기꺼이 허락하였는데 훗날 기일이 지나도 갚지 않는 것이었다. 저자 사람이 보성으로 내려가 그를 찾으니 보성 사람들이 배를 움켜쥐고 크게 웃으며 말하였다.

"이곳에는 본디 그런 사람이 없소. 득녕得寧이라는 것은 바다 이름이니, 만약 그곳에 파종한다면 비단 2백 섬에만 그치겠소. 반어泮漁는 생선 이름이오. 바닷속에 가서 물어보시구려."

저자 사람은 빈손으로 돌아왔다.

옛날 여불위[205]는 『춘추春秋』를 차용하였고, 양웅[206]은 『주역周易』을 흉내냈으며, 왕통[207]은 『논어』를 모방했고, 왕망[208]은 『주례』를 흉내 냈으며, 궁예는 불서佛書를 지었으니, 모두 이러한 유이로다.

---

205 여불위(呂不韋): 진(秦)나라 양적(陽翟) 사람. 본디 거상으로서 장양왕(莊襄王)이 즉위하기 전에 초(楚)나라에서 질자(質子)로 고생하는 것을 진나라로 돌아가게 한 공이 있어 장양왕이 즉위하자 승상으로 발탁되고 문신후(文信侯)로 봉후되었음. 그가 사통하여 낳은 진시황이 즉위한 후 태후(太后)와 간통하고 죄를 두려워하여 자살하였음. 『여씨춘추(呂氏春秋)』는 그가 지은 것이라 하나 실은 그가 재상 때 문객을 시켜 지은 것임.

206 양웅(揚雄): 서한(西漢) 추군(鄒郡) 성도(城都) 사람. 자는 자운(子雲). 어렸을 적부터 학문을 좋아했고 사부(辭賦)에 뛰어났다. 왕망(王莽) 때 대부가 되었다가 범죄자와 관련되어 자살하였다. 『역경』과 『논어』를 모방하여 『태현경(太玄經)』을 지었다.

207 왕통(王通: 584－618): 수(隋)나라 강주(絳州) 용문(龍門)인. 왕발(王勃)의 조부. 관직을 버리고 고향으로 돌아가 강학교서(講學敎書)를 업으로 삼았다. 『춘추』를 모방하여 『원경(元經)』을 지음.

208 왕망(王莽): 한(漢)나라 효원황후(孝元皇后)의 책모로서 평제(平帝)를 죽이고 한조(漢朝)를 빼앗아 즉위하여 신(新)나라를 세웠으나 내치 외교에 실패하여 재위 15년 만에 광무제(光武帝)에게 망하였음.

(147) 잠수자의 위험

우리 집에 궁매宮梅라는 이름을 가진 계집종이 있는데 순천에서 왔다. 그녀가 일찍이 해변에 살면서 헤엄을 잘 쳐 벗들과 짝을 지어 바닷속에 들어가 전복을 따는데 여름에는 춥고 겨울에는 따뜻하여 비록 쩍쩍 얼어붙는 엄동설한이라도 발가벗은 몸으로 물에 뛰어들 수 있었다 한다. 물속에 들어갈 때는 표주박을 차고 칼을 가지고 들어간다. 바닷속에 들어가면 오랫동안 숨을 통할 수 없기 때문에 가슴과 배에 표주박을 대고 물 위로 떠올라 숨을 쉬는데 코에서 나는 소리가 마치 휘파람 소리 같았다. 칼에는 방울을 매달았는데 바닷속에는 악한 고기가 많으나 고기는 쇠붙이를 무서워하여 사람이 물에 뛰어드는 것을 보면 이빨을 드러내고 다가오다가도 방울 소리를 들으면 놀라 두려워하면서 달아나기 때문이었다. 궁매와 짝지어 전복을 따던 한 여자가 깊은 바다 밑에 들어가 큰 전복을 많이 얻어 반드시 두 배 값을 받고 팔았으며 관가에 바쳐도 벌을 받지 않았다. 전복을 따면 열 개를 채워 한 꿰미를 이루고 열 꿰미로 한 첩帖을 이루어야 한다. 만약 수가 그 기준에 맞지 않으면 관이나 개인이나 모두 취하지 않았다. 여자가 바다에 들어갔는데 어떤 큰 고기가 입을 짝 벌리고 다가오다가 방울 소리를 듣고 도로 물러나 달아났다. 여자는 이미 전복 아홉 개를 딴 상태였는데 두려운 마음 때문에 다시 들어가지 못하자 그 부모가 말하였다.

"전복 하나만 더 따면 한 꿰미를 채울 텐데 추운 것이 두려워 들어가지 않으려 하니? 이래서는 관이나 개인에게 조달할 수 없지 않니. 이처럼 나태해서 어떻게 살려는지."

여자가 화를 내며 말했다.

"아까 바닷속에 들어갔다가 무시무시한 물체를 보고 감히 들어가지 못하는 것이에요. 어찌 추운 것이 싫어서 그러겠습니까. 부모님께서 저를 게으르다고 허물하시니 죽음인들 사양할 수 있나요."

마침내 방울을 울리며 들어갔는데, 얼마 지나지 않아 파도가 빙 돌아 물거품이 상승하더니 여자가 큰 고기에게 잡아먹혀 끝내 나올 수 없었다.

권준權俊이 순천 부사가 되어 어부로 하여금 바다에 들어가게 하였는데, 어떤 큰 악어가 그의 옆구리를 물어 내장이 나온 채 악어와 바다 밑에서 싸우다 간신히 배에 오를 수 있었으나 며칠 만에 죽었다.

옛날에 또 어떤 어사가 변방을 순찰하는데 수사水使가 물놀이를 벌이고 잠수부로 하여금 전복을 따와 소반에 가득 놓고 즐겼는데, 잠수부가 오래지 않아 허겁지겁 돌아와 뱃머리를 붙잡고서 미처 오르지 못한 채 입을 딱 벌리고 웃었는데 뱃사람이 살펴보니 그의 허리 아래가 마치 도끼로 잘린 것처럼 물고기에게 물려 끊어져 있었다.

아아! 바다란 예측할 수 없는 곳이다. 어룡魚龍에 대한 근심이 산중에 있는 호랑이, 표범에 대한 우려보다 심한 것이다. 그래서 월越나라 사람들이 몸에 문신한 것은 미관을 위한 것이 아니요 어룡을 두렵게 하기 위해서였다. 사람들이 한 밥상의 음식을 위해서 예측할 수 없는 바다 깊은 곳에서 죽음을 무릅썼으니 저 전복을 딴 자야 무슨 죄이겠는가. 전복을 따라고 시킨 자의 죄로다. 가련하지 아니한가.

(148) 개똥이 된 생금

한양에 가난한 선비가 있었는데 이름은 한장군韓將軍이었다. 설에 낙산동에서 부모님을 찾아뵙고 밤에 인수교를 지나는데 시내 가운데 금처럼 반짝거리는 물체가 있는 것을 보았다. 말을 끄는 마부에게 물었다.

"너도 광채 나는 물건을 보았느냐. 틀림없이 생금일 것이다."

마부가 말하였다.

"생금은 쉽게 달아나므로 금을 잡으려는 자들은 반드시 잠방이를 벗어 덮는다 들었습니다."

선비는 말에서 내려 잠방이를 벗고 물에 들어가 그것을 잡아 마부에게 맡기지 않고 품에 품고 돌아가니 옷이 모두 얼어 있었다. 그런데 열어 보니 금은 보이지 않고 개똥이 있을 뿐이었다. 서생이 탄식하며 말했다.

"복 없는 놈에게는 생금도 개똥이 되는구나."

다음 날 밤 또 천변에 가 살펴보니 줄행랑(長廊)의 등잔불 빛이 창 틈으로 새어나와 물에 비치고 있었다.

(149) 꾀를 내어 처자를 능욕한 김생

김생金生이라는 자는 젊었을 때 방탕하였다. 양갓집 여자가 문안에 서 있는데 용모가 뛰어나게 아름다운 것을 길에서 보고 어떻게 한번 해보려고 꾀를 팠지만 그 기회를 얻지 못하였다. 하루는 온 집안 사람들이 교외에서 주연을 베풀고 노는데 그 여자만 남아 집을 지키고 있었다. 김생은 어떤 사람에게 헌리[209]의 의관을 거짓으로 입혀서, 김생 자신을 잡아 포박하여 그 집의 문에 던져 넣으면서 말하도록 시켰다.

"이놈은 범법자다. 너의 집에 맡겨 두는데 만약 이놈을 놓치면 너의 집이 대신 죄를 받을 것이다."

집안에는 아무도 없고 오직 그 처자만 있어 김생을 받았으므로 다른 곳으로 도망가 버릴까 두려웠다. 김생이 거짓으로 나가 도

209 헌리(憲吏): 사헌부(司憲府)의 이속(吏屬)을 줄여 이르는 말.

망하려는 것처럼 하니, 처자가 허물이 자신의 집까지 미칠까 두려워하며 김생의 옷을 잡아당겨 밀실에다 가두어 두고 지켰고 김생은 마침내 욕심을 채울 수 있었다.

(150) 이생의 실패

이생李生이라는 자가 있었는데 용모가 아름다우며 재기 또한 풍부했다. 신문新門 밖에서 한 양갓집 젊은 아낙네를 만났는데 친척들과 서쪽 교외에서 잔치를 벌여 놀고 돌아오는 것이었다. 이생은 그녀를 한번 보자마자 국색國色임을 알아채고 동자를 시켜 그 가족을 알아보고는 집에 돌아와 사람들에게 칭찬하였다. 이로부터 마음과 몸을 스스로 안정시킬 수 없었다. 그 이웃에 사는 할미를 후하게 대접하여 술과 음식을 마련하고 벗 김생을 맞이하여 좌객으로 삼아 밤에 사온리司縕里에 모였다. 양갓집의 젊은 아낙네는 창가 여자도 아니었지만 쉽게 유혹할 수 있었다. 기이한 계책을 세워 등잔 밑으로 꾀어 데려와 보니 비길 데 없이 아름답고 풍만한 자태여서, 멀리서 바라보면 선녀 같고 다가가 바라보면 꽃 같아 일찍이 볼 수 있었던 유의 인간이 아니었다. 술잔이 몇 차례 돌지 않았는데 문득 밖에서 소리쳐 부르며 두드리는 소리가 들리더니 수십 명의 사람이 창을 들고 와 말하였다.

"사람을 죽인 옥사가 있다. 집안을 살펴 그 남편을 잡아라."

젊은 아낙네와 이웃집 할미는 도망가다 넘어지며 달려갔고 이생 또한 급히 피하여 숨었지만 계획했던 일을 성사시킬 수 없었다.

그러나 남녀의 욕정은 몹시 두려워할 만하다.

(151) 부정한 중을 살해한 강자신

어떤 한 서생이 산사에 들어가 공부하였는데 세월이 쌓이니 절의 중과 서로 가깝게 되었다. 중은 매일 아침 사발밥과 향로로 부처에게 봉양한 뒤 겸하여 승지承旨 부인의 영혼도 청하는 것이었다. 서생이 그 연고를 물었으나 중은 대답하지 않았다. 훗날 또 이전처럼 영혼 청하는 소리를 듣고 다시 물으니 중은 서생과 이미 친밀한 사이가 되었으므로 그 연유를 다 말해 주었다.

"애초부터 모 승지와는 서로 아는 사이였지요. 그를 뵙고자 하여 찾아갔는데 승지는 마침 그날 의금부의 당직이어서 집에 오지 않았습니다. 날이 저물어 문밖 곁방에서 묵게 되었지요. 때는 여름 달이 대낮처럼 밝았는데, 정욕을 이기지 못하고 곧바로 안으로 들어갔지요. 협문이 모두 닫혀 있지 않은 채 여러 계집종들이 서로 뒤엉켜 잠자고 있었고, 침상 위에는 어떤 한 부인이 몸을 드러내고 누워 있는데 옥빛 살결이 먹음직하였습죠. 그래서 잠자고 있는 틈을 타 그녀를 범하고는 문밖으로 나와 처음처럼 누워 있는데, 곧이어 안에서 계집종을 불러 목욕물을 들이라고 명하는 소리를 들었습니다. 나는 날이 밝기 전에 달아났다가 날이 밝은 후 그 집 문 앞을 지나니 온 집안 사람들이 곡하며 우는 것이었습니다. 이웃 사람에게 들으니 그 집 부인이 어젯밤 목을 매 자결했는데 무슨 일 때문인지는 영문을 모른다고 했습니다. 늘 절부가 나 때문에 죽었다는 생각이 들어서 죽을 때까지 그녀를 배향하려 하는 것일 뿐입니다."

서생이 이 말을 듣고 간담이 찢어지는 듯한 통증을 견딜 수 없어 당장 목을 부러뜨려 죽이고 싶었지만 힘이 약했으므로 도리어 해를 당할까 두려웠다. 그래서 함께 나가 놀자고 중을 꾀어내 높은 봉우리를 가리키며 말하였다.

"기이한 봉우리군요. 구경할 만하겠소. 나와 같이 올라가 조망합시다."

중과 함께 산꼭대기에 올라가니 천길 낭떠러지 아래가 몹시 험하여 사람의 발이 이르지 못할 곳이었다. 서생이 중에게 농담하였다.

"나와 당신 중 누가 더 클까."

중이 웃으며 말하였다.

"수재秀才께서 어디 저와 견주십니까."

서생이 재 보자고 청하였다. 중이 등을 대고 재는데 서생이 마침내 팔뚝을 걷어붙이고 절벽으로 밀어 버리니 중은 천길 아래의 낭떠러지로 거꾸로 떨어져 죽었다.

군자가 말한다.

"서생이 중을 죽인 것이 통쾌하기는 통쾌하나, 그 죄를 성토하여 올바른 법으로 죽이지 못한 것이 애석하도다!"

유생의 이름은 강자신姜子愼이다. 훗날 파주坡州 목사가 되었으며 석덕碩德의 조카이다. 부인의 성씨는 전하지 않는다.

(152) 세 학자의 주색 담론

퇴계退溪 선생과 조남명曹南溟 선생이 편안히 앉아 있다가 퇴계가 말하였다.

"주색은 사람이 좋아하는 바이지요. 그러나 술은 그래도 소홀하기가 쉽지만 여색은 가장 참기 어렵지요. 소강절邵康節의 시에 '색은 사람으로 하여금 좋아하게 만들 수 있다' 했는데 이 또한 그것이 참기 어려움을 말한 것이겠지요. 선생께서는 색에 있어 어떠신지요."

남명이 웃으면서 말했다.

"저는 색에 있어서는 싸움에 진 군대의 장수와 같지요. 묻지 않는 것이 좋을 듯합니다."

퇴계가 말했다.

"내 젊었을 적에는 참고자 해도 그럴 수 없었는데 중년 이후로는 제법 참을 수 있게 됐지요. 정력[210] 때문일 것입니다."

이때 송익필宋翼弼 또한 그 자리에 있었는데 그는 지체는 낮았지만 글하는 자였다. 송익필이 말했다.

"보잘것없는 제가 일찍이 읊은 시가 있으니, 대인大人의 명확한 평가를 받고 싶습니다."

인하여 그 시를 외웠다.

옥 술잔의 맛좋은 술엔 그림자 전혀 없는데
눈처럼 흰 뺨의 옅은 노을은 잠깐 흔적 남기네.
그림자 없음 흔적 남김 모두 즐거운 뜻이니
즐거움 삼갈 줄 안다면 은총일랑 남기지 마오.

의미가 깊고 간절하다. 퇴계가 음송하더니 좋다고 칭찬하였다. 남명이 웃으면서 말했다.

"이 시는 패한 군대 장수에 대한 경계로 적합하군요."

210 정력(定力): 선정(禪定)에 의하여 양성한 힘.

(153) 정인지의 거절

하동부원군河東府院君 정인지는 어릴 적에 엄친을 여의고 홀로 된 어머니를 모시고 가난하게 살았는데 글재주가 탁월하였고 용모는 옥 같았다. 늘 외사外舍에 거처하면서 밤늦도록 책을 읽었다. 담장을 사이에 둔 집에는 처자가 있었는데 용모가 뛰어나게 아름다웠고, 그 집안은 대대로 이어온 명문거족이었다. 그 처자가 틈을 통해 미소년이 낭랑한 목소리로 소리 내어 책 읽는 것을 엿보고는 마음속으로 사모하여 밤에 담장을 넘어와 가까이 다가오고자 하는 것이었다. 정인지가 정색을 하고 거절하는데 처자가 소리를 질러 드러내려 하자 그는 거절하기 어렵다는 것을 알고 따뜻한 말로 달래었다.

"그대는 양반 집안 딸이며 나도 아직 장가들지 않았소. 집이 가난하고 모친께서 홀로 계시므로 중매를 놓아도 응하는 자가 없었으니 비록 장가든다 하여도 당신처럼 아름다운 여자를 얻기란 무척 어려울 것이오. 내 만약 어머님께 알려 의논하면 어머님께서도 틀림없이 기뻐하며 허락하실 것이오. 그런 후에 백년 누릴 기쁨을 도모하는 것이 옳을 것 같소. 지금 만약 한번 정욕을 이기지 못한다면 그대는 믿음을 잃은 아녀자가 될 것이니 내 마음에도 또한 유쾌하지 않을 것이요, 그대가 만약 다른 곳으로 시집간다 해도 평생의 한이 되고 말 것이오. 그러니 잠시 참고서 내일 모친께 알려 두 집안이 혼사를 이루도록 합시다."

처자가 몹시 기뻐하며 약속을 하고 갔다.

정인지는 다음 날 모친에게 알리고 다른 집으로 옮겨가 그 집은 끝내 팔고 발을 끊었으며, 처자는 상심한 마음을 품고 죽었다.

(154) 하늘과 사람의 이치

범려范蠡는 19년 사이에 세 차례 천금을 이루었다가 세 차례 흩트렸다. 왜 그런가. 역의 효爻는 6에 이르러 변하니 6년 후에 사람의 일이 마땅히 변하는 것이다. 재물은 뭇사람들이 욕심내는 것이다. 6년 모은 것을 사람이 스스로 흩트리지 않는다면 하늘이 일부러 흩트릴 것이요, 하늘이 흩트린다면 화가 반드시 사람에게 이를 것이니 사람이 스스로 흩트리는 것이 더 나을 것이다. 범려는 지략 있는 선비이다. 하늘과 사람의 이치를 깊이 이해했으니 삼 육 18이요 19는 삼 육 뒤에 있는 것이다. 옛사람이 말하기를, "기름을 쌓아 두면 불이 나고, 고기를 쌓아 두면 초상 난다." 했으니, 모두 이러한 이치인 것이다. 옛날 유영경柳永慶이 영상이 되자 팔방에서 보내오는 고기가 다락 위를 가득 채웠다. 죽은 사슴을 하나 얻어 다락 밖 대들보 위에 달아 두었는데 한밤중에 죽은 사슴이 크게 부르짖는 것이었다. 온 집안 사람들이 떨며 놀랐는데 그 몇 년 뒤에 멸족의 화를 당했으니 기이하지 아니한가.

(155) 서익의 협기

만력 초기에 임식林植은 상을 당해 나주羅州에 거주하였다. 이때 서익徐益이 무장茂長 현감으로 가 조문하였는데, 임식이 가난하여 젯메쌀이 없다는 말을 하자 서익이 고개를 끄덕였다. 그런 지 며칠 지나지 않아 백미 3백 섬을 말에 실어 상갓집에 보낸 것이었다. 임식은 어려워하는 기색 없이 사양하지도 않고 받았으니, 두 사람이 서로 인정하는 막역한 사이였고 도량이 무척 컸으며 사내답고 용감하여 죄를 두려워하지 않음이 이 같았다. 서익이 반역아[211]를 낳은 것이 마땅하도다.

(156) 의금부 종의 죽음

내가 젊었을 적에 금천黔川 시골집에서 책을 읽었는데 봄날 한강의 얼음이 견고하지 않아서 행인들이 많이 빠져 죽었다. 어떤 한

211 반역아: 칠서지옥(七庶之獄)의 일인이었던 서익의 서자 서양갑(徐洋甲)을 가리킴.

의금부 종이 등에 쌀을 메고 얼음 강을 건너다가 빠져 몸의 절반이 얼음 위로 올라와 있자 동행하던 사람이 말했다.

"등에 지고 있는 것을 풀어 버리면 살 수 있어."

의금부 종이 말했다.

"나보고 이 짐을 풀어내라 하나? 그렇게 살아서 당할 고통은 죽는 것만 못하지."

얼마 안 있어 물에 빠져 죽고 말았다. 의금부 종이 쌀을 귀중하게 여기고 죽음을 가볍게 여긴 것은 영릉零陵에서 슬프게 빠져죽은 백성과 비슷하지 않은가. 그 어리석고 비루함은 말할 가치가 없지만 의금부 종의 일은 사람으로 하여금 살려는 의지를 적게 만드니 진실로 한심하도다.

(157) 금강산의 대설

금강산은 산이 험하고 땅이 북쪽에 가까워 큰 눈이 많이 내렸다. 매 겨울의 끝 무렵이면 꽁꽁 얼어붙고 쌓인 눈이 산을 덮어 골짜기는 평지가 되고 높은 산봉우리는 끊어진 듯하여 마치 사마四馬 수레가 육방六方으로 내달리는 것 같았다. 유점사楡岾寺의 탑은 높이가 열 길인데 탑 꼭대기에 있는 뾰쪽한 쇠가 썰매에 걸려 기울어졌으니 그 쌓인 눈의 깊이를 짐작할 수 있다.

고성高城은 금강산 아래에 있는 군이다. 가정 연간에 큰 눈이 산을 덮어 수개월 동안 산에 길이 없었다. 태수의 밤 꿈에 어떤 신인이 관아의 문을 엿보며 말했다.

"나는 월출봉月出峰 신이오. 적조암寂照菴의 중이 눈에 갇히어 음식을 못 먹은 지가 이미 닷새가 되었으니, 태수가 그를 살려 주기 바라오."

깨어나 기이하게 여겨 사냥꾼을 불러 마른 양식을 싸서 썰매를 타고 월출봉을 찾아가 적조암 중을 부르니 중이 깊은 눈 속에서 대답하는 것이었다. 마침내 눈을 뚫고 음식을 주었는데 중이 굶기 시작한 지 이미 닷새였다.

(158) 만력 을사년 수해

만력 을사년(1605, 선조 38)에 흉년이 들어 서울과 외방의 백성들이 많이 굶주려 죽었다. 그래서 당시 사람들의 속담에, "을사년 굶주린 까마귀 빈 뒷간 엿보네."라는 말이 있었으니, 이는 사람도 굶주리지만 닭과 개 또한 굶주려서 뒷간에는 싸놓은 똥도 없음을 의미한 것이었다. 만력 을사년의 물난리에 동해의 갈매기들까지도 바람에 몰려서 영서 지방의 산골짜기 수백 리 밖에까지 두루 다다라 사람들이 손으로 무척 많이 때려잡았다. 이때 서원西原 현감 이명준李命俊은 문과에 장원했던 자였다. 관아에 앉아 있던 차에 바닷새가 뜰에 있는 나무에 와 머무는 것이었다. 이명준이 읍의 아전에게 말했다.

"바닷새가 이유 없이 산골 고을에 이르니 머지않아 틀림없이 큰 물난리가 있을 것이다. 읍의 아전들에게 수해에 대비하도록 알려라."

얼마 안 있어 영동·영서에 큰물이 졸지에 닥쳐 오대산 한 모퉁이가 무너졌으며 많은 백성들이 얼어 죽었다. 어떤 처자가 누대 위에 앉아 있는데 닭과 개가 지붕 물에 휩쓸려 내려오는 것이었다. 처자는 살려달라고 외치니 강가의 사람들이 배를 저어 갔으나 물속에서 구덩이를 잃은 누대 가득한 뱀들이 마치 직물처럼 그녀의 몸을 휘감고 있었으므로 뱃사람은 두려워 감히 접근할 수 없어 배를 돌려 돌아갔다.

강중룡姜仲龍이라는 무인이 있었는데 전 현감이었다. 헤엄을 잘 쳐 물을 두려워하지 않았는데 강 위에 널감이 떠내려 오는 것을 보고는 헤엄쳐 가 계속 네댓 개의 널판을 건져내고 지쳐서 잠시 쉬는데 또 보니 한 큰 널조각이 중류에 있는 것이었다. 그의 첩이 가져오라고 졸라 댔다. 물은 얼음처럼 차가웠고 물의 기세가 몹시 빨라 강중룡은 널을 끼고 오다 미처 언덕에 이르지 못하여 빠져 죽고 말았으며 결국은 그 널을 쪼개 관을 만들어 시신을 거두었다.

이명준은 물난리가 날 것이라는 것을 미리 알아 수해에 대비하였고 강중룡은 재물을 탐내다 죽음에 이르렀으니, 달리 이유가 있는 것이 아니다. 책을 읽고 읽지 않고의 차이이다.

(159) 박대립의 위인

박대립朴大立이 새로 급제하여 광주廣州 교수[212]가 되었다. 청할 바가 있어 광주 목사를 알현하니 목사는 문관으로 박대립의 관직이 하찮은 것을 업신여기며 스스로 마시지도 않으면서 대립에게 술을 먹였는데 그 잔이 무척 컸다. 박대립은 사양하지 않고 모두 마셨으니, 무릇 여덟 그릇이었다. 목사가 말했다.

"한 방울 남기지 않고 다 마시다니 광문[213]의 일이구먼."

박대립은 조금도 부끄러워하지 않았으나 다만 한마디 간청도 하지 않고 물러나니 혹자는 그가 도량이 크다는 것을 알았다. 훗날 박대립이 높은 품계에까지 올랐는데 광주 목사의 지위는 그대

212 교수(教授): 전날 사학(四學)의 유생들을 가르치던 종6품 벼슬.

213 광문(廣文): 당나라 천보(天寶) 9년에 국자감(國子監)에 광문관(廣文館)을 증설하여 박사(博士)·조교(助教) 등의 직을 두었으니 국자 학생 중에 진사시험 준비하는 자를 거느렸다. 정건(鄭虔)이 광문(廣文) 박사(博士)에 임명되었는데 당시 사람들이 냉관(冷官: 보수도 적고 지위도 낮은 보잘것없는 벼슬)이라고 여겼다. 명·청 이래로는 유학(儒學)·교관(教官)을 범칭하게 되었다.

로인 채 오르지 않았다.

박대립은 한겨울에도 베옷을 입었으며 여름에는 얼음을 쪼개 싸서 모자 가운데 넣었다. 그가 함경도 감사가 되고 윤우신尹又新이 판관이 되어 의자 아래 엎드려 있다가 물이 의자에서 뚝뚝 떨어지는 것을 보았다. 처음에는 땀이려니 여겼는데 끝내는 앉아 있는 곳으로 줄줄 흐르는 것이었다. 괴이하게 여겨 물으니 박대립이 웃으면서 대답하였다.

"내가 더위를 견디지 못해서 여름만 되면 반드시 얼음 수건을 착용한다오."

박대립이 관직이 높아지고 연로해지자 객과 마주앉아서도 거리낌 없이 방귀를 뀌곤 하였다. 나이 젊은 어떤 음관이 말했다.

"사람들이 방귀를 뀌면 반드시 악취가 나는데 상국님의 방귀는 어째서 꽃다운 냄새를 낼까요."

박대립이 버럭 소리를 지르며 꾸짖었다.

"비루한 자로군. 무슨 말이야. 옛날에 불을 구걸하는 어떤 아이가 태위太尉에게 한 말 중에 발에서 향기가 난다고 말한 것이 있다더니 이제 다시 자네 같은 자를 보게 되는구먼."

음관은 대단히 부끄러워하며 달아났다. 그가 강직하여 아첨하는 것을 좋아하지 않음이 이 같았다.

(160) 수염 잡는다

근세에 수염 긴 장부가 있었는데 집안이 제법 부유하여 술과 음식을 차려놓고 빈객들을 대접하면서 아내와 몰래 약속하였다.

"내가 상객上客을 보면 윗수염을 잡고 중객을 보면 중간 수염을 잡을 것이며 하객을 보면 아랫수염을 잡겠소. 당신은 이처럼 3등급으로 구별해 술과 음식을 준비해서 대접하오."

방안에서 이루어진 밀약임에도 불구하고 이를 알아챈 외부 사람이 있었다. 어떤 하객下客이 오자 장부가 아랫수염을 잡으니 아내가 술과 안주를 형편없이 준비해서 대접하였다. 석 잔의 술이 돌자 주인은 '집이 가난하여 술과 안주의 맛이 형편없다' 이르고는 즉시 술상을 치웠다. 뒤를 이어 그 일을 아는 자가 이르렀는데 주인이 아랫수염을 잡는지라 객이 말했다.

"손을 조금만 위로 올려 주십시오."

이 말을 들은 주인이 대단히 부끄러워하였다. 그러므로 지금 사람들도 술 마시는 것을 '수염 잡는다(執鬚)' 이른다.

(161) 귀머거리 안씨

파주坡州에 포복절도할 일이 있었다. 안씨 성을 가진 자가 있었는데 양반붙이였다. 귀가 완전히 먹어 남이 말을 하면 항상 많이 웃었는데 그 웃음은 무슨 말을 하는지도 살피지 못한 채 늘 앞서 터뜨리는 것에 불과했다.

마을에서 마침 계모임이 있어 늙은이 젊은이 할 것 없이 무리지어 많이 모였는데 안씨 성을 가진 사람 또한 그곳에 갔다. 어떤 한 친구가 인사말을 하였다.

"근래 편안한가?"

안씨 성을 가진 사람이 듣지 못하고 대답하였다.

"저자는 사람을 보면 왜 욕을 할까."

친구가 이에 큰 소리로 말하였다.

"정말 내 자식놈이라고 부른다면 어쩌겠나?"

웃으면서 대답하였다.

"그 말은 괜찮군."

그 자리에 있던 사람들이 박장대소하였다.

(162) 화냥녀의 나이 은폐

중국에는 서방질하는 여자가 있어 요동遼東과 소주蘇州를 오가면서 나이 젊은 자들을 많이 선택하였다. 객이 나이를 물으니 열일곱이라 대답하였다. 그러자 객이 말하였다.

"내가 갑년에도 자네의 나이를 물으니 열일곱이라 하더니 을년에 물어도 열일곱이라 하니 인생의 길이가 자네 같다면야 어찌 신선이지 않겠나."

서방질하는 여자가 손바닥으로 객의 뺨을 치면서 말했다.

"내 나이 일흔이다. 오래도록 열일곱이라 대답했어도 아는 놈이 없었는데 오늘 이놈에게 들켜 버리고 말았구먼."

객이 말했다.

"창녀가 나이 은폐하는 것이야 천하가 모두 같지만, 어찌 창녀만 그러하리요, 조정의 선비들 또한 그렇다."

(163) 노년의 삼반상三反常

사람이 늙으면 상식에 어긋나는 세 가지 일이 생긴다. 곡할 때는 눈물이 나지 않고 웃으면 눈물 나는 것이 그 하나요, 밤에는 잠이 없고 낮잠을 많이 자는 것이 그 둘째요, 어릴 적 일은 잊지 않고 중년의 일 최근의 일은 망각하는 것이 그 셋째다.

(164) 비성飛星

만력 5년 정축년(1577) 치우기[214]가 출현했는데 빛은 황적색이며 길이는 하늘과 나란했다. 가을부터 겨울이 닥칠 때까지 사라지지 않더니 그 겨울에 큰 안개가 연일 계속하여 끼니 천지가 꽉 막히어 깜깜했다. 혹자가 말했다.

"치우기가 안개 때문에 흩어졌소."

만력 24(1596)년에 별이 중원 무령현武靈縣 민가에 떨어졌는데 그 크기가 다섯 휘(斛) 들어가는 가마만 했다. 그것이 떨어질 때 밝은 빛이 달과 같아 온 들이 환하게 밝았다. 한참 지난 후 어스레한 색이 밖으로부터 들어와 안을 침식하여 끝내는 한 청석靑石을 이루었다. 어리석은 백성은 관아에 알려야 한다는 것을 몰랐다. 가장 뒤늦게야 현감이 말을 전해 듣고 그 백성에게 장형杖刑을 내리고는 현의 백성들을 발동시켜 그것을 들어 현 관아의 뜰에 가져다 놓았다. 지금도 무령현武寧縣에는 낙성석落星石이 있다.

만력 36(1608)년에 큰 별이 서방에 떨어졌는데 광채가 화로 같았다. 어느 곳으로 떨어졌는지는 알 수 없었으나 하늘에 뻗쳐 흩어지지 않는 남은 빛이 몇 백 굽이인지 알 수 없을 정도였다. 석양이 비추니 모두 다 햇무리 같았는데 한참 후에야 사라졌다. 혹

214 치우기(蚩尤旗): 치우(蚩尤). 병란의 전조가 된다는 별.

자는 천구성天狗星이라 하고 혹자는 왕시[215]라고 하는데, 『성경星經』을 살펴보니 이른바 비성[216]이었다.

(165) 백두산의 비경

북도北道에는 웅장한 산 거대한 산줄기들이 많다. 허공을 찌르고 바다에 잠겨 수천 리 뻗쳐 남해에 와서야 다하는 것은 모두 백두산에서 온 것이다. 내가 일찍이 삼수군三水郡 소농보小農堡에서 노닐다가 장경령長慶嶺에 올라서 바라보니 백두산은 오랑캐 가운데 있어 우리 경계와의 거리가 겨우 며칠 노정일 뿐이었다. 산 전체가 희어 마치 눈을 쌓아 놓고 얼음을 쪼개 놓은 것 같았다. 특출나게 걸출하여 뭇 산들을 굽어보는데 첩첩이 싸여 있는 땅 가득한 많은 산봉우리들이 좌우 전후에서 빙 둘러 끼고 있는 것이 마치 어린아이들이 어른을 모시고 있으면서 어깨를 나란히 하지 못하는 것과 같았다. 그 산의 한 지류가 우리 경내로 뻗쳐와 북도의 여러 산들을 이루었는데 천리 사이에 높고 뾰쪽한 산봉우리라곤 하나도 없다. 모두 긴 산마루가 곧게 달리고 산봉우리마다 무릎

215 왕시(枉矢): 별 이름. 큰 유성(流星)과 비슷한데 뱀처럼 구불구불 가며 검푸른 빛으로 바라보면 깃털이 나 있는 듯하다.

216 비성(飛星): 유성(流星).

이 잠길 만한 습지가 있다. 철령 남관南關을 지나야 비로소 험준하여져 봉만을 이룬다. 변방 사람들은 오랑캐와 몰래 거래하며 백두산 부근을 함께 왕래하면서도 우리나라 사람들에게는 죽어도 비밀을 누설하지 않는다. 그래서 오랑캐 중이 변방의 졸개를 따라 가서 보고 기록한 것을 세세하게 전한 것만 존재한다.

이 산의 발치는 큰 강이 둘러싸고 있어 배가 아니면 건널 수 없고 헤엄을 잘 치는 자는 자맥질하여 갈 수 있다. 산에는 대풍이 많이 불어 먼지와 흙비가 뒤섞여 양쪽 언덕을 흐려놓는다. 사초가 마치 씨실과 날실처럼 물을 덮고 길을 가리고 있어 이곳을 지나는 사람들은 마치 뗏목을 탄 것처럼 흔들린다. 파도에 부딪히고 떠다니고 바람으로 빚어져 돌로 변한지라 마치 벌방처럼 구멍이 많다. 수많은 불새들의 알이 사초 위 흙에서 부화되는데 오랑캐들이 그것을 가져가 껍질을 깨 독에 담고 소금을 가미하여 아침저녁의 식사에 반찬으로 쓴다. 오랑캐로 중국에 쳐들어가며 이 산을 지나는 자들은 산신이 두려워 으레 운금[217] 전필을 산 나무에 걸고 기도를 하고 갔는데, 오랑캐들은 감히 그것을 취하지 못하고 눈비에 의해 저절로 썩도록 방치해 둔다. 그 산에 들어가면 산허리에는 큰못이 있는데 양 물가 사이가 일망무제할 정도이다. 기후가 따뜻해지면 큰 깃촉을 가진 천하의 새들 황새·고

217 운금(雲錦): 구름 문양을 넣은 비단.

니·기러기·갈매기·꾀꼬리 등, 비를 날리는 물에 사는 새들이 형양衡陽으로부터 비상하여 위우委羽로 가기를 도모하다 모두 이 못에 와 모이는데, 날개로 물결을 치는 소리가 번잡하고 시끄러우며 하늘을 가릴 듯한 날개 치는 소리는 마치 우렛소리 같다. 그러다 초가을 싸늘한 바람이 언뜻 일면 날개를 치며 남쪽으로 가버리니 이로부터 이곳은 텅 빈 공지가 되어 버린다. 북산의 나무는 옛 사람들이 칭찬했던 바이다. 북도의 모든 산에서 하늘을 찌를 듯 해를 가리고 서 있는 나무들은 천심千尋의 높이 백 아름 둘레로 마치 가려놓은 듯 즐비하다. 거대한 짐승들이 그 가운데서 길러지니 이상야릇하고 괴이한 형상들을 어찌 다 기록할 수 있으리오.

(166) 별유천지

내가 일찍이 들은 말이다.

우리나라의 산천은 험하고 깊으므로 사람의 자취가 이르지 않아 진秦나라 사람의 무릉도원 같은 곳이 한둘이 아니나 묘향산의 북쪽은 유독 오랜 세월 동안 인연[218]과 통하지 않았다. 가정(1522-

218 인연(人煙): 사람의 집에서 불 때는 연기.

1566) 융경(1567－1572) 사이에 어떤 한 백성이 작은 송아지를 짊어지고 길도 나지 않은 골짜기로 들어가자 관가의 벼슬아치가 그가 달아나는 백성인가 여기고 꼬치꼬치 힐문하니, 말하였다.

"아주 깊은 곳에 기름진 벌판이 있는데 말과 소도 도달할 수 없습니다. 반드시 사람이 망아지·송아지를 지고 들어가 키워서 써야만 합니다."

관가에서는 군관을 시켜 그 백성의 뒤를 밟아 그 길을 알아내도록 하였으나 험한 길을 오르내리며 간 지 수일 만에 길을 잃고 말았고, 그 백성은 분명하게 밝히려 하지 않았으므로 관가에서는 노하여 그를 죽였다 한다.

천계 2(1622)년 내가 송천사松泉寺에서 지낼 때 법환法環이라는 납의 입은 한 중을 만났다. 그가 말해 준 내용이다.

젊었을 적 향산 향로봉에 올라 북쪽을 바라보니 높고 큰 산에 막혀 차단된 푸른 하늘의 넓고 아득한 밖에, 혹자가 말하기를, 고향산古香山이 있는데 그곳은 별세계로 옛사람이 살던 곳이었으나 지금도 세상을 피하여 숨어 사는 사람이 있다는 것이었다. 법환이 이 말을 듣고 즐거워 마침내 소나무 껍질과 잣나무 잎으로 건량을 만들어 매개해 주는 이 없이 그 터를 찾아 들어갔다. 삼나무·노송나무가 하늘 높이 솟아 있어 해와 달도 보이지 않을 정도로 푸르게 우거진 가운데 토끼 발자국, 원숭이 길 하나 없었으며 원근이 고요하여 새 우는 소리 하나 들리지 않았지만 이따금 띠

풀 길을 헤쳐서 다니는 길임이 표시되어 있었다. 법환은 노숙해 가며 북쪽으로 8일을 갔는데 인가는 보이지 않았다. 한곳에 이르니 논이 산비탈에 의지해 있는데 전혀 벌목을 해 주지 않아 벗겨진 나무껍질만도 주위에 몇 자는 쌓여 있어 나무로 하여금 선 채 고목이 되게 하였다. 땅을 파 난목亂木 사이에 벼를 심어 도랑이나 밭두둑 이랑의 구분도 없었지만 그 벼이삭은 말총 같았다. 나무를 베어내 높은 시렁을 만들어 그 위에 벼를 쌓았는데 곳곳이 천 석들이 만 석들이 곳간 같았다. 바위에 걸치고 골짜기를 막아 큰 절을 세웠는데 금빛과 푸른빛이 환하게 비쳤고 모든 방이 다 따뜻했다. 백여 명의 중들이 그곳에 살면서 우마나 탈것도 없었으며 나라 사람들과 더불어 왕래하지도 않았다. 다만 수천 리 밖에서 소금을 사야 하기 때문에 띠풀로 표시한 길로 인해 가는 길을 알 뿐이었다. 소금을 운반할 때 세 번 굽고 열 번 햇빛에 말려 낙엽을 겹겹이 깔고 긴 노끈으로 묶었다. 때문에 비록 물속에 던진다 해도 물이 묻지 않았다. 등에 지고 가져오기 때문에 소금이 금과 같이 귀했다. 채소를 절이고 국 끓이는 데에는 모두 초목의 신 즙을 넣어 맛을 냈다. 풍토가 모질게 추워 이중 창 이중 복도가 아니면 편안할 수 없었으나 곡식이 쌓이고 쌓여 사람들이 모두 백 살이 넘도록 살았으니 진실로 이른바 별유천지 비인간이었다는 것이다.

옛날에 만호萬戶 황유黃裕에게 들으니, 여정閭廷과 무창茂昌의 경내를 찾아 들어갔는데 4월인데도 얼음과 눈이 있어 얼음 진창 속에 목까지 빠졌다고 한다. 고기 크기가 정강이만 해 얼음을 깨고서 마음껏 손으로 잡아 나무에 걸어 두었다가 며칠 후 돌아가는 길에 가져왔는데 아무도 가져가는 자가 없었고, 토지의 비옥함이 나라 땅의 열 배는 더하였다고 들었다. 지금의 이 옛 향산이라는 곳이 여정과 가까워 풍토가 비슷한 것 아닌가. 법환은 한 달 남짓 머물다 돌아왔는데 소금 없이 음식을 먹었기 때문에 돌아올 때는 무척 수척해져 뼈가 드러나 있었다. 황유는 본디 각기병이 있었는데 얼음진창에 빠졌다가 나온 이후로는 평생 동안 병이 없었다.

(167) 정엽의 「후목설」

우리 마을에 사는 참판 정엽[219]이 「후목설朽木說」을 짓고서 항상 잘 지었다며 스스로 칭찬하였는데 아직 보지 못했다. 의관醫官 원응진元應辰의 집을 빌려 사는데 그 벽에 한 조그만 종이가 붙어 있었다. 그 글의 내용은 다음과 같았다.

"밤중에 어떤 물체에서 별똥별 빛 같은 광채가 나기에 내가 몸

219 정엽(鄭曄: 1563, 명종 18 – 1625, 인조 3): 조선 중기의 문신. 호는 시회(時晦).

시 기이하게 여기고는 아침에 가서 보니 썩은 나무였다. 아아! 썩은 나무는 하나의 더러운 물건일 뿐인데 밤이면 빛을 내니 대낮이 아니라면 그것이 썩은 나무인 줄 그 누가 분별하겠는가."

내가 처음에는 의관의 작품이라 여기고 몹시 기특하게 여겼는데 정엽의 작품인 줄 알고서는 나 또한 그다지 기이하게 여기지 않았다.

(168) 독수리 잡는 법

어떤 야객野客이 벗들을 모아놓고 개를 삶아 소반 음식으로 충당하려 하는데 독수리 한 마리가 부엌에서 일하는 사람을 후려쳐 머리와 얼굴에 상처를 입혔다. 그러자 객이 말했다.

"저놈을 잡는 것은 쉽습니다."

이에 작은 돌을 주워 개 배에 넣어 썰어서 한 삼태기 가득 채웠다. 그것을 밭 가운데 놓고 엿보니 독수리가 밭에 내려와 그것을 곧 다 쪼아 먹는 것이었다. 건장한 노비로 하여금 큰 몽둥이를 들고 나아가게 하니 독수리가 날개를 푸드덕거리며 날아 오르려 했지만 땅에서 한 길도 오르지 못했다. 마침내 몽둥이로 한번에 쳐서 죽이니 만좌의 사람들이 통쾌해 하였다.

(169) 소쩍새와 두견

우리나라 사람들은 소쩍새(鼎小鳥)를 두견杜鵑이라 여긴다. 동국인들은 두견을 많이 읊지만 『황화집皇華集』에 실려 있는 전후 춘물春物을 읊은 중국 사신들의 시 가운데는 두견에 관한 것이 한 구도 없다. 사람들이 모두 말한다.

"두견은 촉조蜀鳥이다. 송나라 때 변경汴京 천진天津에서 울자 소요부[220]가 근심하였다."

우리나라는 추워 두견이 없는 것은 명백하다. 두성령[221]이 그림을 잘 그린다. 중국 화공들이 그린 백금도百禽圖를 얻어 모방하여 그린 가운데 두견의 형상은 노조老鳥 같았지 우리나라 소쩍새와 비슷하지 않았다. 그래서 동국인의 의심이 혹 풀리기도 하였다. 중국 사신 주지번이 오자 마침 소쩍새가 누대 가에서 우는지라 물어보니 말하였다.

"우리나라에도 있는 새인데, 이는 원조怨鳥이지 두견이 아니오."

소쩍새는 생김새가 작은 비둘기 같고 양 날개가 조금 붉다.

---

220 소요부(邵堯夫): 송나라 성리학자 소옹(邵雍)의 자(字).

221 두성령(杜成令): 이암(李巖: 1499, 연산군 5 – ?). 화가. 자는 정중(靜仲). 임령대군(臨瀛大君) 구(璆)의 증손. 꽃·새·벌레 등 동식물을 소재로 한 그림을 잘 그렸다. 벼슬로 두성령(杜城令)을 지냈다.

(170) 두루미의 독수리 공격

어떤 사람이 본 내용이다.

독수리가 두루미의 새끼를 잡아가니 두루미가 하늘 한복판을 빙빙 돌면서 크게 외마디 소리를 지르자 수많은 두루미가 하늘 가득 모여들었다. 새끼를 잃은 두루미가 먼저 독수리를 쫓다 밭 가운데 떨어졌다. 그러자 많은 두루미들이 독수리를 포위하여 둥근 진을 만들었다. 독수리가 성난 눈을 부릅뜨고 뛰면서 위협하니 수많은 두루미들이 눈을 부릅뜨고 노려보면서도 감히 앞으로 다가서지 못했다. 한참 후에 무리 중에서 유별나게 큰 두루미 한 마리가 진 밖에서 활보하며 나아가 몇 바퀴 돌더니 문득 바람이 일고 소낙비가 쏟아지는 듯한 형세로 사나운 긴 부리로 독수리를 한번 쪼자 독수리는 우러러보더니 질식하여 쓰러졌다. 그러자 수많은 두루미들이 경쟁하듯이 달려들어 쪼아 대어 모조리 찢어발겼다. 그런 후에야 획연히 흩어지는 것이었다.

(171) 성자항의 상마相馬

성자항成子沆은 문관이다. 말 감정을 잘하였다. 그의 사위 판관 안진安溱이 질 좋은 말을 사서 애지중지하였다. 다른 말 두 배는 먹여 길러 살찌고 기름져 날듯 달리는데 그 말을 끌고 뜰을 지나니 성자항이 한번 보자마자 말하였다.

"이 말의 등 털이 거슬러 서 있고 오장과 흉격이 벌려 있으니 넉 달도 지나지 않아 틀림없이 죽을 것이네. 빨리 저자에 내다 팔아 반값이라도 건지게. 그 값을 다 채워 받는 것은 사람을 속이는 것이니 옳지 않고, 그대로 머물러 두고 기른다면 본 값을 손해 볼 뿐 아니라 말을 먹여 기른 공도 다 헛일로 돌아가고 말 것이네."

안진이 무척 괴이하게 여겨 말했다.

"저의 말이 이처럼 살쪄 기름지고 길 가는 법이 이 같으며 아침 저녁으로 꼴과 콩을 먹는 것도 줄지 않았는데 무슨 속병이 들었다고 반값만 받고 팔겠습니까."

그런 지 넉 달 후 과연 아무런 병 없이 거꾸러져 죽었다.

일찍이 마루에 앉았다가 담장 밖에서 나는 말울음 소리를 듣고 말했다.

"이 말은 아무 병에 걸렸구먼. 몇 개월 지나지 않아 틀림없이 죽겠네. 주인에게 말해 주어라."

훗날 그 말이 과연 죽자 주인이 와서 사례하였다.

어떤 종실 사람이 질 좋은 말을 사고서는 성자항에게 보이고자 하였다. 성자항이 그때 별당에 있었는데 그곳이 협소하여 말을 들일 수 없었다. 밖에 세워놓고 몇 번 울게 하니 그가 말했다.

"굳이 볼 것도 없소. 우는 소리를 듣건대 오래지 않아 틀림없이 죽을 것이오. 빨리 팔아 그 값을 헛되이 버리지 마십시오."

종실 사람은 그 말을 듣고 웃으면서 믿지 않았으나 며칠도 지나지 않아 그 말이 죽어 무척 괴이하게 여겼다. 그의 말 감정이 이처럼 귀신같아, 세상 사람들은 그를 백락[222]에 비유하였다.

(172) 가축에게 입은 재앙

우리 집에는 사내아이 종 말석末石이라는 자가 있다. 성품이 어리석어 나이 20이 넘었는데도 자신이 태어난 해가 언제쯤인지 몰랐으며 열까지도 세지 못했다. 나이를 물어보게 하면 대답하였다.

"연전에는 열일곱이었는데 지금은 열여섯이에요."

할 줄 아는 것이라곤 오직 나무하는 것뿐이었는데 열 묶음의 수조차도 세지 못했으므로 힘으로 경중을 헤아려 지고 왔다. 온 집안 사람들이 비웃으며 그 연유를 물어보니 다음과 같았다.

그가 아이 적에는 용모 단정하고 타고난 성품이 영리하여 출중하였다. 아비가 들에 나가 김을 매면서 아이에게는 복분자를 따오라 시켰다. 바야흐로 여름이었으므로 붉은 복분자 열매가 숲 가득하여 맨살을 드러낸 채 광주리를 가지고 복분자를 땄다. 어

222 백락(伯樂): 주나라 때 사람으로 말의 감정(鑑定)을 잘하였으므로 널리 말에 관해 밝은 사람의 뜻으로 쓰임.

떤 마을 소가 그 숲에 매여 있었는데 무르익은 복분자 열매가 그 소 아래에 많이 있는 것이었다. 그래서 기어서 다가가 따려는데 소가 놀라 치받더니 뿔 위에 올려놓은 채 날뛰어 아이는 10여 길 공중으로 솟아올랐다 땅에 떨어지고 말았다. 혼미해진 정신을 수습하지 못하자 소는 더욱 노하여 코 꿴 줄을 당겨 끊어 버리고는 받고 뛰어오르기를 네댓 차례 하니 배의 안팎 살갗이 세 갈래로 찢어져 수십 자 길이의 오장육부가 쏟아져 나와 피가 도랑을 가득 채우니 까마귀가 다투어 쪼아 댔다. 나무꾼이 달려가 이 사실을 알리자 아비가 와서 보았는데 아이는 기절한 지 이미 오래였다. 드디어 아이를 안고 냇가에 나가 장을 씻어 뱃속에 도로 집어넣고 몇 리 떨어진 곳에 사는 의원을 찾아가 찢어진 곳을 꿰매고 또 장, 기름, 전초全椒, 생지황 등을 먼 마을에서 구해 와 한데 섞어 여러 그릇을 만들어 입을 벌려 먹이니 밤이 되자 소생하였다. 수개월이 지나자 봉합했던 피부의 상처도 다시 온전해졌으나 이로부터 정신이 갑자기 혼미해져 이처럼 어리석게 변했다 한다.

그런 지 수개월 후에 소의 주인이 소를 끌고 야외에 나가 소를 방사하였는데 날이 저물어도 돌아오지 않아서 집안 사람들이 괴이하게 여겨 가 찾아보니 소가 또 주인을 받아 죽여서 숲속에 엎어져 있는데 까막솔개가 내장과 두 눈을 다 쪼아 먹었으며 마을 개들은 그 살을 갈가리 찢어 놓은 것이었다. 사람들은 마침내 그 소를 나무 기둥에 묶어 놓고 네 다리를 찢고 큰 도끼로 그 목을 잘랐다.

아아! 접때 동자로 하여금 산과일을 탐하지 않도록 했다면 틀림없이 장을 봉합하는 환란을 보지 않았을 것이요, 또 동자의 장을 터트렸을 때 주인으로 하여금 그 소를 죽이게 했다면 까막솔개가 그의 장을 쪼아 먹고 마을 개가 살을 찢어놓는 참혹한 일은 당하지 않았을 것이다. 물성物性이 한결같지 않아 예측할 수 없는 화가 혹 집안에서 기르는 가축에게도 잠복해 있으니 삼가지 않을 수 있겠는가.

(173) 항아리를 뒤집어 쓴 개의 소란

가정 을사년(1545)에 나라에 억울한 송사가 있어 저자에 버려진 시신들이 많았으므로 여염 남녀들이 무서워서 가슴을 두근거렸으며 평상시 캄캄한 밤에 빈집 지키는 것을 두려워했다. 첨지 이의李艤의 집에 있는 장과 소금을 저장해 둔 창고에서 어떤 소리가 나는데 마치 독항아리가 우는 것처럼 은은하게 들리는 것이었다. 그래서 상황을 살펴보니 온통 희고 허리와 꼬리는 모두 짧은데 부리는 몇 자 정도 되는 물체가 빙빙 돌며 이리저리 헤매면서 우는 것이었다. 온 집안의 계집종과 사내종들이 놀라 두려워하며 감히 다가갈 수 없었으므로 무슨 물체인지 도무지 알 수 없었다.

그러는 중 혹자가 말하였다.

"틀림없이 재앙을 일으킬 거야."

이의는 무사였다. 마침내 그 부리를 활로 쏘니 '쨍' 하고 소리를 내며 깨어져 조각이 나더니 흰 개가 뛰쳐나와 달아나는 것이었다. 이는 길이 몇 자 되는 흰 항아리에 소금장을 담아 놓았는데 마을 개가 창고 속에 몰래 들어가 그 머리를 항아리 입에 집어넣었으나 양 귀가 입구에 걸려 뺄 수 없었기 때문에 발생한 사건이었다. 온 집안 사람들이 손바닥을 치며 크게 웃었다. 일찍이 『태평광기』를 보니 이런 일이 실려 있었다. 옛날과 지금이 무엇이 다르겠는가.

(174) 식인개 떼

노령蘆嶺은 전라도 장성長城 땅에 있다. 산 아래에서 어떤 사람이 사냥을 업으로 하여 살면서 집에 수십 마리의 개를 길렀다. 하루는 몽땅 취하여 집에 오니 집안 사람들은 모두 밭에 나가 있었다. 화로 앞에 취해 쓰러져 옷자락이 화로에 불타자 그 불길이 온몸에까지 뻗쳐 고기 냄새가 집안 가득하였다. 그러자 개 떼가 모여들어 모두 먹어치웠다. 집안 사람들이 돌아와 이를 보고는 개 떼를 거의 때려 죽였으나 대여섯 마리의 개들은 산속으로 도망가 버렸다. 그 개들은 이미 인육 맛을 알아버려 사람을 잡아먹고 싶은 생각에 긴요한 길목 갈대 우거진 숲속에 있다가 혼자서 지나가는 사람이 있으면 그때마다 떼 지어 나와 소리를 지르면서 숲속으로 끌고 들어가 먹어 치우곤 했다. 이러한 일이 날마다 반복되자 읍 사람들이 근심하여 무리를 모아 개 떼를 섬멸하였다.

(175) 호랑이를 잡아먹는 짐승

어떤 한 선비가 산사에서 공부하였다. 그 사찰은 몹시 커 높은 곁채와 넓은 뜰을 가지고 있었으며 형세는 시원하게 탁 트여 있었다. 선비가 여러 중들과 달밤에 한가하게 이야기를 나누고 있었는데 한밤중이 되자 하늘을 찢고 땅을 흔드는 듯한 큰 소리가 멀리서부터 이르더니 소만 한 호랑이가 뛰어와 곧바로 곁채로 들어가 몸을 숨기는 것이었다. 여러 중들이 놀라고 두려워 어찌 할 바를 모르는데, 얼마 안 있어 몸집이 언덕만 한 짐승이 호랑이를 쫓아 곁채로 오더니 호랑이를 물어뜯었지만 호랑이는 감히 저항하지 못했다. 그 거대한 짐승은 마치 고양이가 쥐를 잡아먹듯이 호랑이를 잡아먹고 돌아갔다. 호랑이는 머리를 숙이고 꼬리를 흔들면서 몸의 반절이 입 속에 들어가 사지가 땅에 닿지도 못하였다. 그 짐승의 거대함은 형용할 수 없을 정도였는데 그것이 어떤 짐승인지는 알 수 없었다.

또 북도의 보루를 지키는 어떤 장군이 수색하러 산에 들어갔는데 홀연 큰 호랑이가 미친 듯이 달려오더니 두려워하며 달아나 급히 바위굴로 달려들어 몸을 감추는 것이었다. 조금 있자 크기가 개만 한 한 마리 짐승이 몸체는 청색이고 눈은 금방울 같았는데 호랑이를 뒤쫓아왔으나 잡지 못하고서 한참을 우두커니 서 있다 갔다. 그런데 그 형상이 그림 속에서 보는 사자 같았다 하는데, 이 또한 무슨 짐승인지 알 수 없다.

내 생각으로는 선비가 봤던 것은 표잔彪虥인 듯하다. 고서에 표잔은 거대한 짐승으로 호랑이를 먹을 수 있다 하였다. 보루를 지키는 장군이 보았던 것은 틀림없이 산예狻猊이다. 고서에 의하면 산예는 사자로, 서역西域에서 나는데 그 소리를 들으면 호랑이와 표범도 위엄에 눌리어 엎드리며, 하루에 3천 리를 간다 한다. 서역의 사자가 우연히 우리 북도에 온 것 아닐까. 알 수 없다.

(176) 푸른 털 짐승

한유의 시에 이르기를,

그윽하고 어린 푸른 것이 떨어지니

비취 새의 깃 아니네.

라 했는데, 이는 곧 어산魚山 중에 있는 기이한 짐승의 털이다. 우리나라에는 깊고 큰 산악이 많아 산사의 중들이 높은 나무에 길이가 여러 자 되는 푸른 털이 걸려 있는 것을 많이 보는데, 짐승이 등과 어깨를 부비다 남긴 털 및 수염의 자취임을 알 수 있다. 산중에 눈이 많이 쌓일 때는 나무가 반절 이상 묻혔다가 눈이 녹은 후 올려다보면 털이 나무 위에 있기 때문에 이런 말을 하는 것이다. 내가 금강산에 머물 때 그곳에 사는 중에게 들으니 대부분 말하였다.

봄과 여름철 풀이 자라는 날에는 진흙에 빠졌던 짐승의 발자국이 푸른 풀에 묻어 있는데 풀을 밟은 발자국 크기는 한 자 반을 넘고(동방 베와 비단은 자(尺)로 잰다) 원의 지름은 한결같아 전후에 크고 작음이 없다. 털은 짙은 푸른색이며 길이는 말꼬리만 하고 크기는 가는 노끈만 하다. 나무껍질을 이빨로 끊어 놓고 털을 나무 허리쯤에 걸쳐 놓는데 키 큰 사람이 발을 디디고 도끼자루로 끌어당겨도 높아 닿지 않을 정도였다. 산중에서 늙은 중도 한 번도 그 짐승의 모습을 본 적이 없다 하니 어떤 짐승인지는 모르겠다.

(177) 야차

신립申砬이 북도의 병마절도사가 되어 호인[223]들을 위해 향연을 베풀어 그들을 먹였다. 그 가운데 늙은 만주인이 사냥으로 생업을 삼아 사는데, 만주의 금수에 대하여 많이 알고 있었다. 신립이 물었다.

"당신은 젊어서부터 산에서 사냥을 했을 텐데 만주에는 어떤 별난 짐승이 있습니까."

그가 대답했다.

"젊었을 적에 사슴을 쫓다가 백두산에 들어갔는데 어떤 한 짐승이 마치 거인처럼 서 있는데 키가 수십 자였습니다. 온몸에 긴 털이 나 있고 머리는 풀어헤쳐 어깨까지 닿았고 생김새는 모질고 사나워 보였습니다. 등에는 한 아이를 업고 있었는데 키가 10여 자였습니다. 앞을 지나 달려가는 사슴을 보고는 뛰어 단 한번에 붙잡더니 다리를 찢어서 등에 있는 아이에게 주어서 먹게 하는 것이었습니다. 저는 땅에 엎드려 몸을 숨겼다가 살아날 수 있었습죠."

그 짐승은 아마도 야차夜叉 부류가 아닌가 한다.

---

223 호인(胡人): 만주 사람을 일컫는 말.

(178) 문화유씨와 호랑이의 인연

문화文化의 장교[224]로 이름은 알 수 없는 유 아무개가 있었다. 옛날에 방백이 안악安岳에서 출발하여 신천信川에 이르니 현령이 유를 시켜 안부를 묻게 했으므로 밤을 무릅쓰고 길을 갔다. 신천과 문화 사이에 있는 한 고개의, 나무가 무성하고 다니는 길이 무척 후미진 곳을 지나는데 그곳에 어떤 호랑이가 길을 막고 입을 벌리고 서 있는 것이었다. 유가 앞서기도 하고 뒤처지기도 했으나 호랑이는 끝내 떠나지 않고서 가는 곳마다 따라오며 앞길을 막으므로, 유는 스스로 벗어날 수 없겠다고 헤아렸다. 때는 새벽달이 막 생겨난 때였다. 그런데 보니 호랑이 입을 가로지른 어떤 물체가 있는데 호랑이는 기기도 하고 일어났다 엎드렸다 하면서 발로 자신의 입을 가리키는 것이었다. 유는 죽음을 무릅쓰고 나아가 경계하며 말하였다.

"내가 지금 너의 입에 있는 물건을 꺼내 줄 테니 나를 물지 않겠지?"

호랑이가 머리를 끄떡이며 일어나 절하며 입을 벌렸다. 유가 팔뚝을 걷어붙이고 입에 문 물건을 찾아 빼니 철로 된 긴 비녀였다. 호랑이가 꼬리를 흔들며 일어나 절을 하며 감사해 하는 몸짓

224 장교(將校): 조선조 때 품계가 없는 하급 무관.

을 하고 떠났다. 이는 대개 방백이 안악에 이르자 기녀가 객사에서 나와 집에 식사하러 가다 호랑이에게 잡혀 먹혔는데 긴 쇠비녀는 바로 그 기녀의 머리에 꽂았던 것이었다.

그런 지 얼마 지나지 않아 유의 부친이 죽어 장사 지내려 하는데 어떤 호랑이가 묘혈을 가로막고서 마치 꾸짖어 못하게 하려는 의도가 있는 듯하였다. 그러더니 다른 산으로 가 그 땅을 움키고는 마치 구덩이를 팔 일이 있는 것처럼 하였다. 즉시 이전의 묘혈을 버리고 호랑이가 움켜쥔 곳을 새로 택하여 장사 치렀는데 그 후 유거달柳車達을 낳아 승상이 되었으니 이는 바로 지금의 문화 유씨이다.

(179) 호랑이 얼룩이

김제金堤에 한 늙은 중이 있었다. 호랑이 새끼 한 마리를 얻어 길렀는데 자라자 한 살 된 송아지만 하였다. 중이 사랑하고 귀여워하여 얼룩이라고 불렀고 늘 사람들과 허물없이 지내며 놀았다. 하루는 늙은 중이 산으로 나무하러 갔는데 동자가 울면서 달려와 알렸다.

"얼룩이가 으르렁거리며 붙잡으려고 다가오는데 나를 물려는 것처럼 그래요!"

늙은 중은 몹시 괘씸하게 여기고 칼을 들고 좇아가니 호랑이가 두려워하며 달아났다. 뒤좇아가 찢어 죽이고자 했지만 잡지 못하고 발뒤축만 잘랐을 뿐이었다. 호랑이 새끼가 그처럼 놀라 달아난 뒤로는 행동거지를 마음대로 하여 다시는 사람에게 길들여지지 않았다. 그 후로 마을에서는 호랑이 우환이 많았는데 사람을 만나기만 하면 잡아먹었고 그 자취를 살펴보면 발뒤축이 잘려 있는 것이었다. 그래서 얼룩이가 한 짓이라는 것을 알았다. 처음에 사람과 더불어 친하게 지내면서도 혀를 번득이고 이빨을 갈았던 것은 본디 바탕이 그러한데다 쉽게 처리할 수 있는 때를 미리 살폈던 때문이었다. 남원南原 둔덕리屯德里에 들어가 권농[225]이라고 부르는 소리를 듣고 권농의 집을 찾아가 문밖에서 기다리다가 사람 말을 흉내내어 말했다.

"둔덕리 권농! 권농!"

권농이 문을 열고 보다가 그에게 잡혀 갔다. 이로부터 마을에서는 밤중에 둔덕리 권농이라는 소리를 들으면 호랑이가 왔다는 것을 알았다.

225 권농(勸農): 조선조 때, 각 방이나 면에 딸려서 농사를 장려하는 유사(有司).

(180) 호랑이보다 더 포악한 인간

산에 들어가 땔나무를 하고 있던 홍천 백성이 문득 산을 요동시키고 골짜기를 뒤흔드는 소리를 들었다. 그 백성은 숨을 죽이고 높은 곳에 올라 바라보니 큰 호랑이와 큰 멧돼지가 싸우고 있었다. 멧돼지는 모퉁이에 의지하여 몸을 반쯤 바위에 감추고 두 개의 이빨을 드러내고 호랑이와 대항하였고, 호랑이는 물러났다 전진했다를 반복하면서 싸움을 돋우어 백 번쯤 교전하였다. 멧돼지는 그런데도 험지를 막고 지키면서 요지부동하였다. 호랑이는 멀리 달아나며 마치 그만두고 떠나는 것처럼 하였다. 그러자 멧돼지는 나와 사방을 돌아보고 다시 굴로 돌아왔다. 호랑이는 몰래 뒤 산에서 띠풀을 뜯어 둥글게 호랑이 형상을 만들어 한 다리로 그것을 안고 나머지 세 다리로 걸어와 몰래 바위굴로 다가가 생각지도 않던 틈을 타 큰 소리를 지르며 호랑이 형상 띠풀을 멧돼지 앞에 던졌다. 그러자 멧돼지는 호랑이인 줄로만 알고 그 띠풀을 이빨로 공격하느라 부지불식중 바위굴을 이탈하여 덤볐다. 호랑이는 그 틈에 멧돼지의 등 뒤에 올라타 목을 물어 죽였다. 그러자 이를 지켜보던 홍천 백성은 무리를 모아 호랑에게서 멧돼지를 빼앗아 먹었다. 호랑이는 비록 으르렁거리면서 울타리를 받아도 사람들은 태연자약하게 먹었다. 이를 본 객이 말하였다.

“호랑이만 포악한 것이 아니다. 호랑이보다 더 포악한 것은 사람이다.”

(181) 인제현의 백성과 살림 차린 암곰

가정 연간에 강원도 인제현의 백성이 산에 들어가 나무를 하다가 검은 곰을 만났는데 곰은 그 백성을 발로 밟아 눌러서 꼼짝 못하고 누워 있게 하는 것이었다. 백성은 한참을 누워 있다 위를 올려다보니 곰의 음부가 마치 여자의 그것 같았다. 그래서 손톱으로 오래도록 긁어 주니 곰은 무척 좋아하며 벌러덩 드러누운 채 그 백성을 잡고 놓아 주지 않았다. 그래서 결국 곰과 함께 남녀의 기쁨을 나누고 말았다. 곰은 그를 무척 사랑하여 굴속으로 데리고 들어가더니 큰 바위를 쌓아 성채를 만들고 그곳에 마치 감옥에 가두어 둔 것처럼 가두어 두고는 외출할 때면 늘 지붕 같은 큰 바위를 들어 입구를 막아 놓았다. 암곰은 애기풀을 뜯어와 깔개를 만들고 산중에 있는 온갖 과일을 따와 그에게 주니 진기한 것들이 많아 배불리 먹을 수 있었다. 이렇게 며칠을 지내자 곰 역시 신물인지라 사람의 말을 알아들을 수 있었다. 백성이 말하였다.

“내가 집에서 살 때는 쌀과 기장밥·생선과 고기를 먹었고 명주옷·마옷·면옷을 봄 여름으로 갈아 입었으며, 밤에 누울 때는 요가 있고 덮는 이불이 있었소. 날것으로 먹지 않고 끓이고 지져 먹을 수 있도록 부엌에서 늘 쓰는 그릇들이 있었으며, 싱겁게 먹지 않고 소금과 장으로 맛을 내고 칼로 잘라 먹었소. 이 같은 허다한 물품들이 없다면 나는 병들어 죽고 말 것이오. 당신에게 애걸하니 제발 나를 이곳에서 내보내 살아서 돌아갈 수 있게 해 주오. 이대로 바위굴 속에서 있다가는 말라 죽고 말 것이오."

이런 후로는 곰이 마을 집에 들어가 메조·백미·술독·장독을 훔쳐오는데, 마치 사람처럼 두 발로 선 채 이고 오기도 하며, 마소처럼 지고 싣고 날라 오니 명주옷·비단솜옷·비단이불·채색이불·가마솥과 다리 굽은 솥·그릇붙이 등 가져오지 않는 물건이 없어, 인간의 크고 작은 도구들을 모두 쓸 수 있게 되었으니 마치 부잣집처럼 풍족했다. 날마다 사슴·돼지·노루·토끼 및 민간의 닭·개·소·양 등의 고기를 떨어지지 않도록 잇달아 대 주었는데, 오직 칼과 날카로운 물건만은 가져다주지 않았다. 백성은 굴속에서 곰을 아내 삼아 살면서 배고프고 추운 것을 면하였을 뿐만 아니라 재물을 풍족하게 쓸 수 있는 수준까지 이르렀다. 옷은 가볍고 침상의 이불은 따뜻하며 고량진미를 배불리 먹고 맛좋은 탁주를 취하도록 마실 수 있었고, 진수성찬을 늘어놓고 불에 익혀서 먹었지만 문을 여닫는 것은 오직 곰만이 할 수 있어 집으로 돌아갈 희망은 실패로 돌아가고 말았다. 3년을 살면서 곰이 자신을 믿어 의심하지 않게 된 것을 알고 따뜻한 말로 달래었다.

"나와 당신이 비록 다른 부류이지만 이미 부부가 되었고 따뜻하게 사랑하는 마음이 합하여 서로 의심하지 않는데도 저 막아놓은 돌문만은 날로 더 견고해지니 울적하고 답답하오. 당신이 나가 다닐 때 문을 닫아 놓지 않는다 해도 내가 어디로 가겠소."

이로부터 곰은 문밖을 나서면서도 문을 막아 놓지 않았고, 백성 또한 곰이 꽤 오래 있다 돌아와도 굴을 떠나지 않았다. 곰은 점점 그를 믿게 되었다. 백성은 기회를 타 달아나고자 하였으나 곰이 뒤쫓아와 잡을 것이 겁났다. 그래서 곰을 멀리 나가게 해 거듭 도망하는 일이 없도록 하고 싶어 곰에게 거짓으로 말하였다.

"내가 춘천春川 아무 마을 아무 집에 있을 때는 부모형제들이 모두 살아 있었는데 소식이 끊어진 지 이제 3년이 되었소. 편지 한 장 전하여 그들이 살았는지 죽었는지 알아보고 싶은데 당신이 이 편지를 전해 줄 수 있겠소."

곰이 고개를 끄덕였다. 그로 인해 봉서 한 통을 주어 보내고 곰이 멀리 갔으리라 짐작되자 몰래 달아나 집으로 돌아왔다.

집 사람들은 그 백성이 실종되자 산에 들어가 나무하다 호랑이에게 잡아 먹혔으리라 여기고 삼년상을 이미 마친 상태였는데 그가 나타나자 모두 귀신이라고 여기고 놀라 달아났다. 백성은 그 전말을 모두 갖추어 진술한 후 서로 붙잡고 통곡하였다.

곰이 돌아와 굴을 보니 그 백성이 없었으므로 온 산을 돌아다니면서 미친 듯 울부짖었으니, 산 가까이 있는 촌락치고 파손 당하지 않은 곳이 없었다. 이처럼 사나흘을 밤낮없이 찾아다니더니 곰은 결국 음식 먹는 것을 끊고 스스로 죽었다. 인제 백성은 굴속에 쌓여 있는 재물과 그릇붙이를 가져와 쌓아 두고 사용하여 마침내 부자가 되었다.

우리 처가의 계집종 남편으로, 원주原州의 향리인 김윤金允이라는 자가 이 일에 관해 듣고는 부러워했다. 일찍이 산에 갔다가 암곰이 음부를 드러내놓고 누워 있는 것을 보고는 범하려 하는데 곰이 놀라 일어나 핥아 대어 뼈가 드러나 죽었다. 혹은 곰이 김윤을 굴속에 가두고 살을 갉아 뼈가 드러나면 약을 발라 살이 돋아나게 하여 다시 핥았으므로 마침내는 뼈가 드러나 죽었다고도 전해진다.

(182) 보은 좌수 호랑이를 마주 들다

옛사람들의 만록漫錄은 모두 경험한 체험을 가지고 지은 책이기 때문에 허무맹랑한 말이 아니다.

보은현報恩縣에 향임[226]과 좌수[227]가 있었는데 산에서 사냥하다가 한 죽은 호랑이가 누워 있는 것을 보았다. 소리쳐 불러도 움직이지 않고 돌멩이를 던져도 움직이지 않으며 몽둥이로 때리고 가

226 향임(鄕任): 향리(鄕吏)의 악폐를 방지하고 수령을 보좌하는 향소(鄕所)의 임원.

227 좌수(座首): 지방의 주(州)·부(府)·군(郡)·현(縣)에 둔 향청(鄕廳)의 우두머리. 육방(六房) 중의 이방(吏房)과 병방(兵房)을 맡아 봄.

까이 다가가도 움직이지 않았다. 화살과 칼 창으로 시험해 보고자 하였으나 좌수가 모피 상하는 것을 아깝게 여겨 그만두게 하니, 사물을 밝히 아는 자가 말하였다.

"호랑이는 죽을 때 반드시 산골 물에 꼬리를 두고 산 쪽으로 머리를 둡니다. 이렇게 하지 않으면 죽은 호랑이가 아니지요."

좌수는 그 말에 귀 기울이지 않고서, 활로 쏘아 보지도 칼질해 보지도 않은 채 사냥꾼으로 하여금 마주 들게 하여 몇 리를 가니 죽은 줄로만 알았던 호랑이가 머리를 들고 사방을 둘러보더니 뛰어가 버렸다. 이웃 읍 사람들이 이 이야기를 퍼트려 웃으며 비웃을 만한 일이 있으면 꼭 "보은 좌수 호랑이를 마주 들었네."라고 말하였다.

또 어떤 사람이 고양이를 사랑하였는데 고양이가 품속에 들어와 물리쳐도 나가지 않더니 드디어는 젖을 물고 오래도록 놓지 않았다. 독기가 온몸에 퍼져 사지에 모두 누런 부스럼이 났다. 의서를 보니 박하를 사용하면 그 독을 멈출 수 있다는 것이었다. 호랑이가 개를 먹으면 취하고 고양이가 박하를 먹으면 취한다.

(183) 물성의 신이함

족제비는 누런 쥐로 굴 안에서 길러진다. 암수가 먹이를 구하러 굴 밖에 나가 노니는데 어떤 큰 뱀이 굴속으로 들어와 새끼 서너 마리를 모두 먹어치우고는 배가 불러서 숲속에서 똬리를 틀고 있었다. 암수 족제비는 슬피 울부짖더니 큰 두꺼비를 이리 몰고 저리 몰아 뱀 앞에 이르러서는 두 개의 나뭇가지로 두꺼비의 배를 양쪽에서 끼고 두꺼비 꼬리를 뱀의 입 쪽으로 향하게 한 채 암수 족제비가 상대한 두 개의 나뭇가지 끝을 입으로 물고 단단하게 조이니 두꺼비가 뱀 입에 서너 차례 오줌을 갈겼다. 그러자 뱀은 꿈틀대더니 죽었고 족제비는 뱀의 배를 갈라 네 마리 새끼를 꺼내 핥아 주었다.

아아! 하찮은 짐승 또한 눈앞에서 통쾌하게 보복할 줄 아니, 모든 생물이 자애심을 공통적으로 가졌다는 것뿐만이 아니라 상극相剋하는 물성物性 또한 신이한 사실을 충분히 알 수 있다.

사람이 꿩을 잡았는데 일찍이 맞았던 화살 상처를 송진으로 메운 것을 보았다. 또 물고기를 보니 일찍이 작살을 맞고도 살았는데 상처 구멍을 송진으로 가득 채운 것이었다. 멧돼지 또한 활이나 창에 맞았어도 죽지 않으면 상처 난 구멍에 송진 바를 줄을 안다. 물성 또한 신령하다. 약을 써 치료하는 법을 스스로 아는 것이 어찌 그들의 지혜이겠는가. 하늘이 삶의 이치를 좋아하기 때문일 것이다.

(184) 장함초

큰 뱀이 산 노루를 휘감아 노루가 거의 죽을 지경이었으나 스스로 풀지 못하고 있는데 어떤 산 중이 지나가다 이 광경을 보고 불쌍하게 여겨 석장을 휘둘러 뱀을 풀어 주어 노루는 살아날 수 있었다. 그 후로 매일 밤이면 큰 뱀이 중이 거처하는 문밖에 똬리를 틀고 있어 조심하여 피하였으나, 하룻밤은 중이 문을 나서다가 잘못하여 그 뱀을 밟고 말았다. 그러자 뱀은 정강이를 물어 중의 온몸에 종기가 나 문드러져 그 독을 이기지 못하고 거의 죽을 지경이 되었다. 중은 별도로 초막을 엮어 절 밖 산 곁에 옮겨가 정신을 잃고 까무러쳐 자신을 살피지 못하고 있는데 문득 어떤 노루가 한 풀을 물고 와 종기 난 곳에 문지르니 조금 있다가 깨어났다. 이같이 여러 차례 반복하여 눈을 떠보니 전날 뱀의 재앙을 만났던 노루였다. 중은 점점 낫게 되어 그 풀을 살펴보니 풀의 뿌리는 네모지고 잎은 참깨 부류 같았으나 무슨 풀인지는 알 수 없었다. 속명으로 참깨라고 하는 것은 방언으로는 호마자胡麻子로 마치 흰 이(虱)처럼 생겼는데 그 즙을 취하여 향유를 만들면 벌레 독을 제거할 수 있다. 그 후에 장계군長溪君 황정욱黃廷彧이 부스럼을 앓아 벌레가 생겼는데 재 가루를 바르자 즉시 나았다. 황정욱이 세세히 물어보니 의원이 말하였다.

"부평富平 아람산阿藍山에 풀이 있어 뿌리는 네모지고 잎이 참깨 같은데 그 재가 능히 벌레를 죽일 수 있어 부스럼을 주로 치료합니다."

황정욱이 효험 보았던 것이 노루가 물고 왔던 풀인가? 은혜와 복수에 대한 보복이 생물에게도 있으니 어찌 사람에게만 있는 일이겠는가. 또 약을 써 병을 치료하는 것은 미물도 본래부터 능히 알고 있는 것이다.

근자에 어떤 사람이 화살 맞은 꿩, 창 맞은 멧돼지, 작살 맞은 물고기를 보고 모두 송진으로 그 상처를 메워 주자 나았다. 옛날에 어떤 뱀이 풀을 머금어 부스럼을 치료할 수 있었는데, 근자에 노루가 입에 물고 왔던 풀은 이름을 모르니 장함초獐含草라 칭하는 것이 좋겠다. 이 풀은 산마다 생겨나지 않는 곳이 없지만 특히 습지에서 많이 생겨난다. 가지와 잎은 네 개가 나오며 잔가지 끝은 많고 잘며 꽃은 엷은 홍색이다. 생김새는 연밥 껍질 같다.

(185) 호랑이의 독기

내가 일찍이 관찰해 보니 고양이가 횃대 아래에서 닭을 지키고 있자 닭이 저절로 떨어졌고 구멍에서 쥐를 지키고 있자 쥐가 스스로 나오는 것이었다. 이는 독기에 현혹된 때문이었으니 늘 이를 이상하게 여겼다. 얼마 전에 김영남金穎男이 전라도사全羅都事

가 되어 얼마간 절에서 있었는데 밤에 밖에 있는 뒷간에 가다가 정신이 혼미해져 땅에 쓰러져 기절했으므로 수행하던 자가 업고 들어왔는데 한참 후에야 나았다. 다음 날 보니 뒷간 밖에 호랑이가 웅크리고 앉았던 곳이 있었다. 또 꼬리를 흔든 흔적도 있어 땅이 쓸려 먼지가 없는 것이었다. 그래서 호랑이 독기가 엄습했었다는 사실을 깨달았다. 동지同知 권환權懽이 상을 당해 시묘하고 있었는데 밤에 밖에 나가 뒷간에 갔다가 갑자기 정신이 혼미해져 땅에 쓰러진 채 인사불성이 되었다. 그의 노비가 부축하여 끼고 들어왔는데 잠시 후에 깨어났다. 그 연유를 모르다가 아침에 살펴보니 눈 가운데 호랑이가 낚아채고 웅크리고 앉아 꼬리를 흔든 흔적이 있었다. 호랑이 독이 불지불식 중에 기를 빼앗고 정신을 상하게 하는 것이 이와 같다. 혹은 호랑이 독이 아니라 창귀倀鬼라고 말하기도 한다. 산에 거주하거나 들에 거처하는 데 있어 이보다 근심스러운 것은 없다. 속담에서 말한다.

"시골에 살며 세 가지 두려운 것이 있으니 뱀·호랑이·원님이다."

(186) 용이 되어 오른 잉어

동지同知 박근배朴根培는 참판 양응정梁應鼎의 장인이다. 나주 용진산湧眞山 아래에 살았는데 큰 못을 파 물고기를 길렀고 화려한 정자를 지어 그곳에 거처하였다. 이웃집에 사는 어떤 노인이 잉어를 보내 주었으므로 그것을 못에 풀어 주었더니 정자 위에서 손님과 상대하여 있을 때면 늘 그 잉어가 못 밖으로 얼굴을 내밀고 입을 벌름거리는 것이어서 박 공은 음식 던져 주는 것을 일상으로 삼았다. 이같이 5, 6년이 지난 후에 그 잉어가 물 깊은 곳으로 몸을 감춰 버려 여러 해 동안 얼굴을 내밀지 않는 것이었다. 이에 박 공이 물가에서 꾸짖으며 말했다.

"잉어야, 다시 나와라. 지난번에 나에게 5, 6년 동안 먹이를 얻어먹더니 요마적부터 모습을 감추고 나오지 않으니 용이 되어 하늘에 오르고자 하는 것 아니냐. 만약 다시 보는 일이 있으면 당장 활로 쏠 것이다."

이로부터 못의 물이 깊고 맑아 잎이 밑바닥까지 가라앉아 반드시 물가에 잠겼다. 물가 언덕이 비바람에 씻겨 수년 사이에 모두 다 흰 모래땅을 이루었다. 하루는 박 공이 정자 위에 편안히 앉아 있는데 삼대 같은 비가 세차게 쏟아지며 바람이 미친 듯이 불어서 나무가 뽑히고 문득 한 물체가 못 속에서 기둥을 덮으며 올라오는데 긴 입술, 솟은 코, 쌍으로 된 뿔이 높고도 높았다. 온몸이 붉은색 비늘로 덮여 있고 손톱·발톱은 교착되어 있으며 백발이 한 길 남짓한, 꿈틀거리는 한 마리의 큰 용이었으니 길이는 10여 척이었다. 구름 기운이 사방에서 모여들고 번갯불이 번쩍이더니 잠깐 사이에 몸을 솟구쳐 하늘에 올라가 버렸다. 줄행랑 수십 개의 기둥이 긴 꼬리의 휘둘림에 맞아 완전히 텅 비게 되었다.

(187) 용마의 출현

공홍도公洪道 수영水營은 보령保寧 해상에 있다. 그곳에는 영보정永保亭이라는 정자가 있었는데 어떤 흰 용마龍馬가 간혹 해상에 나와 노는 것이었다. 파도 위로 뛰어올라 마치 평지를 가듯 달려가는 모습이 전광불이 내닫고 바람이 빠른 것 같았다. 그 갈기와 꼬리는 말과 꼭 같았으며 마치 눈서리처럼 희었다.

민간에 전하기를, 용이 출현하면 읍에 경사가 있으며 수사水使는 반드시 은상[228]을 입을 것이라 한다. 지난 문서를 상고해 보면 초택楚澤의 용을 항우가 능히 제어하여 탔다 했으며, 못의 말이 언덕에 뛰어올랐다 했으며, 또 이르기를 용마가 노끈을 가지고 놀다가 노끈으로 묶임을 당했다고도 했으니, 지금의 이 용마를 만약 어떤 사람이 고삐를 매어 잡고 몰 수 있다면 지상의 용구[229]가 되지 않는다고 어찌 장담할 수 있겠는가.

---

228 은상(恩賞): 임금이 상을 내림.

229 용구(龍駒): 준마를 이름.

(188) 용과 구름

중 천연天然이 해서의 은율殷栗을 지나는데 대낮에 구름 기운도 없더니 문득 중천을 보니 황룡과 백룡이 동쪽과 서쪽에서 갑자기 일어나 서로 만나 허공을 가로질러 싸우는데 잠깐 전진했다 잠깐 물러나기도 하며 내려갔다가 올라가기도 하는 것이었다. 밝은 해가 인갑鱗甲에 비추니 찬란하게 서로 비추다가 시간이 조금 흐르자 마치 물이 골짜기로 달려가듯 뜬구름이 사방에서 모여들어 우르릉 쾅쾅 벼락이 치고 번갯불이 번쩍이더니 노끈 같은 빗발이 쏟아지고 우박이 날렸다. 한참 그러더니 서로 더불어 몸을 숨기어 싸움을 그만두고 흩어지니 확연하게 맑게 갠 하늘이 되었다. 이를 보니 용이라는 것은 날아다니는 물체로, 반드시 구름이 있어야 따라 움직이는 것이 아니라 용이 움직이면 구름이 절로 따르는 것을 알 수 있다. 한유가 이미 "용을 구름이 따른다." 말했던 것은 진실로 장한 말이다.

(189) 용의 출현

만력 무오년(1618) 여름 5월, 길이가 열 길인 큰 배가 내다 팔 소금을 배에 가득 싣고 경강京江 용산龍山에 정박하였는데, 문득 큰바람이 불어 모래를 날리며 폭우가 내리고 천둥이 치며 강 물결이 거꾸로 말리는 것이었다. 얼마 안 있어 적룡이 허리를 펴 배 위에 가로로 오르더니 머리를 숙여 강바닥으로 숨어 물결 위로 꼬리가 조금 남았다. 꼬리 끝이 민둥하고 넓었으며 허리는 배 크기만 했으며 길이는 수십 자였다. 강 물결을 온통 철썩이니 물결이 설산雪山처럼 일어나 배 가득한 소금이 물결 따라 흩어졌고 배가 며칠에 걸쳐 이리저리 뒤집히니 뱃사람들이 모두 선주를 허물하며 말하였다.

"자고로 항해하는 자는 바다 신에게 기도 드리는데 이 배 주인은 비용이 조금 드는 것에 인색하여 함께 배를 탄 사람들의 말을 듣지 않았으며, 섬과 성황을 지날 때마다 모든 배들은 제를 지내는데 이 배만은 그렇게 하지 않았다. 그러므로 이전에도 해룡이 쫓아와 잠드蠶頭 아래 이르러 배를 등에 지었다 엎어 버려 많은 뱃사람들이 죽었는데 이번에도 또 배 가득하던 소금을 잃고 말았다."

용산 사람들이 모여 구경하며 혀를 내둘렀다. 옛 속담에 "용은 그 성품이 사람의 재물을 좋아한다." 하더니 거짓이 아니도다.

우리나라 사람들이 일본인에게 포로로 잡혀 남만南蠻과 교역하였는데 그 배는 마치 거북의 등딱지 같았다. 위에는 덮는 널판이 있어 큰 물결이 날아 덮쳐도 안으로 들어오지 못했으며 바다의 큰 물결 속을 출몰할 수 있었다. 마치 구멍이 막힌 박 같아 한 번도 자빠지는 일이 없었으며 그 안은 칠흑 같아 등불을 켜지 않으면 대낮에도 사물을 볼 수 없었다. 큰 따뜻한 방에는 채소밭이 있어 뱃사람과 처자식들은 배 안에서 늙어 죽었다.

바다에는 많은 용과 뱀이 있어 그들을 건드리면 배를 삼킬 수 있는데 그 크기는 서로 비슷하다. 다만 뱀은 구불거리며 용은 곧바로 간다. 용의 모습도 동일하지 않아 혹은 뿔이 있기도 하고 혹은 없기도 하다. 혹은 날개가 있으며 혹은 말처럼 생기기도 했다. 용과 뱀이 배 안에 이르면 늙은이 젊은이 할 것 없이 모두 징을 두드리고 닭 깃을 태워 냄새를 일으키면 코를 찡그리고 머리를 쳐들고 달아난다.

(190) 용의 이동

흥양興陽 풍안동豐安洞은 내가 새로 연 들 농지가 있는 곳이다. 만력 계축년(1613) 7월 13일 마을 사람인 지석동池石同과 우좌수禹左守가 들에 있는 높은 시렁 위에서 벼를 지키고 있었다. 초어스름에 폭우가 쏟아지고 격렬한 우레가 치더니 마치 천 개의 횃불을 늘어놓은 것 같은 열화가 천관산天冠山 절해고도 사이에서부터 먼 바다까지 뻗쳐 하늘을 놀래키고 땅을 진동시키며 오는데, 화염 가운데 검은 물체가 허공을 가로질러 있으며 큰바람이 그것을 모는 것이었다. 이에 두 개의 시렁이 바람에 뽑혀 공중을 선회하면서 올라가 바람결에 따라 높이 떠 신귀를 황홀케 하더니 이윽고 바람이 안정되자 그 두 개의 시렁이 중천에서 선회하며 내려와 천등산天燈山 마루 천장千嶂 만수萬樹 사이에 떨어지니, 그곳은 밤중에 묵었던 풍안에서 수십여 리 되는 곳이었다. 우좌수는 오른쪽 팔뚝을 다치고 지석동은 아무 곳도 다치지 않았다. 아침에 보니 해동 절대산截大山 장곡長谷에서부터 너비는 모두 40~50척이요, 길이는 수십 리 되는 물체가 서쪽 바다로 들어갔다. 그 사이에 그 물체가 거쳐 간 땅의 백 아름드리 거목은 마치 날카로운 칼로 해바라기를 잘라 놓은 것 같았고 자잘한 잡목조차도 남아 있지 않았다. 해변의 노인들도 모두 무슨 연고인지 알지 못했다. 혹자는 말했다.

"용이 노하여 옮겨 가는데 땅으로 지나갔지 하늘로 가지 않은 것이다."

혹자는 또 말했다.

"용이 길을 가면 반드시 하늘에 오르니 이는 용이 아니다. 악어에 속하는 부류이다."

(191) 호랑이를 삼킨 뱀

양양부襄陽府는 동쪽으로는 바다에 임해 있고 서쪽으로는 높고 험한 고개에 접해 있으며 기암괴석으로 된 첩첩의 산봉우리에는 초목이 무성하다. 만력 18(1590)년 마을의 어떤 아녀자가 산에 들어가 뽕을 따는데 큰 호랑이가 뛰어 앞으로 오는 것이 멀리서 보였다. 그녀는 마침내 높은 나무 위로 기어 올라가 피하니 호랑이가 나무 아래에 와서 지키는 것이어서 끝내는 호랑이 입에 들어가고 말겠구나 스스로 생각하였다. 얼마 안 있어 어떤 큰 소리가 산을 놀라게 하고 골짜기를 진동시키며 열풍이 몰려왔다. 그러자 호랑이는 미친 듯이 돌아보고 어찌할 바를 모르더니 엎어지고 자빠지며 달아났다. 수십 걸음도 채 가지 못했는데 어떤 거대한 뱀이 질주하여 뒤쫓아와 그 호랑이를 삼킨 채 동해로 들어갔는데, 그 뱀이 지나간 곳의 숲나무들은 꺾여 손상되었다.

이해에 윤경기尹慶祺가 양양 부사가 되어 직접 그 아녀자의 말을 들었다.

(192) 뱀보다 강한 사람의 독

전라도 보성군寶城郡에 나군羅君 못이 있는데 깊고 넓어 수많은 샘의 물이 모이는 곳이다. 해마다 사람들이 이곳에서 고기를 잡다가 혹은 물을 건너다가 번번이 큰 뱀에게 끌려 들어가 죽는 자가 이루 다 셀 수 없을 정도로 많았다. 그래서 군 사람들이 이를 근심하였다. 어떤 중이 힘이 좋고 의기가 있었는데 천관산에서 와 손에 푸른 보자기를 가지고 벗은 몸으로 그 못에 들어가니 마을 사람이 큰 소리로 외쳤다.

"이 못에는 큰 뱀이 있으니 선사님 제발 들어가지 마세요!"

중이 말했다.

"내가 그 때문에 왔소이다."

마침내 못 속으로 들어가더니 두 손을 솟구쳐 하늘을 가리킨 채 서 있었다. 많은 마을 사람들이 나와 그것을 구경하였다. 조금 있으니 회오리바람이 물 위에 불어와 물결 가운데가 갈라지더니 큰 뱀이 이르렀다. 뱀은 먼저 꼬리로 중의 허리를 동여 감고 입을 딱 벌리고 다가왔다. 중의 두 손은 물 밖에 나와 있었기 때문에 뱀의 동여맴을 입지 않을 수 있었다. 푸른 보자기로 급히 뱀을 싸 그 목을 몹시 강하게 누르니 뱀이 꼬리를 풀어 펼치는데 몸의 길이는 수십 척이었고 크기는 대들보만 하였다. 중이 뱀의 머리를 씹어 깨물고 그 머리를 부수니 한참 후에 죽었다. 그 뱀을 끌고 육지로 나오니 이마 위에 검은 글자로 '나군羅君'이라고 쓰여 있었다. 이로부터 나군에 뱀의 우환이 없었으나 중의 위아래 이빨은 그때 모두 손상되었다.

지금 보성 사람들이 그 못을 이름하여 나군羅君못이라 한다. 뱀이 사람을 물면 사람이 반드시 죽을 뿐만 아니라 사람이 뱀을 물어도 뱀 또한 문득 죽는다. 사람의 독이 뱀 못지않은 것이다.

(193) 구렁이를 이기는 해동청과 멧돼지

어떤 큰 구렁이가 절벽에 올라 송골매 둥지로 들어가 그 새끼들을 모두 다 먹어치웠다. 송골매가 하늘을 맴돌면서 무리들을 이끌어들여 뭇 송골매들이 허공에 흩어졌으나 구렁이가 몹시 커 대적할 수 없었다. 구렁이가 꼼짝 않고 있자 한 송골매가 깃촉을 떨치며 멀리 가더니 한참 후에 한 마리 청조를 데리고 왔는데 제비보다 컸지만 비둘기보다는 작았다. 하늘에서 날개를 낮추고 내려와 곧바로 구렁이 머리에 내려앉았다. 그런 지 얼마 지나지 않아 뱀은 나무 위에서 턱이 빠진 채 축 늘어져 땅에 떨어져 죽었다. 청조는 깃촉을 흔들더니 동쪽으로 갔는데 향한 곳을 알 수 없다. 식자가 말한다.

"해동에 이름난 매가 있으니 해동청이라 부른다. 그 용감함으로는 백송고리[230]보다 더하니 이른바 매 중에서 왕인 자이다."

---

230 백송고리: 맷과의 한 가지. 성질이 굳세고 날쌔며 사냥에 쓰인다.

대체로 멧돼지가 뱀을 먹는다. 뱀과 멧돼지는 상극이다. 어떤 큰 구렁이가 나무에 매달려 있으니 멧돼지가 머리를 쳐들고 물고자 하였으나 뜻을 이루지 못했다. 멧돼지는 나무 아래 누워 죽은 체하고 밤낮을 계속하여 일어나지 않았다. 구렁이가 몹시 배가 고파 물고자 하여 나뭇가지에 매달려 꼬리를 펴서 멧돼지를 묶어 시험 삼아 당겨 보았다. 땅에서 한 길 남짓 들렸는데도 멧돼지는 여전히 움직이지 않았다. 그러자 구렁이는 비로소 나무에서 내려와 멧돼지를 칭칭 감았는데 멧돼지가 구렁이의 꼬리를 물고 암석과 나무 우거진 숲 속을 질주하니 구렁이의 비늘과 껍데기가 모두 벗겨졌다. 멧돼지는 마침내 마음대로 씹어 먹었다.

(194) 불탄 뱀으로 보신한 백성

어떤 한 산촌의 백성이 어리석고 무식하였는데 남의 집에서 붙어 살며 고용살이를 하였다. 바야흐로 봄을 당해 앓다가 한 달 만에 일어나 산에서 나무를 하는데 산불이 일어나 타기 시작하였다. 그런데 어디선가 단 향내가 바람결에 풍겨 오는 것이었다. 산촌의 백성은 그 향이 나는 곳을 찾아 골짜기로 들어가다가 큰 구렁이가 잿더미 속에 타 죽어 있는 것을 보았다. 하얀 피부 반절이 터져 꽃 같은 냄새가 산에 가득하였다. 그 백성은 병을 앓다가 일어난 끝이라 어느 결에 침을 줄줄 흘리며 사방을 돌아보니 마침 아무도 없는 것이었다. 이에 나뭇가지를 잘라 젓가락을 만들어 구렁이의 살갗을 헤쳐 보니 눈처럼 희었다. 시험 삼아 맛을 보니 진실로 견줄 데 없는 맛이었다. 집으로 돌아가 소금과 간장을 치고 풀에 싸 가려진 곳에 몰래 감추어 두고는 먹었다. 여러 날에 걸쳐 다 먹은 뒤 얼마 지나지 않았는데 뺨이 가렵고 가렵더니 종기가 나 호리병박만 하게 부풀었다. 바늘로 그 종기를 따니 그 가운데서 다른 것은 아무것도 없고 다만 이가 너덧 되 나왔다. 그래서 소금으로 씻고 기름을 넉넉하게 발랐다. 그 이후로는 종신토록 몸에 이가 생기지 않았으며 얼굴색이 누렇고 붉게 달아오른 기운이 약간 있을 뿐이었다.

(195) 뱀술의 특효

은진恩津과 석성石城 사이에 한 선비가 있었다. 고을의 유사[231]가 되어 장차 마을 사람들과 강신[232]을 의논할 때 쓰려고 술 한 독을 빚었다. 10일이 지나 술을 거듭 빚어 진하게 되자 단 향내가 코를 찔렀으며 누런 기름이 마디마디 술독 면에 떠 있었다. 마침내 주

231 유사(有司): 어떤 단체의 사무를 맡아 보는 직무.

232 강신(講信): 향약 때 여러 사람이 모여서 술을 마시며 약법이나 계를 맺음.

머니에 담아 술주자(醡)[233]에 올려놓는데 어떤 물체가 독 안에 있어 표주박에 닿는 것이었다. 표주박을 빼내고 보니 서까래만 한 큰 뱀이 독 안에서 똬리를 틀고 죽어 있었다. 온 집안 사람들이 놀라고 두려워하며 더럽다고 침을 뱉고는 술을 반절쯤 도랑에 부어 버리다가 곧 후회하여 약으로 먹고자 하여 다른 그릇에 담아 두었다. 그런데 문득 문밖에서 밥을 구걸하는 소리가 들려 나가 보니 부스럼 병을 크게 앓고 있는 남자로 무르익은 앵두 같은 붉은 종기가 얼굴 가득 나 있었다. 그래서 그 술을 표주박에 가득 부어 주었는데 그 표주박은 열 잔은 족히 수용할 만한 크기였다. 걸인이 다 비우자 선비가 말하였다.

"한 바가지 더 마실 수 있겠나?"

"예."

다시 주니 남김없이 유쾌하게 마시고는 지팡이를 끌고 시내를 건너가 시냇가에 취하여 쓰러졌다. 하룻밤을 자고 나니 몸 가득한 종기가 문드러졌는데 그곳에 색이 붉고 길이 몇 마디 되는 털 달린 벌레가 종기를 열고 땅에 쏟아지는데 거의 몇 되는 될 정도로 꿈틀꿈틀 기어 나오는 것이었다. 술이 깬 후에 선비에게 가 사실을 고하고 남은 찌꺼기를 더 달라고 구걸하였다. 선비가 그때서야 비로소 연유를 이야기하고 술독을 다 기울여 주었다. 한 달

233 술주자(醡): 술을 짜는 틀.

이 지나 걸인이 와 감사하는데, 지난날의 부스럼은 다 벗겨지고 이미 새 면목으로 변해 있었다. 이로부터 이 병을 앓는 자가 있다는 말을 듣고 뱀술로 치료하면 반드시 효험을 보았다.

(196) 뱀의 앙갚음

무인 박명현朴命賢이라는 자가 있었다. 만력 기축년(1589)에 큰 못가에서 한가로이 노니는데, 유난히도 큰 어떤 검은 물고기가 마름 사이에서 자맥질하는 것이었다. 그래서 잡고 싶었지만 그물·작살 같은 고기 잡는 도구가 없었다. 허리춤을 더듬어 보니 활촉을 깎는 칼이 있는데 작고 좁았다. 그래서 지팡이 끝에 그 칼을 달아 칼날이 다 들어가도록 찌르니 물고기가 몸을 돌리면서 뛰어올라 그 칼을 분지르고 달아났다. 그런 지 17년 후인 을사년에 박명현이 범법하여 충군[234]되어 돌아가다가 무료했으므로 이전의 그 못가에 가 또 한가롭게 거닐었다. 말을 버드나무 그늘에 매어 놓고 말채찍을 들고 서 있노라니 홀연 못에서 물결 소리가 급작스럽게 일어나므로 놀라 뒤돌아보니 큰 한 마리 뱀이 두 귀를 펼치고 머리를 쳐들고 물을 가르며 물가를 따라 무척 급하게 바로 앞으로

234 충군(充軍): 벼슬아치가 죄를 저질렀을 때에, 군역에 복무하게 하던 일.

달려오는 것이었다. 박명현은 도망해 피하고자 했으나 형세가 이미 급박했다. 그는 본디 용기와 힘이 있었지만 창졸간에 당한 일이어서 대항하여 반격할 만한 물건도 없었다. 그래서 들고 있던 말채찍으로 뱀의 머리를 치니 뱀의 기가 꺾였다. 박명현은 몸을 구부리고 더욱 달아나면서도 채찍질을 멈추지 않았고 사내아이 종들도 큰 바위를 들어 치니 뱀이 축 늘어져 죽었다. 크기는 몇 아름이었으며 길이는 10여 척이었고 머리 양쪽에는 귀가 있었다. 혹자가 말하였다.

"뱀 쓸개를 포로 만들어 약을 만들면 좋습니다."

뱀의 배를 갈라 보니 머리 아래 눈동자가 있는데 불쑥 튀어나와 있어 칼로 도려내니 쇳소리가 들렸다. 꺼내어 보니 박명현이 기축년에 검은 고기를 찔렀던 활촉 깎는 칼이 절반이 잘린 채 그 살 속에 박혀 있는 것이었다.

속담에, "검은 물고기는 뱀과 교통한다." "검은 물고기는 뱀이다." "뱀은 앙갚음할 수 있다."라는 등등의 말이 있다. 이 뱀은 17년이 지난 후에도 이전의 원수에게 능히 앙갚음할 수 있었으니 심히 독하다. 그러나 뱀은 영물이다. 칼날을 몸속에 갈마 두고 17년이라는 오랜 세월이 지난 후에도 그 칼의 주인을 알아보고 앙갚음하려 하였으니 또한 영묘하고 괴이하다.

(197) 정지승과 거북

시인 정지승은 일생 동안 산수를 사랑하여 용담龍潭 회계동會稽洞에 살면서 스스로 회계산인이라는 호를 지었고, 시냇가 빼어나게 아름다운 곳에 정사精舍를 짓고 거처하였는데 그 집을 총계당叢桂堂이라 이름하고 그곳에서 책을 읽으면서 스스로 즐겼다. 그런데 홀연 큰 거북이가 와 집 앞에 거처하는데 높이와 너비 모두 4, 5척이었다. 정지승의 아들 회시晦時 무리가 늘 그 거북이를 타고 다녔고 거북이는 거침새 없이 마음 내키는 대로 오갔으나 울타리 안을 떠나지는 않았다. 때때로 깊은 숲 골짜기에서 흰 기운이 떠 움직이니 정지승이 말하였다.

"우리 집 늙은이가 저곳에 숨었나."

동자가 가서 찾아서는 껴안고 돌아오는 것이었다. 이처럼 몇 년이 지난 후에 정지승은 온양으로 옮겨가 살게 되었는데 회계동 어른들에게 거북이의 소식을 물어보니 모습도 볼 수 없다고 하였다.

(198) 거북이를 죽인 응보

장홍의 어부가 수레 같은 거북이를 얻어 부사에게 바치니 부사 박상朴瑺은 기이하게 여겨 관아 동헌에서 기르며 가지고 놀았다.

어떤 한 객이 말하였다.

"제가 들으니 바다에 사는 거북이와 자라의 뱃속에는 야광주가 많다 합니다. 배를 갈라 취하십시오."

박상의 첩 옥생玉生이라는 자는 이름난 기생이었다. 노래와 거문고에 뛰어난 석개石介의 딸이었으며, 그녀 또한 노래 잘하고 가야금 잘 뜯는 것으로 장안에 이름나 있었다. 그녀는 박상에게 거북이를 죽여 야광주를 꺼내 가지자고 졸랐다. 그러나 박상은 "영물을 죽여서는 안된다."라고 거절했으므로, 옥생은 몰래 그 객을 시켜 거북이의 배를 가르게 했지만 아무것도 없었다. 그런 지 몇 달 지나지 않아 집에 불이 나 옥생의 두 아들이 죽었고 거북이의 배를 가르자고 부추긴 객과 칼을 잡았던 노인의 아들이 서로 뒤를 이어 죽었으니, 읍 사람들이 모두 거북이를 죽인 때문이라고 말하였다.

내가 「구협전龜莢傳」을 살펴보니 민가에서 큰 거북이를 얻으면 죽이지 않는다 했는데, 과연 헛된 말이 아니다.

(199) 잉어의 보은

예안禮安에 최씨 성을 가진 한 향리가 있었는데 손님을 영접해야 하는 아전의 사명을 위하여 장차 반찬거리를 마련하려는데 한 마리 큰 잉어를 얻었다. 긴 수염에 붉은 눈을 가지고 생김새가 무척 기이했는데 양 눈에서 눈물을 흘리더니 마치 사람처럼 눈물을 씻는 것이었다. 아전이 무척 가련하게 여겨 주방에 공급하지 않고 직접 호수에 가서 놓아 주었다. 그러자 잉어는 빙빙 맴돌더니 세 번을 뒤돌아보고 갔다. 그날 밤 꿈에 한 장부가 불쑥 문안으로 들어오더니 알리는 것이었다.

"저는 호남의 잉어입니다. 저를 살려주신 그대의 은혜에 감사하여 오늘 당장 들어가 임신하여 당신의 아들이 될 것입니다."

말을 마치더니 보이지 않았다. 놀라 깨어나 기이하게 여기고는 그의 아내에게 말하였다.

"내가 잉어를 놓아 준 것은 진실로 그 큰 덩치가 죄도 없이 죽어야 하는 것이 가여워서였지 보답을 바라서가 아니었소. 내 꿈이 무척 이상하오. 잉어는 영물이니 혹 신의 도움이 있을지 어찌 알겠소."

이날 밤 과연 아내는 임신하였고 남자아이를 낳아 이름을 철호澈湖라 하였다. 그 아이는 자라자 수염이 자라 배꼽까지 닿았고 생김새가 장대하고 훌륭했다. 말이 논리적이고 입심이 좋았다. 마침내는 초야에서 일어나 무과에 급제하였고 북쪽 오랑캐를 정벌하는 데 큰 공을 세워 관직이 정옥頂玉에까지 이르렀으며, 나이 80세가 넘어 죽었다.

(200) 홍어 후손인 유극신

진사 유극신柳克新의 벗이 극신에게 말했다.

"듣건대 자네는 홍어의 후손이라던데 그럴 만한 일이 있는가?"

유극신이 웃으며 말했다.

"우리 외가에 옛날 그런 말이 있었으니 터무니없는 말만은 아닐세. 옛날 현조玄祖 이전에 80 넘은 할머니가 계셨는데 한 달 동안 병상에 계시더니 하루는 자손과 시중드는 계집종에게 말씀하셨다네. '내 오랫동안 병상에 있어 무척 답답하고 괴로워 목욕하고 싶은 생각이 간절하다. 욕탕을 조용한 방에 갖추어 주려무나' 그러더니 온 집안 사람들에게 삼가 엿보지 말라고 경계하셨지. 만약 엿보면 집안 사람들에게 불길한 일이 생긴다는 말씀이셨어. 그래서 욕기와 향탕香湯을 진설하여 별실에다 두고 문을 굳게 닫고 다른 방에서 기다렸지. 그런데 물결치는 소리가 시간이 지나도 끊이지 않고 들리므로 온 집안 식구들이 걱정되어 들어가 보려고 하니 할머니는 다가오지 말라고 꾸짖으셨다네. 그러다가 결국 문을 밀치고 들어가 보니 할머니의 온몸이 대략 홍어로 변해 있었다는 거야. 그래서 집안 사람들이 모여서 상의하였다 하네. '비록 이물이라 해도 아직 생기가 있는데 염하여 매장하는 것은 편안치 않다' 하여 다 변하기를 기다린 후에 바다에 놓아 주었다지."

(201) 인어

김빙령金聘齡이 흡곡현翕曲縣의 현령이 되어 해변에 있는 어부의 집에서 일찍이 묵은 적이 있었다. 무슨 고기를 잡았느냐고 어부에게 물으니 대답하였다.

"어떤 백성이 낚시를 하다 인어 여섯 마리를 잡았는데 그중 둘은 창에 찔려 죽었고 나머지 넷은 아직 살아 있습니다."

나가 보니 모두 네 살 난 아이 같았는데 얼굴이 아름답고 고왔으며 콧마루가 우뚝 솟아 있었고 귓바퀴가 뚜렷했으며 수염은 누렇고 검은 머리털은 이마까지 덮었으며, 흑백의 눈은 빛나고 눈동자는 노랬다. 몸은 혹 옅은 적색이었으며 혹은 온통 백색이기도 하였다. 등 위에 옅은 흑색의 문양이 있었으며 암수 사이의 음양 관계가 사람과 한결같았다. 손바닥과 발바닥의 한가운데 주름살 무늬가 있는 것, 무릎을 껴안고 앉는 것까지 모두 사람과 다름이 없었다. 사람과 대하여 있어도 별 다름이 없는데 흰 눈물을 비처럼 흘렸다. 김빙령이 가련하게 여겨 어부에게 놓아 주자고 청하니 어부가 아까워하며 말했다.

"인어에게서 기름을 취하면 무척 품질이 좋아 오래되어도 상하지 않습니다. 날이 갈수록 부패하여 냄새를 풍기는 고래 기름과는 비교도 할 수 없습지요."

빙령은 인어를 빼앗아 바다로 돌려보내니 마치 거북이나 자라가 유영하는 것처럼 헤엄쳐 갔다. 빙령이 무척 기이하게 여겼다. 어부가 말했다.

"큰 인어는 사람 크기만 한데 이들은 작은 새끼일 뿐이지요."

일찍이 들으니 간성杆城에 어만魚蠻이 있어 인어 한 마리를 잡았는데 피부가 눈처럼 희고 여자 같아, 장난을 치니까 인어는 마치 견권한 정이라도 있는 것처럼 웃었고, 마침내 바다에 놓아 주니 갔다 돌아오기를 세 차례 반복하더니 갔다고 한다. 내가 일찍이 고서를 보니 "인어 남녀는 모습이 마치 사람과 같아 바닷가 사람들이 그 암컷을 잡으면 못에 기르며 더불어 교접하는데 마치 사람 같다." 하여 남 몰래 웃었는데 동해에서 그것을 다시 보게 될까.

(202) 두려움 대상의 가지가지

코끼리는 쥐를 두려워하고, 뱀은 돼지를 두려워하며, 지네는 닭을, 닭은 무소뿔을 두려워한다. 온갖 짐승들은 호랑이를 두려워하는데 호랑이는 표잔彪戩과 큰 곰을 두려워한다. 사람에 이르러서도 김덕장金德章은 닭을 두려워하고, 정시회鄭時晦는 쥐를, 이세휴李世休는 누에를, 박경발朴敬發은 고양이를 두려워한다. 닭·쥐·누에·고양이야 무엇이 두려울 것 있는가. 사람이 더욱 두려워할 만한 대상이다.

내가 어렸을 적에 어떤 한 여자가 우리 집의 늙은 계집종에게 무척 다급하게 빚 독촉하는 것을 보았다. 늙은 계집종은 오지그릇을 가지고 있었는데 그 여인이 그것을 한번 보자마자 양 소매로 눈을 가리고 달려 나가는데 얼굴색이 흙빛이었고 온몸을 덜덜 떨었다. 한참 후 조금 진정이 되자 물으니 말하였다.

"저는 평생 동안 오지그릇을 두려워한답니다. 한번 보기만 하면 기력이 미약해지지요."

마침내 빚 받는 것을 포기하고 가 다시는 오지 않았으니, 이는 무척 괴이한 일이다. 옛날에 간장을 두려워하는 자가 있었다고 하여 나는 믿지 않았는데 오지그릇 두려워하는 자를 보고는 비로소 그것이 거짓이 아니라는 것을 알게 되었다.

(203) 중과부적

보성寶城 바다 가운데 조그마한 섬이 있는데 이름하여 쥐섬이다. 호사자好事者가 몇 마리 고양이를 가지고 가 그곳에 풀어놓으니 고양이 크기만 한 많은 쥐들이 모여들어 물었다. 고양이는 처음에는 두말할 것도 없이 이기려고 다투어 덤볐지만 끝내는 견뎌내지 못하고 달아나 숨는데 숨을 구멍을 찾지 못하고 새벽부터 아침 사이에 모두 죽고 말았다.

아아! 쥐가 두려워하는 것은 고양이만 한 것이 없다. 고양이가 소리 한번 지르면 뭇 쥐들이 모두 폐하는 것이 떳떳할 도리이다. 그런데 급기야 쥐의 무리가 많고 고양이는 적음으로 인해 마침내 쥐에게 잡히고 마니 군자가 소인들을 공격함에 있어서도 반드시 먼저 그 무리의 많고 적음을 살핀 후에 하는 것이 옳을 것이다.

(204) 바위 속에서 나온 구리잔

안동에 산성이 있는데 참판 박이서朴彝敍의 아들 일로一魯가 부사가 되어 산 바위를 깎아 다듬어 세웠다. 한 큰 바위를 못질하여 쪼개니 바위 속에 구리잔 네 개가 있는데 그 모양이 지금 민간의 주연에서 늘 쓰는 그릇 같았다. 모두 단련이 되어 있어 소중히 여길 만하였는데 바위 속에 품겨져 있었고 구리가 닿은 곳의 바위는 안팎이 마치 연마한 것처럼 반드럽고 윤이 났다. 박일로는 그 가운데 두 개는 얻고 한 개는 잃었다.[235] 하늘과 땅이 처음 나누일 때 융합하여 산이 되었고 흘러 물이 되었으며 응결하여 돌이 되었다. 그런데 지금의 이 구리잔의 형상이 오늘날의 것과 다르지

235 셈이 맞지 않으나 원문에서 기술한 대로 번역함.

않음은 어찌 된 것인가. 옛사람이 무덤 속에 갈무리해 둔 것이 흙으로 변했다가 바위가 된 것인가? 혹자는 말한다.

"석회는 오랜 세월이 지나면 바위가 되니, 석회 속에 갈무리해 있다 인하여 바위 속의 물건이 된 것 아닐까?"

민간에 전하기를, 명천明川 칠보산七寶山에서는 바위 속에서 대합조개를 얻었다 하는데, 알 수 없는 일이다.

구리잔을 얻었던 때는 만력(1573-1620) 천계(1621-1627) 연간이었다 한다. 이듬해에 박일로는 물에 빠졌다가 죽음에서 구해져 살아났고 또 그 이듬해에 박이서는 중국에 사신으로 가다가 바다에 표류되어 돌아오지 않았다.

작품 해설

1. 저자 유몽인의 약력과 위인

『어우야담』의 작가는 조선 중기의 문인 어우於于 유몽인柳夢寅(1559, 명종 14－1623, 인조 1)이다. 조선조는 과거시험을 통과한 선비가 정치 하던 사류정치士流政治 사회였던 만큼, 국정에 들어가 정치를 하려면 정도 차이는 있지만 기본적으로 성리학자이거나 문인이어야 했다. 유몽인은 단연 문인 쪽으로 기울어 있는 인물이며, 그러기에 문인으로서의 이력은 관력官歷과도 불가분의 관계에 있다.

그는 젊어서 성혼成渾에게 성리학을, 신호申濩에게 고문을 수학하였는데, 성혼에게는 경박하다는 책망을 받고 배척당하였다고 한다. 『어우야담』의 집필 태도에서 보이는 유몽인의 탈성리학적 성향을 참작한다면, 엄격하고 보수적인 성리학자인 성혼과 좋은 관계를 유지하기는 어려웠을 것으로 추측된다.

1582(선조 15)년 23세에 진사가 되었고, 1589(선조 22)년 30세에

증광문과에서 장원으로 급제하여, 그의 출중한 문학적 능력을 드러냈다. 1591(선조 24)년 홍문관 수찬이 되었는데, 그해에 질정관質正官으로 명나라에 사신으로 갔다가 해를 넘겨 귀국할 무렵 임진왜란이 발발하여 선조를 평양까지 호종하였다.

왜란 중에는 문안사問安使로 임명되어 대명외교를 맡았으며 그때 명나라 제독提督 이여송李如松과 경략經略 송응창宋應昌을 이정구李廷龜, 황신黃愼과 함께 응접하였다. 그 뒤 삼도 순안어사(35세), 홍문관 교리(36세)를 지내다가 진위사進慰使 서장관(37세)으로 중국 사행을 다녀왔다. 이어 함경도 순무어사(38세), 홍문관 응교(39세), 평안도 순변어사(39세) 등을 역임하였다.

전란이 끝났을 무렵 유몽인은 40세에 접어들었고 선조가 승하할 때까지 10여 년 동안 많은 요직을 지냈다. 내직으로는 사헌부 집의(1599), 홍문관 교리, 전한典翰(1602), 동부승지(1603), 우승지(1604), 대사성, 예조참의(1605), 대사간(1607), 도승지(1608)를 역임했으며, 외직으로는 경기도 암행어사(1603), 황해도 관찰사(1606)를 지냈다.

광해군의 치세가 시작된 후에도 그의 벼슬은 순조로웠다. 광해군이 즉위한 뒤 명나라 만력제의 생일을 축하하는 성절사聖節使 겸 사은사謝恩使에 임명되어(1609, 광해군 1, 50세) 중국에 다녀왔다. 52세(1611) 때는 남원 부사를 지냈으며, 54세(1613) 때는 임진왜란 때 호종한 공으로 영양군瀛陽君에 책봉되고, 광해군 6년 55세 때 한

성좌윤이 되었다가 광해 7년에 이조참판 겸 홍문관, 예문관 제학提學이 되어 3년을 재직하였다.

이상 유몽인 환로宦路에서 볼 수 있는 가장 두드러진 특징은 그의 글재주가 큰 역할을 했다는 사실이다. 세 차례에 걸친 중국 사신으로서의 행로와 중국 사신을 접대하여 대응하는 원접사로서의 이력이 그것을 입증한다. 사신으로서의 행로, 사신 접대의 대처 능력 및 외교문서 작성 등은 바로 문재文才와 직접적으로 관련되기 때문이다.

유몽인은 대북파가 중심이 된 인목대비 폐모론에 반대하여 59세의 나이로 사직한 뒤 서강西江 와우산臥牛山과 도봉산 북편 폭포동에 초가집을 짓고 은거하였다. 이듬해에는 서호西湖에서 거처하며 두문독서하기 시작했는데, 62세 되던 해인 1621년에 문집 18권과 야담 10여 권을 모아 정리하였다.

서호 은거 당시 유몽인의 위인을 단적으로 보여 주는 특기할 만한 사실이 있다. 유몽인의 지인인 월사 이정구가 한림원 대제학 자리가 비게 되자 유몽인을 천거하였는데, 유몽인은 남아 있는 생애를 독서하면서 마치는 것에 만족하며, "흉년에 굶주린 아이들이 서로 먹으려 다투는 '코 묻은 풀떡(鼻液糊)' 같은 자리를 나는 원하지 않는다."[1]며 거절하였다. 많은 사대부들이 놓고 사투

1 「봉월사서(奉月沙書)」, 『어우집』 권5.

를 벌이는 벼슬자리의 본질을 유몽인은 코 묻은 풀떡 정도로 여긴다는 것을 조롱하듯 피력한 것이다. 그러다가 63세의 나이로 금강산에 들어가 유점사, 표훈사 등에 머물렀다.

유몽인은 표훈사에서 인조반정(1623년 3월)의 소식을 들었으니, 64세의 나이였다. 그리고 인조반정이 일어난 지 넉 달 만에 광해군을 복위시키려는 모의에 가담했다는 죄목으로 아들 유약柳瀹과 함께 모반죄로 처형당했다. 그가 모반죄에 엮인 원인은 아들 유약이 모반거사에 참여했기 때문이었는데, 인조반정의 주역인 김류와 김자점이 반정을 모의하면서 유몽인에게 동참할 것을 권유하자 유몽인이 거절하는 대답으로 지었던 「상부사孀婦詞」가 발단이었다는 것이 후대의 평가이다. 그 시를 소개하면 다음과 같다.

칠십 세의 늙은 과부 七十老孀婦
빈 방 지키며 단정히 지내네 端居守空壺
여사시[2]를 익숙하게 외우고 慣誦女史詩
임사[3]의 가르침도 제법 안다네 頗知任姒訓
옆 사람들 시집가라 권하며 傍人勸之嫁

---

2 여사시(女史詩): 진(晋)의 장화(張華)가 왕후(王后) 가씨(賈氏) 일족을 경계하여 지은 「여사잠(女史箴)」.

3 임사(任姒): 주 문왕(周文王)의 모친인 태임(太任)과 비인 태사(太姒). 고대에서는 여성의 모범으로 인지됨.

잘생긴 신랑감 얼굴이 무궁화 같다 하지만 善郞顔如槿
흰머리로 젊은 모습을 꾸미자면 白首作春容
연지 곤지 단장 어찌 부끄럽지 않으리 寧不愧脂粉

얼굴이 무궁화같이 잘생긴 신랑감은 인조를 비유하며, 그 잘생긴 신랑감에게 재가하라는 권유를 거부하는 늙은 과부는 유몽인 자신을 비유한다. 이정구의 대제학 추천을 거부하던 그 태도와 유사한 면모를 보여 주는 시이다. 유몽인은 극단적인 이념이나 명분주의를 기본적으로 싫어한 인물이었다. 선조조와 광해조에서 문인으로, 정치가로 활발하게 활동하면서 기록해 두었을, 『어우야담』에 실려 있는 당대 수많은 유명인들의 인물담을 보면 한 인물의 특성을 단적으로 규정하는 것을 무척 삼갔던 사실을 확인할 수 있다. 역사에서 사화士禍의 가해자들은 늘 악의 화신처럼 평가되지만 유몽인은 곳곳에서 사화의 피해자들이 저질렀던 경솔함과 자만심, 독단이 불러일으킨 재앙적 위해에 대해서도 이야기한다. 이와 함께 극단적인 편가름 속에서 진행되었던 당쟁에 대해서도 유몽인은 심한 염증의 감정을 드러낸다. 절대 선과 절대 악을 분별하지 않았으며 자당 중심적 명분을 내세우며 상대를 증오하고 악으로 몰아세우는 어떤 쪽에도 동의하지 않았다.

유몽인이 사직하고 은거한 직접적인 원인은 광해군 집권 당시에 대북파가 주도한 인목대비 폐모론에 반대한 것이었지만 이미 선조와 광해를 섬기며 일하다 늙은 자신에게 인조반정에 가담하라는 권유도 그의 세계관으로서는 받아들일 수 없었을 것이다. 그러기에 자조적이면서도 풍자적인 어조로 그 권유를 거절한 것이며, 이는 결국 유몽인을 반역자로 몰아 처형하는 근거로 작용한 것이다. 그래서 유몽인은 폐모론을 이끈 광해군 당시 집권세력인 대북파에게도 대역죄인 취급을 받았지만 인조반정을 이끈 또 다른 집권세력 서인에게도 역모죄로 몰려 결국 사형당하는 모순된 최후를 맞이하고 말았다. 유몽인이 『어우야담』에서 번번이 화제로 삼았던 이도 저도 아닌, 규정 불가능한 '존재 모순'의 덫에 갇혀 자신의 삶도 그렇게 마감했으니, 스스로의 종말을 『어우야담』 이야기들이 예언한 것으로도 읽힌다.

문인 유몽인은 실로 독보적인 존재이며 작가로서의 특성은 『어우야담』이 대변한다. 김부식이 『삼국사기』에서 빠트린 고대 및 삼국시대의 문화적·문학적·역사적인 문제들을 일연이 일사인 『삼국유사』에서 더 절실하게 전하고 있는 것처럼, 조선 전기·중기의 인물, 사건에 대한 다채롭고 다면적인 정황들을 유몽인은 야사인 『어우야담』을 통해 생생하고도 만화경적으로 전하고 있다. 이처럼 역사적으로도 문학적으로도 『어우야담』은 아주 중요한 조선조 보고라 할 수 있다.

성여학이 서문에서 말했던 것처럼, 『어우야담』은 정통 문에 편입하지 못하는 일종의 '기사문'이지만 "기이하고 세교와 무관하지 않고 휘두른 필단은 장자의 신선적 행각과 비견할 만큼 비범하고 위대하다." 그러나 "평범하게 재미 삼아 쓴 글이어서 유몽인을 대변할 수는 없는" 것이 아니라 역설을 통해 진상에 접근하는 것을 즐겼던 유몽인은 오히려 재미 삼아 쓴 하찮은 기사문에 더 정성을 쏟아 자신의 명성이 영원히 불후不朽하게 될 것을 기대했을 것이다.

2. 『어우야담』의 문학사적 의미와 특성

『어우야담』은 앞서 그의 약력에서도 살폈듯이 벼슬자리에서 물러난 이후(1621, 63세) 서호에 은거하면서 그간에 써 두었던 원고들을 정리하여 완성한 것이다. 그가 벼슬하면서 대면하고 들었던 수많은 인물과 사건, 중국 사신으로 오가며 접했던 이국적이고 기이한 정보들, 지방 장관을 역임하면서 보고 들었던 가지가지의 사건들이 모두 다 수용되어 있다. 인생 말년에 정리한 것이어서 더욱 다채롭고 풍부한 자료들을 수습할 수 있었다.

『어우야담』은 일차적으로 최초의 야담집이라는 중요한 문학사적 의미를 지닌다. 야담집 이전에도 항간에 떠돌아다니는 도청도설道聽塗說적 이야기들을 수집하여 채록한 문헌설화집은 존재했다. 그 대표적인 것이 서거정의 『태평한화골계전』으로부터 시작된 소화집(1959년에 『고금소총』으로 집대성됨)들이다. 이들 소화집들이 골계에 집중하고 있으며 또 성 관련 담론, 즉 성소화담이 그 주를 이룬다면, 유몽인의 『어우야담』으로부터 시작되는 조선 후기의 야담집들은 당시 세간에서 벌어진 사실적인 사건들을 화제로 삼은 특성을 지닌다. 웃음을 유발시키는 골계 차원의 이야기를 떠나 실제했던 다양한 사건과 실존했던 다양한 인물들의 삶을 이야기하고 있어 당시 사회를 생생하게 조명해 주는 리얼리티가 그 강점이다. 유몽인의 『어우야담』을 시작으로 하여 수많은 야담집들이 출현하였으며 조선조 후기에는 급기야 『계서야담』, 『청구야담』, 『동야휘집』이라는 3대 야담집이 출현한다. 그리고 이들 야담집들에 실린 일부 이야기들은 구상과 주제의식 면에서 소설적이라는 평가를 받으며, '한문 단편'이라는 문학 장르로 규정되고 그 문학적 혹은 소설적 가치를 인정받은 것이 사실이다.

그런데 유몽인의 『어우야담』은 후대 야담집들에 의해 계승되어 위와 같은 문학적 성과를 거두게 하는 계기를 마련해 주었지만, 이들 야담집들과 분명하게 다른 점이 있다. 그것은 여타의 야담집들과는 달리 유몽인은 이야기마다에 자신 특유의 사유를 반영하여 자신의 창의적인 이야기로 발전시킨 점이다. 일반 야담집들은 이야기의 주체가 민중이고 이를 기록한 '채록자'가 존재한다면 『어우야담』에는 '작가' 유몽인이 존재한다.

『어우야담』에서 다룬 이야기의 범주는 무척 넓고 다양하다. 『어우야담』에서 인물담이 차지하는 비중이 적잖은데, 당대 다양한 인물 군상들을 광범위하게 섭렵하였다. 왕, 왕가의 다양한 인물들, 당대의 수많은 사대부와 선비, 도선적 이인, 서얼 출신 인물들, 불승, 무당, 점술가, 기녀, 노비, 산적, 광대, 악공, 장인, 노름꾼, 이야기꾼, 열녀, 음탕녀 등등 실존했던 숱한 인물 군상들이 그의 관심의 대상이었다. 황진이에 대해 가장 구체적인 이야기를 전하는 것도 바로 『어우야담』이며, 임진왜란과 관련되어 승전하거나 피난하거나 희생되었던 인물들, 헤어진 가족을 찾아 중국으로 월남으로 장유壯遊를 감행했던 인물들에 대한 흥미진진한 이야기들도 숱하게 실려 있다. 이를 통해 인간 존재에 대한 다양한 관심을 드러내는 동시에 이들 인물 군상들의 다채롭고 생생한 삶의 모습, 다양한 얽힘과 모순과 운명과 이면들을 다양한 각도로 이야기하고 있다.

『어우야담』에서 다룬 사상과 세계의 범주 또한 넓다. 그가 접한 사상은 유불도 및 무교의 범주를 뛰어넘는다. 도선가에 대한 호의와 관심은 물론이고 기독교에 대한 지식을 이미 습득하고 있었다. 마테오리치의 『천주실의』를 소개하면서 기독교의 교리와 천당·지옥설 등을 불교 교리와 견주어 분석하고 있다. 더 나아가 일반인은 소문으로도 접할 수 없었던 먼 이역에 존재하는, 성리학적 가치관으로는 재단조차 불가능한 기이한 풍속·습속 등을 이야기함으로써 문화의 상대성과 불일치성을 화제로 삼고 있다. 우리 사회를 기준으로 한 가치관으로는 그들 문화를 절대 재단할 수 없다는 생각이 그 이야기들 안에 들어 있다.

『어우야담』의 주를 이루는 것은 서사이지만, 시에 대한 관심을 보인 시화詩話도 곳곳에 실려 있다. 조선조 시인들에 대한 그의 평가는 기존의 관점을 배반하기 일쑤이니, 시인으로서의 명성과 그 실상의 어그러짐을 명명의 배반성(예컨대 「조룡대」)을 통해 풍자하고 비웃는 것이 그 일례이다. 천재적 시인 김시습과 장인형匠人型 시인 정사룡을 각각 여러 차례 언급하는데 그 각각의 이야기들이 결국 하나의 유기적인 해석으로 귀결되어, 우리가 일반적으로 지닌 그 시인들에 대한 관점이 부정되는 것도 예상을 뛰어넘는다. 결국 시인에 대한 일반적 규정 자체가 부정되는 것이다. 시인의 타고난 천성과 운명을 연관시켜 해석하는 시참詩讖론은 유몽인이 시화에서 자주 거론하는 또 하나의 관점이다. 시인의 불행은 시인의 천성에서 말미암고 이는 곧 시에 그대로 반영된다는 관점을 여러 시인의 시와 삶을 결부시켜 빈번하게 이야기한다.

동물 관련 이야기도 상당히 많은데, 이 이야기들은 결국 인간의 문제와 연관된다. 인제 백성과 살림 차렸던 곰 이야기는, 인간이 곰의 힘에 갇히고 곰이 인간을 먹여 살리는 인간과 짐승의 전복성을 보여 주는 동시에 인간 존재의 비열함과 욕심의 질주가 자초한 재앙을 함께 보여 준다. 「중과부적」은 고양이와 쥐 사이에 존재할 수 있는 세의 역전을 이야기하는데 이는 인간세계 세력의 속성을 반영하고 있다. 「기러기도당」은 인간이 결집하면 드러내는 '도당의 폐해성'을 독하게 풍자한다. 거의 모든 이야기들이 단지 소문이나 견문이어서, 재미있어서 기록된 것만은 아니다. 유몽인은 그 이야기들에 자신의 사유를 투영해서 남다른 해석과 세계관을 담아 내고 있다.

그렇다면 이야기를 조직해 가는 유몽인 사유 방식의 기본 틀은 무엇일까? 감히 말하자면 장자적인 상대주의적 관점이다.[4] 기록에 의거해도 그는 장자에 경도되었던 것으로 전한다. 『어우야담』의 서문을 쓴 성여학은 그를 장자와 수레를 나란히 할 만한 문장가로 평하였으며, 김득신은 『종남총지終南叢誌』에서 "유몽인은 장자의 문장을 천 번 읽었다."라고 기록한 점으로 보아 유몽인이 장자에 대해 경도되었던 관심의 정도와 장자서를 관통하는 상대주의적 관점에 공감했으리라는 것을 짐작할 수 있다.

조선조를 살았던, 특히 그 시대의 주역이었던 지식인들은 정도

4 학술대회 발표장에서 필자가 실제로 겪었던 경험이다. 필자는 『어우야담』 소재 이야기의 다각적 분석을 통해 유몽인은 탈성리학적인 상대주의적 사고를 한 문인이었다는 것을 요지로 발표했는데, 그때 좌장을 맡았던 사회자는 단도직입적으로 "조선에서 사대부였던 문인이 어찌 탈성리학적일 수 있냐."고 반박하는 것이었다. 발표자는 자료를 가지고 그것을 분석하고 종합해서 낸 결론인데 사회자는 조선조의 학자는 탈주자적일 수 없다는 절대적인 신념으로 공격한 것이었다. 유몽인이 늘 경계하고 풍자의 대상으로 삼았던 성리학적 절대주의로 유몽인을 가두었다고 할까. 모순되게도 유몽인을 기념하기 위해 연 학술대회가 유몽인의 근본 정신을 부정하는 현장이 되고 만 것을 대면한 무척 황당한 경험이었는데, 여전히 성리학적인 성향의 명분과 이념이 학계를 지배하려 한다는 일면의 현실을 분명하게 깨닫는 계기이기도 했다.

차이는 있을지언정, 유가사상의 자장에서 결코 자유로울 수 없었다. 조선 5백 년 동안 정치적이고 사회적인 규범은 물론이고 문화적이고 정신적인 세부까지도 성리학적인 유가사상이 완전하게 지배했기 때문이다. 유가의 삼강오륜이 모든 인간관계의 규범이었고, 과거 성인의 말씀은 곧 진리였다. 예컨대 삼강오륜이 명命하는 이치 안에서 남녀 관계는 주종 관계이며, 여성은 독자적이고 주체적인 존재가 될 수 없었다. 이러한 남녀 이데올로기에 입각한 극단의 사회적 결과물이 정조론을 신앙처럼 여겼던 여성의 수절·순절 풍조이다. 유몽인도 이러한 여성관에서는 조금도 벗어날 수 없었다. 일부종사를 위배하거나 일탈한 여성에 대해서는 그 사정의 여하를 막론하고 여성을 엄하게 매도하는 태도를 취하기 때문이다. 상대주의적이고 개방적이고, 그래서 상대적으로는 인간의 평등함을 인지했던 사유의 소유자가 어떻게 여성 존재에 대해서는 여타의 사대부들과 똑같이 무지하고 잔혹했는지 개인적으로 의아한 점이기도 하다.

그럼에도 불구하고 유몽인은, 그가 살았던 시대를 완전하게 지배하여 군림했던 성리학적 이념에서는 분명하게 일탈해 있었다. 성리학은 선악, 시비, 미추에 대해 이원론적인 절대주의적 가치 판단을 강하게 종용한다. 그런 시대적 조류 속에서 사대부인 유몽인이 정통성을 벗어나는 야담문학에 자신의 작가주의적 개성을 강하게 담아 내어 그 시대성에 반反하는 가치관을 유포한 것으로 판단된다. 유몽인의 탈성리학적인 상대주의적 세계관은 명실관계名實關系를 다룬 이야기 속에서 가장 분명하게 간파된다. 유몽인은 명과 실의 관계를 절대적인 것이 아니라 자의적인 것으로 인식했다. 유가사상이 명분을 신앙처럼 중시했던, 조선시대 일반 사대부들의 인식과는 기본적으로 배치된다.

예컨대 북도北道의 중들이 희고 작은 물고기를 초식草食이라고 명명하고 마음대로 먹어 댔다던 「초식」 이야기는, 절대적인 것처럼 여겨지는 명名과 실實의 관계가 얼마든지 자의적으로 악용될 수 있다는 것을 보여 주는 단적인 예이다. 초식 이야기는 명명 뒤에 숨어 행해지는 북도 절의 한 풍습을 재미있게 접근한 것이지만, 세력을 장악한 자가 명실 관계 설정을 악용한다면 천인공노할 악행이 저질러질 수도 있다는 것을 암시한다. 중국 역사에서 자주 회자되는 지록위마指鹿爲馬를 떠올릴 수도 있으며, 인간 역사에서 명분과 이데올로기를 앞세워 수많은 인명을 살상한 잔혹한 흑역사들도 이 범주를 벗어나지 않는다. 유몽인은 「초식」을 이야기하면서 명분 뒤에 감춰진 표리부동한 해악의 가능성들을 염두에 두고 있었을 것이다.

유몽인은 명실 관계의 의도적 악용 가능성, 명분의 잔인성과 어리석음과 추악성을 보여 주는 표리부동한 사건과 현상들을 다양하게 이야기한다. 장안의 모든 기녀들이 모두 정인으로 여기는 김칭의 실상은 '노비처럼 처신한' 데 있었다는 고백, 산 같은 명성을 지닌 시인 백광훈의 실체는 명성만 거창하고 실체는 보잘것없는 '조롱대'라는 조롱, 중국 조사와 조선 백성이 동일한 부호에 대해서 각기 자신의 처지에서 전혀 달리 해석한 사건, 삼년상을 치르느라 수많은 사람들이 숱한 예행연습을 치르면서 준비했지만 죽거나 죽음 가까이 갔다가 살아나기도 했다는 실소를 금할 수 없는 사례들, 사류士類들의 선악 이원론적 신념이 오히려 방자한 만행으로 작용하여 부작용을 초래한 역사적 사건들, 강한 신념을 소유한 자의 이면적인 우매함, 그런 선악 이원론적 신념들이 명분으로 작용하여 대량 살상을 일으킨 당쟁 사건 등등에 관한 이야기들은 모두 '규정 불가능한' 인간세계에 대한 유몽인의 상대주의적 관점을 다각도로 보여 준다.

유몽인은 「증이성징정구영공부경서贈李聖徵廷龜令公赴京序」(『어우집』 권3)에서도, "황색은 절로 황색이고 청색은 절로 청색이니 그 청색 황색은 과연 타고난 본성일 것이다. 갑甲에게 물으면 갑이 옳고 을이 그르다 하며, 을乙에게 물으면 을이 옳고 갑이 그르다 하니, 모두 옳은 것인가, 아니면 모두 그른 것인가. 갑과 을은 서로 옳다 할 수 없다. …… 오직 나의 마음을 따르겠다."라고 말하였다. 사분오열되어 각기 자신들의 명분을 앞세워 시시비비를 따지느라 사투를 벌이는 당쟁의 소용돌이 속에서 나는 내 마음을 따르겠노라고 독자성을 선언한 것으로 볼 수 있다. 명실 관계의 자의성, 표리부동한 명분주의의 위선성에 대한 그의 비판의식은 실로 이처럼 절실했다. 그러기에 역사(혹은 책)를 그대로 믿을 수 없다고 부정하면서(『어우야담』 곳곳에서 이런 표현들이 나옴) 자기 해석적인 야담을 기술하였고, 민중적인 전문傳聞 속에 지극히 개인적인 사건을 전략적으로 깊숙이 숨겨 전파하였다.

모순된 세계의 모습을 '재미 삼아 쓴' 경박한 문학 양식인 야담 속에 담아 낸 것이 유몽인이 『어우야담』을 저술한 문학적 전략으로 여겨진다. 성리학적인 가치관이 전적으로 지배하던 시대에, 그 체제 안에 속해 있던 사대부였음에도 불구하고 그는 역사歷史도 아니고 정통 문文도 아닌 비루한 도청도설道聽塗說을 가지고 그 시대 이념에 반하는 사유 방식으로 당시 문제들을 거침없이 다루었다. 그는 다양성의 숨통을 누르는 성리학적 명분주의를 다각도로 자유롭게 비판하는 불손한 생각들을 담기에는 하찮은 야담들이 오히려 적합하다는 역설을 고려했을 것이다.

『어우야담』은 소재 이야기들 자체로도 충분히 재미있고 기발하다. 그러나 수많은 이야기들을 읽어 가면서 곰곰이 되새기면 되새길수록 평범한 전문傳聞이 아님을 깨닫게 된다. 고지식하고 고집스럽고 맹목적으로 특정 이념이나 명분을 신앙하는 인물과 현상들의 해악을 참으로 신랄하게 풍자하고 있어, 그것을 인지하는 순간 독자로 하여금 쾌감을 느끼게 한다. 『어우야담』을 읽는 재미는 바로 이러한 양면성에 있다. 이야기로서의 재미와 그 이야기 안에 켜켜이 숨겨져 있는 풍자를 읽어 내는 재미가 함께 존재하는 것이다.

3. 『어우야담』 이본의 실상과 번역의 대본

『어우야담』은 한글 번역본까지 포함해 20여 종의 이본들이 전하고 있다. 유몽인 자신의 말에 따르면 『어우야담』은 원래 10권으로 편찬되었다고 한다. 그러나 인조반정 후 그가 모반 혐의를 받고 형사刑死되는 바람에 바로 출간되지 못하였고, 전사轉寫되는 과정에서 이같이 많은 이본들이 나온 것으로 여겨진다. 이 20여 종의 『어우야담』 가운데 원본으로 여겨지는 책은 발견되지 않았다. 그래서 유몽인의 12대 종손인 유제한柳濟漢은 가전의 잔존본에 여러 이본을 수집 보충하고 이야기를 유형 분류하여 1953년에 5권 1책으로 된 만종재본萬宗齋本 『어우야담』을 간행하였다. 여기에 수록된 이야기는 총 544화로 『어우야담』 이본 중에서 가장 많은 이야기가 실려 있는 것은 물론이다. 그러나 1953년도에 이르러 편찬자가 자의적으로 유형 분류하여 출판한 것을 이본으로 간주하기에는 무리가 있다.

필사본으로 전하는 이본들 중 선본으로 간주되는 것은 장서각본藏書閣本 『어우야담』이다. 장서각본에는 총 340화가 실려 있어 1953년에 후손이 편찬하여 인쇄본으로 출간한 만종재본 다음으로 많은 화수를 가지고 있으며, 소재 이야기들도 나름대로 유기적인 편제 질서가 있어 원 필사자의 구성 체제가 남아 있는 것으로 보인다. 또 만종재본 소재 이야기들과 장서각본 소재 이야기들 중 겹치는 이야기들 간에는 이야기의 차이를 찾기 어렵다. 더욱이 이 본은 동국대학교 부설 한국문학연구소에서 편찬해 낸 『한국문헌설화전집韓國文獻說話全集』 속에 들어 있어 일반인들 사이에 가장 많이 유포되어 있기도 하다.

그러므로 본 번역에서는 2권으로 된 장서각본 『어우야담』을 일차적으로 번역하고, 장서각본에는 실려 있지 않은 만종재본 소재 이야기들을 추려서 3권에 번역하였다.

유몽인
조선 중기의 문신이며 문장가이다. 문장가로서의 재능이 워낙 출중하여 선조조와 광해조에 세 차례에 걸쳐 중국 사신으로 다녀왔으며 중국 사신을 접대하여 대응하는 원접사로 활동하였다. 아울러 주요 내직과 외직을 두루 지내며 그의 관력은 화려했지만, 광해군 말기에 인목대비 폐모론이 일어나자 59세의 나이로 사직하고 은거생활에 들어갔다. 그런데 인조반정 후 광해군을 복위시키려는 모의에 가담했다는 죄목으로, 64세에 아들 유약(柳瀹)과 함께 처형당했다. 문집 『어우집』과 『어우야담』을 남기고 있는데, 특히 『어우야담』은 한국 문학사에 출현한 최초의 야담집이면서 동시에 유몽인의 문학적인 역량과 개성 그리고 그의 세계관을 잘 보여 주는 역작이다.

옮긴이 이월영
전북대학교 국어국문학과를 졸업했고 같은 대학교 대학원에서 문학박사 학위를 받았다. 현재 전북대학교 국어국문학과 교수로 재직하고 있으며, 전기(傳奇)와 야담, 여성문학에 관련된 논문을 주로 썼다. 저서로는 『고소설론』, 『여성문학의 어제와 오늘』, 『꿈과 고전문학』이 있으며, 역서로는 『페미니즘 이론』, 『청구야담』, 『고금소총』, 『제호시화』, 『동인시화』, 『삼의당 김부인유고』, 『명청시대 성애풍조』, 『죽유집』 등이 있다.

달섬 세계고전 12

어우야담 3

지은이 유몽인
옮긴이 이월영
펴낸이 김동원
펴낸곳 달섬

초판 1쇄 인쇄 2019. 10. 25
초판 1쇄 발행 2019. 10. 31

달섬 전라북도 전주시 완산구 어진길 32 (풍남동2가)
전화 (063) 219-5322
FAX (063) 219-5323
출판등록 2012년 8월 20일 제465-2012-000021호

값 10,000원

ISBN 979-11-6372-053-9 04810
ISBN 979-11-6372-001-0(세트) 04080

이 도서의 국립중앙도서관 출판예정도서목록(CIP)은 서지정보유통지원시스템 홈페이지(http://seoji.nl.go.kr)와 국가자료종합목록시스템(http://www.nl.go.kr/kolisnet)에서 이용하실 수 있습니다. (CIP제어번호 : CIP2019039189)

'달섬'은 전북대학교출판문화원의 임프린트입니다.